U0789386

# 三言二拍

藏書

珍藏版

李楠 主编

陆

民主与建设出版社

# 第十二卷　徐老仆义愤成家

犬马犹然知恋主，况于列在生人。为奴一日主人身，情恩同父子，名分等君臣。　　主若虐奴非正道，奴如欺主伤伦。能为义仆是良民，盛衰无改节，史册可传神。

说这唐玄宗时，有一官人姓萧，名颖士，字茂挺，兰陵人氏。自幼聪明好学，该博三教九流，贯串诸子百家。上自天文，下至地理，无所不通，无有不晓。真个胸中书富五车，笔下句高千古。年方一十九岁，高掇巍科，名倾朝野，是一个广学的才子。家中有个仆人，名唤杜亮。那杜亮自萧颖士数龄时，就在书房中服事起来。若有驱使，奋勇直前，水火不避。身边并无半文私蓄。陪伴萧颖士读书时，不待吩咐，自去千方百计，预

先寻觅下果品饮馔供奉。有时或烹瓯茶儿，助他清思；或暖杯酒儿，节他辛苦。整夜直服事到天明，从不曾打个瞌睡。如见萧颖士读到得意之处，他在旁也十分欢喜。那萧颖士般般皆好，件件俱美，只有两桩儿毛病。你道是那两桩？第一件乃是恃才傲物，不把人看在眼内。才登仕籍，便去冲撞了当朝宰相。那宰相若是个有度量的，还恕得他过，又正冲撞了是第一个忌才的李林甫。那李林甫混名叫做李猫，平昔不知坏了多少大臣，乃是杀人不见血的刽子手。却去惹他，可肯轻轻放过？被他略施小计，险些连性命都送了。又亏着座主搭救，止削了官职，坐在家里。第二件是性子严急，却像一团烈火，片语不投，即暴躁如雷，两太阳星直爆。奴仆稍有差误，便加捶挞。他的打法，又与别人不同。有甚不同？别人责治家奴，定然计其过犯大小，讨个板子，教人行杖，或打一十，或打二十，分个轻重。惟有萧颖士，不论事体大小，略触着他的性子，便连声喝骂，也不用什么板子，也不要人行杖，亲自跳起身来，一把揪翻，随分掣着一件家火，没头没脑乱打。凭你什么人劝解，他也全不作准，直要打个气息。若不像意，还要咬上几口，方才罢手。因是恁般利害，奴仆们惧怕，都四散逃去，单单存得一个杜亮。论起萧颖士，止存得这

个家人种儿，每事只该将就些才是。谁知他是天生的性儿，使惯的气儿，打溜的手儿，竟没丝毫更改，依然照旧施行。起先奴仆众多，还打了那个，空了这个。到得秃秃里独有杜亮时，反觉打得勤些。论起杜亮，遇着这般难理会的家主，也该学众人逃走去罢了，偏又寸步不离，甘心受他的责罚。常常打得皮开肉绽，头破血淋，也再无一点退悔之念，一句怨恨之言。打罢起来，整一整衣裳，忍着疼痛，依原在旁答应。说话的，据你说，杜亮这等奴仆，莫说千中选一，就是走尽天下，也寻不出个对儿。这萧颖士又非黑漆皮灯，泥塞竹管，是那一窍不通的蠢物。他须是身登黄甲，位列朝班，读破万卷，明理的才人，难道恁般不知好歹，一味蛮打，没一点仁慈改悔之念不成？看官有所不知，常言道得好，江山易改，禀性难移。那萧颖士平昔原爱杜亮小心驯谨，打过之后，深自懊悔道："此奴随我多年，并无十分过失，如何只管将他这样毒打？今后断然不可！"到得性发之时，不觉拳脚又轻轻的生在他身上去了。这也不要单怪萧颖士性子急躁，谁教杜亮刚闻得叱喝一声，恰如小鬼见了钟馗一般，扑秃的两条腿就跪倒在地！萧颖士本来是个好打人的，见他做成这个要打局面，少不得奉承几下。

杜亮有个远族兄弟杜明，就住在萧家左边，因见他常打得这个模样，心下到气不过，撺掇杜亮道："凡做奴仆的，皆因家贫力薄，自难成立，故此投靠人家。一来图个现成衣服，二来指望家主有个发迹日子，带挈风光，摸得些东西做个小小家业，快活下半世。像阿哥如今随了这措大，早晚辛勤服事，竭力尽心，并不见一些好处，只落得常受他凌辱痛楚。恁样不知好歉的人，跟他有何出息？他家许多人都存住不得，各自四散去了。你何不也别了他，另寻头路？有多少不如你的，投了大官府人家，吃好穿好，还要作成趁一贯两贯。走出衙门前，谁不奉承！那边才叫：'某大叔，有些小事相烦。'还未答应时，这边又叫：'某大叔，我也有件事儿劳动。'真个应接不暇，何等兴头。若是阿哥这样肚里又明白，笔下又来得，做人且又温存小心，走到势要人家，怕道不是重用？你那措大，虽然中个进士，发利市就与李丞相作对，被他弄来坐在家中，料道也没个起官的日子，有何撇不下，定要与他缠帐？"杜亮道："这些事，我岂不晓得？若有此念，早已去得多年了，何待吾弟今日劝谕。古语云：良臣择主而事，良禽择木而栖。奴仆虽是下贱，也要择个好使头。像我主人，止是性子躁急，除此之外，只怕舍了他，没处再寻得第二个出来。"杜明

道："满天下无数官员宰相，贵戚豪家，岂有反不如你主人这个穷官？"杜亮道："他们有的，不过是爵位、金银二事。"杜明道："只这两桩尽够了，还要怎样？"杜亮道："那爵位乃虚花之事，金银是臭污之物，有甚希罕？如何及得我主人这般高才绝学，拈起笔来，顷刻万言，不要打个稿儿。真个烟云缭绕，华彩缤纷。我所恋恋不舍者，单爱他这一件耳！"杜明听得说出爱他的才学，不觉呵呵大笑，道："且问阿哥，你既爱他的才学，到饥时可将来当得饭吃，冷时可作得衣穿么？"杜亮道："你又说笑话，才学在他腹中，如何济得我的饥寒？"杜明道："原来又救不得你的饥，又遮不得你的寒，爱他何用？当今有爵位的，尚然只喜趋权附势，没一个肯怜才惜学。你我是个下人，但得饱食暖衣，寻觅些钱钞做家，乃是本等。却这般迂阔，爱什么才学，情愿受其打骂，可不是个呆子？"杜亮笑道："金银我命里不曾带来，不做这个指望，还只是守旧。"杜明道："想是打得你不爽利，故此尚要捱他的棍棒。"杜亮道："多承贤弟好情，可怜我做兄的。但我主这般博奥才学，总然打死，也甘心服事他！"遂不听杜明之言，仍旧跟随萧颖士。不想今日一顿拳头，明日一顿棒子，打不上几年，把杜亮打得渐渐遍身疼痛，口内吐血，成了个伤痨症候。初时还勉强趋承，以后打熬不过，半眠半起。又过几时，便久卧床席。那萧颖士见他呕血，情知是打上来的，心下十分懊悔！还指望有好的日子，请医调治，亲自煎汤送药。捱了两月，呜呼哀哉！萧颖士想起他平日的好处，只管涕泣，备办衣棺埋葬。萧颖士日常亏杜亮服事惯了，到得死后，十分不便，央人四处寻觅仆从，因他打人的名头出了，那个肯来跟随？就有个肯跟他的，也不中其意。有时读书到忘怀之处，还认做杜亮在旁，抬头不见，便掩卷而泣。后来萧颖士知得了杜亮当日不从杜明这班说话，不觉气咽胸中，泪如泉涌，大叫一声："杜亮！我读了一世的书，不曾遇着个怜才之人，终身沦落。谁想你到是我的知己，却又有眼无珠，枉送了你性命，我之罪也！"言还未毕，口中的鲜血，往外直喷，自此也成了个呕血之疾。将书籍尽皆焚化，口中不住的喊叫杜亮，病了数月，也归大梦。遗命教迁杜亮与他同葬。有诗为证：

> 纳贿趋权步步先，高才曾见几人怜？
>
> 当路若能如杜亮，草莱安得有遗贤。

说话的，这杜亮爱才恋主，果是千古奇人。然看起来，毕竟还带些腐气，未为全美。若有别桩希奇故事，异样话文，再讲回出来。列位看官稳坐着，莫要性

急，适来小子道这段小故事，原是入话，还未曾说到正传。那正传却也是个仆人，他比杜亮更是不同，曾独力与孤孀主母，挣起个天大家事，替主母嫁三个女儿，与小主人娶两房娘子，到得死后，并无半文私蓄，至今名垂史册。待小子慢慢的道来，劝谕那世间为奴仆的，也学这般尽心尽力，帮家做活，传个美名；莫学那样背恩反噬，尾大不掉的，被人唾骂。

你道这段话文，出在那个朝代？什么地方？原来就在本朝嘉靖爷年间，浙江严州府淳安县，离城数里，有个乡村，名曰锦沙村。村上有一姓徐的庄家，恰是弟兄三人。大的名徐言，次的名徐召，各生一子。第三个名徐哲，浑家颜氏，却倒生得二男三女。他弟兄三人，奉着父亲遗命，合锅儿吃饭，并力的耕田。挣下一头牛儿，一骑马儿。又有一个老仆，名叫阿寄，年已五十多岁，夫妻两口，也生下一个儿子，还只有十来岁。那阿寄就是本村生长，当先因父母丧了，又无力殡殓，故此卖身在徐家。为人忠谨小心，朝起晏眠，勤于种作。徐言的父亲大得其力，每事优待。到得徐言辈掌家，见他年纪有了，便有些厌恶之意。那阿寄又不达时务，遇着徐言弟兄行事有不到处，便苦口规谏。徐哲尚肯服善，听他一两句；那徐言、徐召是个自作自用的性子，反怪他多嘴擦舌，高声叱喝，有时还要奉承几下消食拳头。阿寄的老婆劝道："你一把年纪的人了，诸事只宜退缩算。他们是后生家世界，时时新，局局变，由他去主张罢了；何苦的定要多口，常讨恁样凌辱。"阿寄道："我受老主之恩，故此不得不说。"婆子道："累说不听，这也怪不得你了。"自此阿寄听了老婆言语，缄口结舌，再不干预其事，也省了好些耻辱。正合着古人两句言语，道是：

闭口深藏舌，安身处处牢。

不则一日，徐哲忽地患了个伤寒症候，七日之间，即便了帐。那时就哭杀了颜氏母子，少不得衣棺盛殓，做些功果追荐。过了两月，徐言与徐召商议道："我与你各只一子，三兄弟到有两男三女，一分就抵着我们两分。便是三兄弟在时，一般耕种，还算计不就。何况他已死了，我们日夜吃辛吃苦挣来，却养他一窝子吃死饭的。如今还是小事，到得长大起来，你我儿子配婚了，难道不与他婚男嫁女，岂不比你我反多去四分。意欲即今三股分开，撇脱了这条烂死蛇，由他们有得吃，没得吃，可不与你我没干涉了。只是当初老官儿遗嘱，教道莫要分开。今若违他言语，被人谈论，却怎么处？"那时徐召若是个有仁心的，便该劝徐言休了这念才是。谁知他的念头，一发起得久了，听见哥子说出这话，正合其意。乃答道："老官儿虽有遗嘱，不过是死人说话了，须不是圣旨，违背不得的；况且我们的家事，那个外人敢来谈论！"徐言连称有理。即将田产家私，都暗地配搭停当，只拣不好的留与侄子。徐言又道："这牛马却怎地分？"徐召沉吟半晌，乃道："不难！那阿寄夫妻年纪已老，渐渐做不动了，活时到有三个吃死饭的，死了又要赔两口棺木，把他也当作一股，派与三房里，卸了这干系，可不是好。"

计议已定，到次日备些酒肴，请过几个亲邻坐下，又请出颜氏，并两个侄儿。那两个孩子，大的才得七岁，唤做福儿，小的五岁，叫做寿儿，随着母亲，直到堂前，连颜氏也不知为甚缘故。只见徐言弟兄立起身来道："列位高亲在上，有一言相告：昔年先父原没甚所遗，多亏我弟兄挣得些小产业，只望弟兄相守到老，传至子侄这辈分析。不幸三舍弟近日有此大变，弟妇又是个女道家，不知产业多少；况且人家消长不一，到后边多挣得，分与舍侄便好，万一消乏了，那时只道我们有甚私弊，欺他孤儿寡妇，反伤骨肉情义了。故此我兄弟商量，不如趁此完美之时，分作三股，各自领去营运，省得后来争多竞少。特请列位高亲来作眼。"遂向袖中摸出三张分书来，说道："总是一样配搭，至公无私，只劳列位着个花押。"颜氏听说要分开自做人家，眼中扑簌簌珠泪交流，哭道："二位伯伯，我是个孤孀妇人，儿女又小，就是没脚蟹一般，如何撑持的门户？昔日公公原吩咐莫要分开，还是二位伯伯总管在那里，扶持小儿女大了，但凭胡乱分些便罢，决不敢争多竞少！"徐召道："三娘子，天下无有不散筵席，就合上一千年，少不得有个分开日子。公公乃过世的人了，他的说话，那里作得准。大伯昨日要把牛马分与你，我想侄儿又小，那个去看养，故分阿寄来帮扶。他年纪虽老，筋力还健，赛过一个后生家种作哩！那婆子绩麻纺线，也不是吃死饭的。这孩子再耐他两年，就可下得田了，你不消愁得！"颜氏见他弟兄如此，明知已是做就，料道拗他不过，一味啼哭。那些亲邻看了分书，虽晓得分得不公道，都要做好好先生，那个肯做闲冤家，出尖说话？一齐着了花押，劝慰颜氏收了进去，入席饮酒。有诗为证：

分书三纸语从容，人畜均分禀至公。

老仆不如牛马用，拥孤孀妇泣西风。

却说阿寄，那一早差他买东买西，请张请李，也不晓得又做甚事体。恰好在南村去请个亲戚，回来时里边事已停妥。刚至门口，正遇着老婆。那婆子恐他晓得了这事，又去多言多语，扯到半边，吩咐道：“今日是大官人分拨家私，你休得又去闲管，讨他的怠慢！”阿寄闻言，吃了一惊，说道：“当先老主人遗嘱，不要分开，如何见三官人死了，就撇开这孤儿寡妇，教他如何过活？我若不说，再有何人肯说？”转身就走。婆子又扯住道：“清官也断不得家务事，适来许多亲邻，都不开口；你是他手下人，又非甚么高年族长，怎好张主？”阿寄道：“话虽有理，但他们分的公道，便不开口；若有些欺心，就死也说不得，也要讲个明白。”又问道：“可晓得分我在那一房？”婆子道：“这到不晓得。”阿寄走到堂前，见众人吃酒，正在高兴，不好遽然问得，站在旁边。间壁一个邻家抬头看见，便道：“徐老官，你如今分在三房里了。他是孤孀娘子，须是竭力帮助便好。”阿寄随口答道：“我年纪已老，做不动了。”口中便说，心下暗转道：“原来拨我在三房里，一定他们道我没用了，借手推出的意思。我偏要争口气，挣个事业起来，也不被人耻笑。”遂不问他们分析的事，一径转到颜氏房门口，听得在内啼哭。阿寄立住脚听时，颜氏哭道：“天啊！只道与你一竹竿到底白头相守，那里说起半路上就抛撇了，遗下许多儿女，无依无靠！还指望倚仗做伯伯的扶养长大，谁知你骨肉未寒，便分拨开来。如今教我没投没奔，怎生过日？”又哭道："就是分的田产，他们通是亮里，我是暗中，凭他们分派，那里知得好歹。只一件上，已是他们的肠子狠了。那牛儿可以耕田，马儿可雇倩与人，只拣两件有利息的拿了去！却推两个老头儿与我，反要费我的衣食！”那老儿听了这话，猛然揭起门帘叫道："三娘！你道老奴单费你的衣食，不及马牛的力么？”颜氏猛地里被他钻进来说这句话，到惊了一跳，收泪问道："你怎地说？”阿寄道："那牛马每年耕种雇倩，不过有得数两利息，还要赔个人喂养跟随。若论老奴，年纪虽有，精力未衰，路还走得，苦也受得。那经商道业，虽不曾做，也都明白。三娘急急收拾些本钱，待老奴出去做些生意，一年几转，其利岂不胜似马牛数倍！就是我的婆子，平昔又勤于纺织，亦可少助薪水之费。那田产莫管好歹，把来放租与人，讨几担谷子，做了桩主。三娘同姐儿们，也做些活计，将就度日，不要动那贷本。营运数年，怕不挣起个事业？何消愁闷！”颜氏见他说得有些来历，乃道："若得你如此出力，可知好哩。但恐你有了年纪，受不得辛苦。”阿寄道："不瞒三娘说，老便老，健还好，眠得迟，起的早，只怕后生家还赶我不上哩。这到不消虑得。”颜氏道："你打帐做甚生意？”阿寄道：“大凡经商，本钱多便大做，本钱少便小做。须到外边去，看临期着便，见景生情，只拣有利息的就做，不是在家论得定的。”颜氏道：“说得有理，待我计较起来。”阿寄又讨出分书，将分下的家火，照单逐一点明，搬在一处，然后走至堂前答应。众亲邻直饮至晚方散。

次日，徐言即唤个匠人，把房子两下夹断，教颜氏另自开个门户出入。颜氏一面整顿家中事体，自不必说；一面将簪钗衣饰，悄悄教阿寄去变卖，共凑了十二两银子。颜氏把来交与阿寄道：“这些少东西，乃我养命之资，一家大小俱在此上，今日交付与你，大利息原不指望，但得细微之利也就够了。临事务要斟酌，路途亦宜小心。切莫有始无终，反被大伯们耻笑！”口中便说，不觉泪随言下。阿寄道：“但请放心，老奴自有见识在此，管情不负所托。”颜氏又问道：“还是几时起身？”阿寄回道：“本钱已有了，明早就行。”颜氏道：“可要拣个好日？”阿寄道：“我出去做生意，便是好日了，何必又拣？”即把银子藏在兜肚之中，走到自己房里，向婆子道：“明早要出门去做生意，可将旧衣旧裳，打叠在这一处。”原来阿寄止与主母计议，连老婆也不通他知得。这婆子见蓦地说出那句话，也觉骇然，问道：“你往何处去？做甚生意？”阿寄方把前事说与。那婆子道："阿呀！这是哪里说起！你虽然一把年纪，那生意行中，从不曾着脚，却去弄虚头，说大话，兜揽这帐。孤孀娘子的银两，是苦恼东西，莫要把去弄出个话靶，连累他没得过用，岂不终身抱怨。不如依着我，快快送还三娘，拚得早起晏眠，多吃些苦儿，照旧耕种帮扶，彼此到得安逸。"阿寄道："婆子家晓道什么？只管胡言乱语！那见得我不会做生意，弄坏了事，要你未风先雨。"遂不听老婆，自去收拾了衣服、被窝，却没个被囊，只得打个包儿；又做起一个缠袋，准备些干粮；又到市上买了顶雨伞，一双麻鞋。打点完备，次早先到徐言、徐召二家说道："老奴今日要往远处做生意，家中无人照管，虽则各分门户，还要二位官人早晚看顾。"徐言二人听了，不觉暗笑，答道："这到不消你叮嘱，只要赚了银子回来，送些人事与我们。"阿寄道："这个自然。"转到家中，吃了饭食，作别了主母，穿上麻鞋，背着包裹、雨伞，又吩咐老婆，早晚须要小心。临出门，颜氏又再三叮咛，阿寄点头答应，大踏步去了。

且说徐言弟兄等阿寄转身后，都笑道："可笑那三娘子好没见识，有银子做生意，却不与你我商量，倒听阿寄这老奴才的说话。我想他生长已来，何曾做惯生

意？哄骗孤孀妇人的东西，自去快活。这本钱可不白白送落！"徐召道："便是当初合家时，却不把出来营运，如今才分得，即教阿寄做客经商。我想三娘子又没甚妆奁，这银两定然是老官儿存日，三兄弟克剥下的，今日方才出豁。总之，三娘子瞒着你我做事，若说他不该如此，反道我们妒忌了。且待阿寄折本回来，那时去笑他。"正是：

> 云端看厮杀，毕竟孰输赢？
>
> 路遥知马力，日久见人心。

再说阿寄离了家中，一路思想："做甚生理便好？"忽地转着道："闻得贩漆这项道路，颇有利息，况在近处，何不去试他一试？"定了主意，一直至庆云山中。原来采漆之处，原有个牙行，阿寄就行家住下。那贩漆的客人，却也甚多，都是挨次儿打发。阿寄想道："若慢慢的挨去，可不耽搁了日子，又费去盘缠！"心生一计，捉个空扯主人家到一村店中，买三杯请他，说道："我是个小贩子，本钱短少，守日子不起的。望主人家看乡里分上，怎地设法先打发我去。哪一次来，大大再整个东道请你！"也是数合当然，那主人家却正撞着是个贪杯的，吃了他的软口汤，不好回得，一口应承。当晚就往各村户凑足其数，装裹停当。恐怕客人们知得嗔怪，到寄在邻家放下。次日起个五更，打发阿寄起身。那阿寄发利市，就得了便宜，好不喜欢。教脚夫挑出新安江口，又想道："杭州离此不远，定卖不起价钱。"遂雇船直到苏州。正遇在缺漆之时，见他的货到，犹如宝贝一般，不勾三日，卖个干净。一色都是见银，并无一毫赊帐。除去盘缠使用，足足赚对合有余。暗暗感谢天地，即忙收拾起身。又想道："我今空身回去，须是趁船，这银两在身边，反担干系。何不再贩些别样货去，多少寻些利息也好。"打听得枫桥籼米到得甚多，登时落了几分价钱，乃道："这贩米生意，量来必不吃亏。"遂籴了六十多担籼米，载到杭州出脱。那时乃七月中旬，杭州有一个月不下雨，稻苗都干坏了，米价腾涌。阿寄这载米，又值在巧里，每一挑长了二钱，又赚十多两银子。自言自语道："且喜做来生意，颇颇顺溜，想是我三娘福分到了！"却又想道："既在此间，怎不去问问漆价？若与苏州相去不远，也省好些盘缠。"细细访问时，比苏州更反胜。你道为何？原来贩漆的，都道杭州路近价贱，俱往远处去了，杭州到时常短缺。常言道：货无大小，缺者便贵。故此比别处反胜。阿寄得了这个消息，喜之不胜，星夜赶到庆云山。只备下些小人事，送与主人家，依旧又买三杯相请。那主人家得了些小便宜，喜逐颜开，一如前番，悄悄先打发他转身。到杭州也不消三两日，就都卖完。计算本利，果然比起先这一帐又多几两，只是少了那回头货的利息。乃道："下次还到远处去。"与牙人算清了帐目，收拾起程。想道："出门好几时了，三娘必然挂念，且回去回覆一声，也教他放心。"又想道："总是收漆要等候两日，何不先到山中，将银子教主人家一面先收，然后回家，岂不两便！"定了主意，到山中把银两付与牙人，自己赶回家去。正是：

先收漆货两番利，初出茅庐第一功。

且说颜氏自阿寄去后，朝夕悬挂，常恐他消折了这些本钱，怀着鬼胎。耳根边又听得徐言兄弟在背后颠唇簸嘴，愈加烦恼。一日正在房中闷坐，忽见两个儿子乱喊进来道："阿寄回家了！"颜氏闻言，急走出房，阿寄早已在面前，他的老婆也随在背后。阿寄上前，深深唱个大喏。颜氏见了他，反增着一个蹬心拳头，胸前突突的乱跳，诚恐说出句扫兴话来。便问道："你做的是什么生意？可有些利钱？"那阿寄叉手不离方寸，不慌不忙的说道："一来感谢天地保佑，二来托赖三娘洪福，做的却是贩漆生意，赚得五六倍利息。如此如此，这般这般。恐怕三娘放心不下，特归来回覆一声！"颜氏听罢，喜从天降，问道："如今银子在那里？"阿寄道："已留与

主人家收漆，不曾带回，我明早就要去的。"那时合家
欢天喜地。阿寄住了一晚，次日清早起身，别了颜氏，
又往庆云山去了。

　　且说徐言弟兄，那晚在邻家吃社酒醉倒，故此阿寄
归家，全不晓得。到次日齐走过来，问道："阿寄做生
意归来，趁了多少银子？"颜氏道："好教二伯伯知得，
他一向贩漆营生，倒觅得五六倍利息。"徐言道："好
造化！怎样赚钱时，不够几年，便做财主哩。"颜氏道：
"伯伯休要笑话，免得饥寒便够了。"徐召道："他如今
在那里？出去了几多时？怎么也不来见我？这样没礼！"
颜氏道："今早原就去了。"徐召道："如何去得怎般急
速？"徐言又问道："那银两你可曾见见数么？"颜氏道：
"他说俱留在行家买货，没有带回。"徐言呵呵笑道："我
只道本利已在手上了，原来还是空口说白话，眼饱肚中
肌。耳边到说得热哄哄，还不知本在何处？利在那里？
便信以为真。做经纪的人，左手不托右手，岂有自己回
家，银子反留在外人。据我看起来，多分这本钱弄折
了，把这鬼话哄你！"徐召也道："三娘子，论起你家做
事，不该我们多口。但你终是女眷家，不知外边世务，
既有银两，也该与我二人商量，买几亩田地，还是长
策。那阿寄晓得做甚生理？却瞒着我们，将银子与他出

去瞎撞。我想那银两，不是你的妆奁，也是三兄弟的私蓄，须不是偷来的，怎看得恁般轻易！"二人一吹一唱，说得颜氏心中哑口无言，心下也生疑惑，委决不下。把一天欢喜，又变为万般闷愁。按下此处不提。

再说阿寄这老儿急急赶到庆云山中，那行家已与他收完，点明交付。阿寄此番不在苏杭发卖，径到兴化地方，利息比这两处又好。卖完了货，却听得那边米价一两三担，斗斛又大。想起杭州见今荒歉，前次籴客贩的去，尚赚了钱，今在出处贩去，怕不有一两个对合。遂装上一大载米至杭州，准准籴了一两二钱一石，斗斛上多来，恰好顶着船钱使用。那时到山中收漆，便是大客人了，主人家好不奉承。一来是颜氏命中合该造化，二来也亏阿寄经营伶俐，凡贩的货物，定获厚利。一连做了几帐，长有二千余金。看看捱着残年，算计道："我一个孤身老儿，带着许多财物，不是耍处！倘有差跌，前功尽弃。况且年近岁逼，家中必然悬望，不如回去，商议置买些田产，做了根本，将余下的再出来运弄。"此时他出路行头，诸色尽备，把银两逐封紧紧包裹，藏在顺袋中。水路用舟，陆路雇马，晏行早歇，十分小心。非止一日，已到家中，把行李驮入。婆子见老公回了，便去报知颜氏。那颜氏一则以喜，一则以惧。所喜者，阿寄回来；所惧者，未知生意长短若何。因向日被徐言弟兄奚落了一场，这番心里比前更是着急。三步并作两步，奔至外厢，望见这堆行李，料道不像个折本的，心上就安了一半。终是忍不住，便问道："这一向生意如何？银两可曾带回？"阿寄近前见了个礼，说道："三娘不要急，待我慢慢的细说。"教老婆顶上中门，把行李尽搬至颜氏房中打开，将银子逐封交与颜氏。颜氏见着许多银两，喜出望外，连忙开箱启笼收藏。阿寄方把往来经营的事说出。颜氏因怕惹是非，徐言当日的话，一句也不说与他知道，但连称："都亏你老人家气力了，且去歇息则个。"又吩咐："倘大伯们来问起，不要与他讲真话。"阿寄道："老奴理会得。"正话间，外面呼呼声叩门，原来却是徐言弟兄听见阿寄归了，特来打探消耗。阿寄上前作了两个揖。徐言道："前日闻得你生意十分旺相，今番又趁若干利息？"阿寄道："老奴托赖二位官人洪福，除了本钱盘费，干净趁得四五十两。"徐召道："阿呀！前次便说有五六倍利了，怎地又去了许多时，反少起来？"徐言道："且不要问他趁多趁少，只是银子今日可曾带回？"阿寄道："已交与三娘了。"二人便不言语，转身出去。

再说阿寄与颜氏商议，要置买田产，悄地央人寻觅。大抵出一个财主，生一个败子。那锦沙村有个晏大户，家私豪富，田产广多；单生一子名为世保，取世守其业的意思。谁知这晏世保，专于嫖赌，把那老头儿活活气死。合村的人道他是个败子，将"晏世保"三字，顺口改为"献世保"。那献世保同着一班无藉，朝欢暮乐，弄完了家中财物，渐渐摇动产业。道是零星卖来不够用，索性卖一千亩，讨价三千余两，又要一注儿交银。那村中富者虽有，一时凑不起许多银子，无人上桩。延至岁底，献世保手中越觉干逼，情愿连一所庄房，只要半价。阿寄偶然闻得这个消息，即寻中人去讨个经帐，恐怕有人先成了去，就约次日成交。献世保听得有了售主，好不欢喜。平日一刻也不着家的，偏这日足迹不敢出门，呆呆的等候中人同往。且说阿寄料道献世保是爱吃东西的，清早便去买下佳肴美酝，唤个厨夫安排。又向颜氏道："今日这场交易，非同小可！三娘是个女眷家，两位小官人又幼，老奴又是下人，只好在旁说话，难好与他抗礼。须请间壁大官人弟兄来作眼，方是正理。"颜氏道："你就过去请一声。"阿寄即到徐言门首，弟兄正在那里说话。阿寄道："今日三娘买几亩田地，特请二位官人来张主！"二人口中虽然答应，心内又怪颜氏不托他寻觅，好生不乐。徐言说道："既要买田，如何不托你我，又教阿寄张主，直至成交，方才来说？只是这村中，没有什么零星田卖。"徐召道："不必猜疑，少顷便见着落了。"二人坐于门首，等至午前光景，只见献世保同着几个中人，两个小厮，拿着拜匣，一路拍手拍脚的笑来，望着间壁门内齐走进去。徐言弟兄看了，倒吃一吓，都道："咦！好作怪！闻得献世保要卖一千亩田，实价三千余两，不信他家有许多银子？难道献世保又零卖一二十亩？"疑惑不定。随后跟入，相见已罢，分宾而坐。阿寄向前说道："晏官人，田价昨日已是言定，一依吩咐，不敢断少。晏官人也莫要节外生枝，又更他说。"献世保乱嚷道："大丈夫做事，一言已出，驷马难追！若又有他说，便不是人养的了！"阿寄道："既如此，先立了文契，然后兑银。"那纸墨笔砚，准备得停停当当，拿过来就是。献世保拈起笔，尽情写了一纸绝契，又道："省得你不放心，先画了花约，何如？"阿寄道："如此更好！"徐言兄弟看那契上，果是一千亩田，一所庄房，实价一千五百两。吓得二人面面相觑，伸出了舌头，半日也缩不上去。都暗想道："阿寄生意总是趁钱，也趁不得这些！莫不是做强盗打劫的，或是掘着了藏？好生难猜。"中人着完花押，阿寄收进去交与颜氏。他已先借下一副天秤法马，提来放在桌上，与颜氏取出银子来兑，一色都是粉块细丝。徐言、徐召眼内放出火来，喉间烟也直冒，恨不得推开众人，通抢回去！不一时兑完，摆出酒肴，饮至更深方散。次日，阿寄又向颜氏道："那庄房甚是宽大，何不搬在那边居住？收下稻子，也好照管。"颜氏晓得徐言弟兄妒忌，也巴不能远开一步。便依他说话，选了新正初六，迁入新房。阿寄又请个先生，教他两位小官人读书。大的名徐宽，次的名徐宏，家中收拾得十分次第。那些村中人见颜氏买了一千亩田，都传说掘了藏，银子不计其数，连坑厕说来都是银的，谁个不来趋奉。再说阿寄将家中整顿停当，依旧又出去经营。这番不专于贩漆，但闻有利息的便做。家中收下米谷，又将来腾那。十年之外，家私巨富。那献世保的田宅，尽归于徐氏。门庭热闹，牛马成群，婢仆雇工人等，也有整百，好不兴头！

正是：

富贵本无根，尽从勤里得。

请观懒惰者，面带饥寒色。

那时颜氏三个女儿，都嫁与一般富户。徐宽、徐宏也各婚配。一应婚嫁礼物，尽是阿寄支持，不费颜氏丝毫气力。他又见田产广多，差役烦重，与徐宽弟兄，俱纳个监生，优免若干田役。

颜氏与阿寄儿子完了姻事，又见那老儿年纪衰迈，留在家中照管，不肯放他出去，又派个马儿与他乘坐。那老儿自经营以来，从不曾私吃一些好饮食，也不曾自私做一件好衣服。寸丝尺帛，必禀命颜氏，方才敢用。且又知礼数，不论族中老幼，见了必然站起。或乘马在途中遇着，便跳下来闪在路旁，让过去了，然后又行。因此远近亲邻，没一人不把他敬重。就是颜氏母子，也如尊长看承。那徐言、徐召，虽也挣起些田产，比着颜氏，尚有天渊之隔，终日眼红颈赤。那老儿揣知二人意思，劝颜氏各助百金之物。又筑起一座新坟，连徐哲父母，一齐安葬。那老儿整整活到八十，患起病来，颜氏要请医人调治，那老儿道："人年八十，死乃分内之事，何必又费钱钞。"执意不肯服药。颜氏母子，不住在床前看视，一面准备衣衾棺椁。病了数日，势渐危笃，乃请颜氏母子到房中坐下，说道："老奴牛马力已少尽，死亦无恨。只有一事，越分张主，不要见怪！"颜氏垂泪道："我母子全亏你气力，方有今日。有甚事体，一凭吩咐，决不违拗！"那老儿向枕边摸出两纸文书，递与颜氏道："两位小官人，年纪已长，后日少不得要分析。倘那时嫌多道少，便伤了手足之情。故此老奴久已将一应田房财物等件，分均停当。今日交付与二位小官人，各自去管业。”又叮嘱道：“那奴仆中难得好人，诸事须要自己经心，切不可重托！”颜氏母子，含泪领命。他的老婆、儿子，都在床前啼啼哭哭，也嘱咐了几句。忽地又道：“只有大官人、二官人，不曾面别，终是欠事，可与我去请来。”颜氏即差个家人去请。徐言、徐召说道：“好时不直得帮扶我们，临死却来思想，可不扯淡！不去！不去！”那家人无法，只得转身。却见徐宏亲自奔来相请，二人灭不个侄儿面皮，勉强随来。那老儿已说话不出，把眼看了两看，点点头儿，奄然而逝！他的老婆、儿媳啼哭，自不必说。只这颜氏母子俱放声号恸，便是家中大小男女，念他平日做人好处，也无不下泪。惟有徐言、徐召反有喜色。可怜那老儿：

辛勤好似蚕成茧，茧老成丝蚕命休。

又似采花蜂酿蜜，甜头到底被人收。

颜氏母子哭了一回，出去支持殡殓之事。徐言、徐召看见棺木坚固，衣衾整齐，扯徐宽弟兄到一边，说道：“他是我家家人，将就些罢了，如何要这般好断送？就是当初你家公公与你父亲，也没恁般齐整！”徐宽道：“我家全亏他挣起这些事业，若薄了他，内心上也打不过去！”徐召笑道：“你老大的人，还是个呆子！这是你母子命中合该有此造化，岂真是他本事挣来的哩。还有一件，他做了许多年数，克剥的私房，必然也有好些，怕道没得结果，你却挖出肉里钱来，与他备后事。”徐宠道：“不要冤枉坏人！我看他平日，一厘一毫，都清清白白交与母亲，并不见有什么私房。”徐召又说道：“做的私房，藏在那里，难道把与你看不成？若不信时，如今将那房中一检，极少也有整千银子！”徐宽道：“总有也是他挣下的，好道拿他的不成？”徐言道：“虽不拿他的，见个明白也好。”徐宽弟兄被二人说得疑疑惑惑，遂听了他，也不通颜氏知道，一齐走至阿寄房中。把婆子们哄了出去，闭上房门，开箱倒笼，遍处一搜，只有几件旧衣旧裳，那有分文钱钞。徐召道：“一定藏在儿子房里，也去一检！”寻出一包银子，不上二两，包中有个帐儿。徐宽仔细看时，还是他儿子娶妻时，颜氏助作三两银子，用剩下的。徐宏道：“我说他没有什么私房，却定要来看！还不快收拾好了，倘被人撞见，反道我们器量小了。”徐言、徐召自觉乏趣，也不别颜氏，径自去了。徐宽又把这事学向母亲，愈加伤感，令合家挂孝，开丧受吊，多修功果追荐。七终之后，即安葬于新坟旁边，祭葬之礼，每事从厚。颜氏主张，将家产分一股与他儿子，自去成家立业，奉养其母；又教儿子们以叔侄相称。此亦见颜氏不泯阿寄恩义的好处。那合村

的人，将阿寄生平行谊，具呈府县，要求旌奖，以劝后人。府县又查勘的实，申报上司，具疏奏闻，朝廷旌表其间。至今徐氏子孙繁衍，富冠淳安。诗云：

> 年老筋衰逊马牛，千金致产出人头。
>
> 托孤寄命真无愧，羞杀苍头不义侯。

# 第十三卷　蔡瑞虹忍辱报仇

酒可陶情适性，兼能解闷消愁。三杯五盏乐悠悠，痛饮翻能损寿。　　谨厚化成凶险，精明变作昏流。禹疏仪狄岂无由？狂药使人多咎。

这首词名为《西江月》，是劝人节饮之语。今日说一位官员，只因贪杯上，受了非常之祸。话说这宣德年间，南直隶淮安府淮安卫，有个指挥姓蔡，名武。家资富厚，婢仆颇多。平昔别无所好，偏爱的是杯中之物，若一见了酒，连性命也不相顾，人都叫他做"蔡酒鬼"。因这件上，罢官在家。不但蔡指挥会饮，就是夫人田氏，却也一般善酌，二人也不像个夫妻，到像两个酒友。偏生奇怪，蔡指挥夫妻都会饮酒，生得三个儿女，却又滴酒不闻。那大儿蔡韬，次子蔡略，年纪尚小；

女儿到有一十五岁，生时因见天上有一条虹霓，五色灿烂，正环在他家屋上，蔡武以为祥瑞，遂取名叫做瑞虹。那女子生得有十二分颜色，善能描龙画凤，刺绣拈花。不独花工伶俐，且有智识才能，家中大小事体，到是他掌管。因见父母日夕沉湎，时常规谏，蔡指挥哪里肯依！

话分两头。且说那时有个兵部尚书赵贵，当年未达时，住在淮安卫间壁，家道甚贫，勤苦读书，夜夜直读到鸡鸣方卧。蔡武的父亲老蔡指挥，爱他苦学，时常送柴送米。资助赵贵后来连科及第，直做到兵部尚书。思念老蔡指挥昔年之情，将蔡武特升了湖广荆襄等处游击将军。是一个上好的美缺，特地差人将文凭送与蔡武。蔡武心中欢喜，与夫人商议，打点择日赴任。瑞虹道："爹爹！依孩儿看起来，此官莫去做罢！"蔡武道："却是为何？"瑞虹道："做官的一来图名，二来图利，故此千乡万里远去。如今爹爹在家，日日只是吃酒，并不管一毫别事。倘若到任上也是如此，哪个把银子送来，岂不白白里干折了盘缠辛苦，路上还要担惊受怕。就是没得银子趁，也只算是小事，还有别样要紧事体，担干系哩！"蔡武道："除了没银子趁罢了，还有甚么干系？"瑞虹道："爹爹！你一向做官时，不知见过多少了，难道这样事到不晓得？那游击官儿，在武职里便算做美任；在文官上司里，不过是个守令官，不时衙门伺候，东迎西接，都要早起晏眠。我想你平日在家，单管吃酒，自在惯了；倘到那里，依原如此，岂不受上司责罚！这也还不算利害，或是信地盗贼生发，差拨去捕获；或者别处地方有警，调遣去出征。那时不是马上，定是舟中，身披甲胄，手执戈矛，在生死关系之际，倘若一般终日吃酒，岂不把性命送了？不如在家安闲自在，快活过了日子，却去讨这样烦恼吃！"蔡武道："常言说得好，酒在心头，事在肚里。难道我真个单吃酒不管正事不成？只为家中有你掌管，我落得快活。到了任上，你替我不得时，自然着急，不消你担隔夜忧。况且这样美缺，别人用银子谋干，尚不能够；如今承赵尚书一片好意，特地差人送上大门，我若不去做，反拂了这段来意。我自有主意在此，你不要阻当！"瑞虹见父亲立意要去，便道："爹爹既然要去，把酒来戒了，孩儿方才放心。"蔡武道："你晓得我是酒养命的，如何全戒得，只是少吃几杯罢！"遂说下几句口号：

老夫性与命，全靠水边酉。

宁可不吃饭，岂可不饮酒。

今听汝忠言，节饮知谨守。

每常十遍饮，今番一加九。

每常饮十升，今番只一斗。

每常一气吞，今番分两口。

每常床上饮，今番下地走。

每常到三更，今番二更后。

再要裁减时，性命不直狗。

且说蔡武次日即教家人蔡勇，在淮关写了一只民座船，将衣饰细软，都打叠带去。粗重家伙，封锁好了，留一房家人看守。其余童仆尽随往任所。又买了许多好酒，带路上去吃。择了吉日，备猪羊祭河，作别亲戚，起身下船。稍公扯起篷，由扬州一路进发。你道稍公是何等样人？那稍公叫做陈小四，也是淮安府人，年纪三十已外。雇着一班水手，共有七人，唤做白满、李湲子、沈铁甏、秦小元、胡蛮二、余蛤蚆、凌歪嘴。这班人都是凶恶之徒，专在河路上谋劫客商。不想今日蔡武晦气，下了他的船只。陈小四起初见发下许多行李，眼中已是放出火来；及至家小下船，又一眼瞧见瑞虹美艳，心中愈加着魂。暗暗算计："且远一步儿下手，省得在近处，容易露人眼目。"不一日，将到黄州，乃道："此去正好行事了，且与众兄弟们说知。"走到稍上，对众水手道："舱中一注大财乡，不可错过，乘今晚取了罢！”众人笑道：“我们有心多日了，因见阿哥不说起，只道让同乡分上，不要了。”陈小四道：“因一路来，没个好下手处，造化他多活了这几日。”众人道：“他是个武官出身，从人又众，不比其他，须要用心。”陈小四道：“他出名的蔡酒鬼，有什么用？少停，等他吃酒到更深，放开手砍他娘罢了！只饶了这小姐，我要留他做个押舱娘子。”商议停当。少顷，到黄州江口泊住，买了些酒肉，安排起来，众水手吃个醉饱。扬起满帆，舟如箭放。那一日正是十五，刚到黄昏，一轮明月，如同白昼。至一空阔之处，陈小四道：“众兄弟，就此处罢，莫向前了！”霎时间，下篷抛锚，各执器械，先向前舱而来。迎头遇着一个家人，那家人见势头来得凶险，叫声：“老爷不好了！”说时迟，那时快，叫声未绝，顶门上已遭一斧，翻身跌倒，那些家人，一个个都抖衣而颤，哪里动弹得。被众强盗刀砍斧切，连排价杀去！且说蔡武自从下船之后，初时几日，酒还少吃，以后觉道无聊，夫妻依先大酌，瑞虹劝谏不止。那一晚与夫人开怀畅饮，酒量已吃到九分，忽听得前舱发喊。瑞虹急叫丫鬟来看，那丫鬟吓得寸步难移，叫道：“老爷，前舱杀人哩！”蔡奶奶惊得魂不附体，刚刚立起身来，众凶徒已赶进舱。蔡武兀自朦胧醉眼，喝道：“我老爹在此，那个敢？"沈铁甏早把蔡武一斧砍倒。众男女一齐跪下，道："金银任凭取去，但求饶命！"众人道："两件俱是要的。"陈小四道："也罢！看乡里情上，饶他砍头，与他个全尸罢了！"即教快取索子。两个奔向后艄，取出索子，将蔡武夫妻二子，一齐绑起，止空瑞虹。蔡武哭对瑞虹道："不听你言，致有今日！"声犹未绝，都揎向江中去了。其余丫鬟等婢，一刀一个，杀个干净。有诗为证：

> 金印将军酒量高，绿林暴客气雄豪。
>
> 无情波浪兼天涌，疑是胥江起怒涛。

瑞虹见合家都杀，独不害他，料必然来污辱，奔出舱门，望江中便跳。陈小四放下斧头，双手抱住道："小姐不要惊恐！还你快活。"瑞虹大怒，骂道："你这班强盗，害了我全家，尚敢污辱我么！快快放我自尽。"陈小四道："你这花容月貌，教我如何舍得？"一头说，一头抱入后舱。瑞虹口中千强盗，万强盗，骂不绝口。众人大怒道："阿哥，那里不寻了一个妻子，却受这贱人之辱！"便要赶进来杀。陈小四拉住道："众兄弟，看我分上饶他罢！明日与你陪情。"又对瑞虹道："快些住口，你若再骂时，连我也不能相救！"瑞虹一头哭，心中暗想："我若死了，一家之仇，那个去报？且含羞忍辱，待报仇之后，死亦未迟！"方才住口，跌足又哭。陈小四安慰一番。众人已把尸首尽抛入江中，把船揩抹干净，扯起满蓬，又驶到一个沙洲边，将箱笼取出，要把东西分派。陈小四道："众兄弟且不要忙，趁今日十五团圆之夜，待我做了亲，众弟兄吃过庆喜筵席，然后自由自在均分，岂不美哉！"众人道："也说得是。"连忙将蔡武带来的好酒，打开几坛，将那些食物东西，都安排起来，团团坐在舱中，点得灯烛辉煌，取出蔡武许多银酒器，大家痛饮。陈小四又抱出瑞虹坐在旁边道："小姐！我与你郎才女貌，做对夫妻，也不辱抹了你。今夜与我成亲，图个白头到老。"瑞虹掩着面只是哭。众人道："我众兄弟各人敬阿嫂一杯酒。"便筛过一杯，送在面前。陈小四接在手中，拿向瑞虹口边道："多谢众弟兄之敬，你略略沾些儿。"瑞虹那里采他，把手推开。陈小四笑道："多谢列位美情，待我替娘子饮罢！"拿起来一饮而尽。秦小元道："哥不要吃单杯，吃个双双到老！"又送过一杯，陈小四又接来吃了，也筛过酒，逐个答还。吃了一会，陈小四被众人劝送，吃到八九分醉了。众人道："我们畅饮，不要难为新人。哥！先请安置罢。"陈小四道："既如此，列位再请宽坐，我不陪了。"抱起瑞虹，取了灯火，径入后舱。放下瑞虹，掩上舱门，便来与他解衣。那时瑞虹身不由主，被他解脱干净，抱向床中，任情取乐。可惜千金小姐，落在强徒之手。

　　　　暴雨摧残娇蕊，狂风吹损柔芽。

　　　　那是一宵恩爱，分明夙世冤家。

　　不提陈小四。且说众人在舱中吃酒，白满道："陈四哥此时正在乐境了。"沈铁甕道："他便乐，我们却有些不乐。"秦小元道："我们有甚不乐。"沈铁甕道："同样做事，他到独占了第一件便宜。明日分东西时，可肯让一些么？"李癞子道："你道是乐，我想这一件，正是不乐之处哩。"众人道："为何不乐？"李癞子道："常言说的好，斩草不除根，萌芽依旧发。杀了他一家，恨不得把我们吞在肚里，方才快活，岂肯安心与陈四哥做夫妻？倘到人烟凑聚所在，叫喊起来，众人性命，可不都送在他的手里！"众人尽道："说得是，明日与陈四哥说明，一发杀却，岂不干净！"答道："陈四哥今夜得了甜头，怎肯杀他？"白满道："不要与陈四哥说知，悄悄竟行罢。"李癞子道："若瞒着他杀了，弟兄情上就到不好开交。我有个两得其便的计儿在此：趁陈四哥睡着，打开箱笼，将东西均分，四散去快活。陈四哥已受用了一个妙人，多少留几件与他，后来露出事来，止他自己受累，与我众人无干。或者不出丑，也是他的造化，怎样又不伤了弟兄情分，又连累我们不着，可不好么？"众人齐称道："好！"立起身把箱笼打开，将出黄白之资，衣饰器皿，都均分了，只拣用不着的留下几件。各自收拾，打了包裹，把舱门关闭，将船使到一个通官路所在泊住，一齐上岸，四散而去！

　　　　　　篋中黄白皆公器，被底红香偏得意。

　　　　　　蜜房割去别人甜，狂蜂犹抱花心睡。

　　且说陈小四专意在瑞虹身上，外边众人算计，全然不知。直至次日巳牌时分，方才起身来看，一人不见，还只道夜来中酒睡着。走至艄上，却又不在。再到前舱去看，那里有个人的影儿？惊骇道："他们通往何处去了？"心内疑惑，复走到舱中，看那箱笼，俱已打开，逐只检看，并无一物，止一只内存些少东西，并书帖之类。方明白众人分去，敢怒而不敢言，想道："是了！他们见我留着这小姐，恐后事露，故都悄然散去。"又想道："我如今独自个又行不得这船，住在此又非长策，倒是进退两难！欲待上涯，村中觅个人儿帮行，到有人烟之处，恐怕这小姐喊叫出来，这性命便休了。势在骑虎，留他不得了，不如斩草除根罢！"提起一柄板斧，抢入后舱。瑞虹还在床上啼哭，虽则泪痕满面，愈觉千娇百媚。那贼徒看了，神荡魂迷，臂垂手软，把杀

人肠子，顿时熔化。一柄板斧，扑秃的落在地下。又腾身上去，捧着瑞虹淫媾。可怜嫩蕊娇花，怎当得风狂雨骤！那贼徒恣意轻薄了一回，说道：“娘子，我晓的你劳碌了，待我去收拾些饮食与你将息！”跳起身，往艄上打火煮饭。忽地又想起道：“我若迷恋这女子，性命定然断送；欲要杀他，又不忍下手。罢！罢！只算我晦气，弃了这船，也向别处去过日。倘有采头，再觅注钱财，原挣个船儿，依旧快活。那女子留在船中，有命时便遇人救了，也算我一点阴骘。”却又想道：“不好！不好！如不除他，终久是个祸根。只饶他一刀，与他全尸罢！”煮些饭食吃饱，将平日所积囊资，并留下的些小东西，叠成一个大包，放在一边。寻了一条索子，打个圈儿，赶入舱来。这时瑞虹恐又来淫污，已是穿起衣服，向着里床垂泪，思算报仇之策，不提防这贼徒来谋害。说时迟，那时快，这贼徒奔近前，左手托起头儿，右手就将索子套上。瑞虹方待喊叫，被他随手扣紧，尽力一收，瑞虹疼痛难忍，手足乱动，扑的跳了几跳，直挺挺横在床上便不动了。那贼徒料是已死，即放了手，到外舱拿起包裹，提着一根短棍，登跳上涯，大踏步而去！正是：

虽无并枕欢娱，落得一身干净。

　　原来瑞虹命不该绝，喜得那贼打的是个单结，虽然被这一收时，气绝昏迷，才放下手，结就松开，不比那吊死的越坠越紧。咽喉间有了一线之隙，这点气回复透出，便不致于死。渐渐苏醒，只是遍体酥软，动掸不得，倒像被按摩的捏了个醉杨妃光景。喘了一回，觉的颈下难过，勉强挣起手扯开，心内苦楚，暗哭道："阿爹当时若听了我的言语，那有今日？只不知与这伙贼徒，前世有甚冤业，合家遭此惨祸！"又哭道："我指望忍辱偷生，还图个报仇雪耻，不道这贼原放我不过。我死也罢了，但是冤沉海底，安能瞑目！"转思转哭，愈想愈哀。正哭之间，忽然艄上，扑通的一声响亮，撞得这船幌上几幌，睡的床铺，险些撷翻。瑞虹被这一惊，哭也倒止住了。侧耳听时，但闻隔船人声喧闹，打号撑篙，本船不见一些声息。疑惑道："这班强盗为何被人撞了船，却不开口？莫非那船也是同伙？"又想道："或者是捕盗船儿，不敢与他争论。"便欲喊叫，又恐不能了事。方在惶惑之际，船仓中忽地有人大惊小怪，又齐拥入后舱。瑞虹还道是这班强盗，暗道："此番性命定然休矣！"只听众人说道："不知何处官府，打劫的如此干净？人样也不留一个！"瑞虹听了这话，已知不是强盗了，挣扎起身，高喊："救命！"众人赶向前看时，见是

美貌女子，扶持下床，问他被劫情由。瑞虹未曾开言，两眼泪珠先下。乃将父亲官爵籍贯，并被难始末，一一细说。又道：“列位大哥，可怜我受屈无伸，乞引到官司告理，擒获强徒正法，也是一点阴骘。”众人道：“原来是位小姐，可恼受着苦了！但我们都做主不得，须请老爹来与你计较。”内中一个便跑去相请。不多时，一人跨进舱中，众人齐道：“老爹来也！”瑞虹举目看那人面貌魁梧，服饰齐整，见众人称他老爹，料必是个有身家的，哭拜在地。那人慌忙扶住道：“小姐何消行此大礼？有话请起来说。”瑞虹又将前事细说一遍，又道：“求老爹慨发慈悲，救护我难中之人，生死不忘大德！”那人道：“小姐不消烦恼！我想这班强盗，去路还未远，即今便同你到官司呈告，差人四处追寻，自然逃走不脱。”瑞虹含泪而谢。那人吩咐手下道：“事不宜迟，快扶蔡小姐过船去罢！”众人便来搀扶。瑞虹寻过鞋儿穿起，走出舱门观看，乃是一只双开篷顶号货船。过得船来。请入舱中安息。众水手将贼船上家伙东西，尽情搬个干净，方才起篷开船。

你道那人是谁？原来姓卞，名福，汉阳府人氏。专在江湖经商，挣起一个老大家业，打造这只大船。众水手俱是家人。这番在下路脱了粮食，装回头货归家，正趁着顺风行走，忽地被一阵大风，直打向到岸边去。艄公把舵务命推挥，全然不应，径向贼船上当艄一撞。见是座船，恐怕拿住费嘴，好生着急。合船人手忙脚乱，要撑开去，不道又搁在浅处，牵扯不动，故此打号用力。因见座船上没个人影，卞福以为怪异，教众水手过船来看。已后闻报，止有一个美女子，如此如此，要求搭救。卞福即怀下不良之念，用一片假情，哄得过船，便是买卖了，那里是真心肯替他伸冤理枉。那瑞虹起初因受了这场惨毒，正无门伸诉，所以一见卞福，犹如见了亲人一般，求他救济，又见说出那班言语，便信以为真，更不疑惑。到得过船心定，想起道："此来差矣！我与这客人非亲非故，如何指望他出力，跟着同走？虽承他一力当担，又未知是真是假。倘有别样歹念，怎生是好？"方在疑虑，只见卞福，自去安排着佳肴美酿，承奉瑞虹，说道："小姐你一定饿了，且吃些酒食则个。"瑞虹想着父母，那里下得咽喉。卞福坐在旁边，甜言蜜语，劝了两小杯，开言道："小子有一言商议，不知小姐可肯听否？"瑞虹道："老客有甚见谕？"卞福道："适来小子一时义愤，许小姐同到官司告理，却不曾算到自己这一船货物。我想那衙门之事，原论不定日子的。倘或牵缠半年六月，事体还不能完妥，货物又不能脱去，岂不两下耽搁。不如小姐且随我回去，先脱了货物，然后另换一个小船，与你一齐下来理论这事，就盘桓几年，也不妨得。更有一件，你我是个孤男寡女，往来行走，必惹外人谈议，总然彼此清白，谁人肯信？可不是无丝有线？况且小姐举目无亲，身无所归；小子虽然是个商贾，家里颇颇得过，若不弃嫌，就此结为夫妇。那时报仇之事，水里水去，火里火去，包在我身上，一个个缉获来，与你出气，但未知尊意若何？"瑞虹听了这片言语，暗自心伤，簌簌的泪下，想道："我这般命苦！又遇着不良之人。只是落在他套中，料难摆脱。"乃叹口气道："罢！罢！父母冤仇事大，辱身事小。况已被贼人玷污，总今就死也算不得贞节了。且待报仇之后，寻个自尽，以洗污名可也！"踌躇已定，含泪答道："官人果然真心肯替奴家报仇雪耻，情愿相从！只要设个誓愿，方才相信。"卞福得了这句言语，喜不自胜，连忙跪下设誓道："卞福若不与小姐报仇雪耻，翻江而死！"道罢起来，吩咐水手："就前途村镇停泊，买办鱼肉酒果之类，合船吃杯喜酒。"到晚成就好事。

不则一日，已至汉阳。谁想卞福老婆，是个拈酸的领袖，吃醋的班头，卞福平昔极惧怕的。不敢引瑞虹到家，另寻所在安下，叮嘱手下人不许泄漏。内中又有个请风光博笑脸的，早去报知。那婆娘怒气冲天，要与老公厮闹。却又算计，没有许多闲工夫淘气。倒一字不提，暗地教人寻下掠贩的，期定日期，一手交钱，一手交人。到了是日，那婆娘把卞福灌得烂醉，反锁在房。一乘轿子，抬至瑞虹住处。掠贩的已先在彼等候，随那婆娘进去，教人报知瑞虹说："大娘来了！"瑞虹无奈，只得出来相迎。掠贩的在旁，细细一观，见有十二分颜色，好生欢喜。那婆娘满脸堆笑，对瑞虹道："好笑官人，作事颠倒，既娶你来家，如何又撇在此，成何体面。外人知得，只道我有甚缘故。适来把他理怨一场，特地自来接你回去，有甚衣饰，快些收拾！"瑞虹不见卞福，心内疑惑，推辞不去。那婆娘道："既不愿同住，且去闲玩几日，也见得我亲来相接之情。"瑞虹见这句说得有理，便不好推托，进房整饰。那婆娘一等他转了身，便与掠贩的议定身价，教家人在外兑了银两，唤乘轿子，哄瑞虹坐下，轿夫抬起，飞也似走，直至江边一个无人所在，掠贩的引至船边歇下。瑞虹情知中了奸计，放声号哭，要跳向江中。怎当掠贩的两边扶挟，不容转动。遂推入舱中，打发了中人、轿夫，急忙解缆开船，扬着满帆而去。且说那婆娘卖了瑞虹，将屋中什物收拾归去，把门锁上，回到家中，卞福正还酣睡。那婆娘三四个把掌打醒，数说一回，打骂一回，整整闹了数日，卞福脚影不敢出门。一日捉空趱到瑞虹住处，看见锁了门户，吃了一惊，询问家人，方知被老婆卖去久矣！只气得发昏章第十一。那卞福只因不曾与瑞虹报仇，后来果然翻江而死，应了向日之誓。那婆娘原是个不成才的烂货，自丈夫死后，越发恣意把家私贴完，又被奸夫拐去，卖与烟花门户。可见天道好还，丝毫不爽。有诗为证：

忍耻偷生为父仇，谁知奸计觅风流。

劝人莫设虚言誓，湛湛青天在上头。

再说瑞虹被掠贩的纳在船中，一味悲号。掠贩的劝慰道："不必啼泣，还你此去丰衣足食，自在快活！强如在卞家受那大老婆的气。"瑞虹也不理他，心内暗想："欲待自尽，怎奈大仇未报；将为不死，便成淫荡之人。"踌躇千百万遍，终是报仇心切，只得宁耐，看个居止下落，再作区处。行不多路，已是天晚泊船。掠贩的逼他同睡，瑞虹不从，和衣缩在一边。掠贩的便来搂抱，瑞虹乱喊杀人。掠贩的恐被邻船听得，弄出事来，放手不迭，再不敢去缠他。径载到武昌府，转卖与乐户王家。那乐户家里先有三四个粉头，一个个打扮的乔乔画画，傅粉涂脂，倚门卖俏。瑞虹到了其家，看见这般做作，转加苦楚。又想道："我今落在烟花地面，报仇之事，已是绝望，还有何颜在世！"遂立意要寻死路，不肯接客，偏又作怪，但是瑞虹走这条门路，就有人解救，不致伤身。乐户与鸨子商议道："他既不肯接客，留之何益！倘若三不知，做出把戏，倒是老大利害，不如转货与人，另寻个罢！"常言道：事有凑巧，物有偶然。恰好有一绍兴人，姓胡，名悦，因武昌太守是他亲戚，特来打抽丰，倒也作成寻觅了一大注钱财。那人原是贪花恋酒之徒，住的寓所，近着妓家，闲时便去串走，也曾见过瑞虹是个绝色丽人，心内着迷，几遍要来入马。因是瑞虹寻死觅活，不能到手。今番听得乐户有出脱的消息，情愿重价娶为偏房。也是有分姻缘，一说就成。

胡悦娶瑞虹到了寓所，当晚整备着酒肴，与瑞虹叙情。那瑞虹只是啼哭，不容亲近。胡悦再三劝慰不止，倒没了主意，说道："小娘子，你在娼家，或者道是贱事，不肯接客；今日与我成了夫妇，万分好了，还有甚苦情，只管悲恸？你且说来，若有疑难事体，我可以替你分忧解闷；倘事情重大，这府中太爷，是我舍亲，就转托他与你料理，何必自苦如此！"瑞虹见他说话有些来历，方将前事，一一告诉。又道："官人若能与奴家寻觅仇人，报冤雪耻，莫说得为夫妇，便做奴婢，亦自甘心！”说罢又哭。胡悦闻言答道：“原来你是好人家子女，遭此大难，可怜！可怜！但这事非一时可毕，待我先教舍亲出个广捕，到处挨缉；一面同你到淮安告官，拿众盗家属追比，自然有个下落。”瑞虹拜倒在地道：“若得官人如此用心，生生世世，衔结报效。”胡悦扶起道：“既为夫妇，事同一体，何必出此言！”遂携手入寝。那知胡悦也是一片假情哄骗。过了几日，只说已托太守出广捕缉获去了。瑞虹信以为实，千恩万谢。又住了数日，雇下船只，打叠起身，正遇着顺风顺水，那消十日，早至镇江，另雇小船回家。把瑞虹的事，搁过一边，毫不提起。瑞虹大失所望，但到此地位，无可奈何，遂吃了长斋，日夜暗祷天地，要求报冤。在路非止一日，已到家中。胡悦老婆见娶个美人回来，好生妒忌，时常厮闹。瑞虹总不与他争论，也不要胡悦进房，这婆娘方才少解。

原来绍兴地方，惯做一项生意：凡有钱能干的，便到京中买个三考吏名色，钻谋好地方选一个佐贰官出来，俗名唤做“飞过海”。——怎么叫做“飞过海”？大凡吏员考满，依次选去，不知等上几年。若用了钱，挨选在别人前面，指日便得做官，这谓之“飞过海”。还有独自无力，四五个合做伙计，一人出名做官，其余坐地分赃。到了任上，先备厚礼，结好堂官，叨揽事管，些小事体，经他衙里，少不得要诈一两五钱。到后觉道声息不好，立脚不住，就悄地逃之夭夭。十个里边，难得一两个来去明白，完名全节。所以天下衙官，大半都出绍兴。那胡悦在家住了年余，也思量到京干这桩事体。更兼有个相知，见在当道，写书相约，有扶持他的意思，一发喜之不胜。即便处置了银两，打点起程。单虑妻妾在家不睦，与瑞虹计议，要带他同往，许他谋选彼处地方，访觅强盗踪迹。瑞虹已被骗过一次，虽然不信，也还希冀出外行走，或者有个机会，情愿同去。胡悦老婆知得，翻天作地，与老公相打相骂，胡悦全不作准。择了吉日，雇得船只，同瑞虹径自起身。一路无话，直至京师，寻寓所安顿了瑞虹。次日整备礼物，去拜那相知官员。谁想这官人一月前暴病身亡，合家慌乱，打点扶柩归乡。胡悦没了这个倚靠，身子就酥了半边。思想银子带得甚少，相知又死，这官职怎能弄得到手？欲待原复归去，又恐被人笑耻，事在两难，狐疑未决。寻访同乡一个相识商议，这人也是走那道儿的，正少了银两，不得完成，遂设计哄骗胡悦，包揽替他图个小就。设或短少，寻人借债。胡悦合该晦气，被他花言巧语，说得热闹，将所带银两一包儿递与。那人把来完成了自己官职，悄地一溜烟径赴任去了。胡悦止剩得一双空手，日逐时需，渐渐欠缺。寄书回家取索盘缠，老婆正恼着他，哪肯应付分文。自此流落京师，逐日东走西撞，与一班京花子合了伙计，骗人财物。一日商议要大大寻一注东西，但没甚为由，却想到瑞虹身上，要把来认作妹子，做个美人局。算计停当，胡悦又恐瑞虹不肯，生出一段说话哄他道："我向日指望到此，选得个官职，与你去寻访仇人。不道时运乖蹇，相知已死，又被那天杀的骗去银两，沦落在此，进退两难。欲待回去，又无处设法盘缠。昨日与朋友们议得个计策，到也尽通。"瑞虹道："是甚计策？"胡悦道："只说你是我的妹子，要与人为妾。倘有人来相看，你便见他一面。等哄得银两到手，连夜悄然起身，他们那里来寻觅？顺路先到淮安，送你到家，访问强徒，也了我心上一件未完事。"瑞虹初时本不欲得，次后听说顺路送归家去，方才许允。胡悦讨了瑞虹一个肯字，欢喜无限，教众光棍四处去寻主顾。正是：

安排地网天罗计，专待落坑堕堑人。

话分两头。却说浙江温州府有一秀士，姓朱，名源，年纪四旬以外，尚无子嗣。娘子几遍劝他取个偏房，朱源道："我功名淹蹇，无意于此。"其年秋榜高登，到京会试。谁想福分未齐，春闱不第，羞归故里。与几个同年相约，就在京中读书，以待下科。那同年中晓得朱源还没有儿子，也苦劝他娶妾。朱源听了众人说话，教人寻觅。刚有了这句口风，那些媒人互相传说，几日内便寻下若干头脑，请朱源逐一相看拣择，没有个中得意的。众光棍缉着那个消息，即来上桩，夸称得瑞虹姿色绝世无双，古今罕有。哄动朱源期下日子，亲去相看。此时瑞虹身上衣服，已不十分整齐，胡悦教众光棍借来妆饰停当。众光棍引了朱源到来，胡悦向前迎迓，礼毕就坐，献过一杯茶，方请出瑞虹站在遮堂门边。朱源走上一步，瑞虹侧着身子，道个万福，朱源即忙还礼。用目仔细一觑，端的娇艳非常，暗暗喝采道："真好个美貌女子！"瑞虹也见朱源人材出众，举止闲雅，暗道："这官人到好个仪表，果是个斯文人物，但不知甚么悔气，投在网中！"心下存了个懊悔之念，略站片时，转身进去。众光棍从旁衬道："相公，何如？可是我们不说谎么？"朱源点头微笑道："果然不谬。可到小寓议定财礼，择吉行聘便了。"道罢起身，众人接脚随去，议了一百两财礼。朱源也闻得京师骗局甚多，恐怕也落了套儿，讲过早上行礼，到晚即要过门。众光棍又去与胡悦商议，胡悦沉吟半晌，生出一计。恐瑞虹不肯，教众人坐下，先来与他计较道："适来这举人已肯上桩，只是当日便要过门，难做手脚。如今只得将计就计，依着他送你过去。少不得备下酒肴，你慢慢的饮至五更时分，我同众人便打入来，叫破地方，只说强占有夫妇女，就引你回来，声言要往各衙门呈告。他是个举人，怕干碍前程，自然反来求伏。那时和你从容回去，岂不美哉！"瑞虹闻言，愀然不乐，答道："我前生不知作下甚业，以至今世遭许多磨难？如何又做恁般没天理的事害人？这个断然不去。"胡悦道："娘子，我原不欲如此，但出于无奈，方走这条苦肉计，千万不要推托！"瑞虹执意不从，胡悦就双膝跪下道："娘子！没奈何将就做这一遭，下次再不敢相烦了。"瑞虹被逼不过，只得应允。胡悦急急跑向外边，对众人说知就里。众人齐称妙计，回覆朱源，选起吉日，将银两兑足，送与胡悦收了。众光棍就要把银两分用，胡悦道："且慢着，等待事妥，分也未迟。"到了晚间，朱源叫家人雇乘轿子，去迎瑞虹，一面吩咐安排下酒馔等候。不一时，已是娶到。两下见过了礼，邀入房中，叫家人管待媒人酒饭，自不必说。

单讲朱源同瑞虹到了房中，瑞虹看时，室中灯烛辉煌，设下酒席。朱源在灯下细观其貌，比前更加美丽，欣欣自得，道声："娘子请坐。"瑞虹羞涩不敢答应，侧身坐下。朱源叫小厮斟过一杯酒，恭恭敬敬递至面前放下，说道："小娘子，请酒。"瑞虹也不敢开言，也不回敬。朱源知道他是怕羞，微微而笑。自己斟一杯，对席相陪。又道："小娘子，我与你已为夫妇，何必害羞！多少沾一盏儿，小生候干。"瑞虹只是低头不应。朱源想道："他是女儿家，一定见小厮们在此，所以怕羞。"即打发出外，掩上门儿，走至身边道："想是酒寒了，可换些热的饮一杯，不要拂了我的敬意。"遂另斟一杯，递与瑞虹。瑞虹看了这个局面，转觉羞惭，蓦然伤感。想起幼时父母何等珍惜，今日流落至此，身子已被玷污，大仇又不能报，又强逼做这般丑态骗人，可不辱没祖宗。柔肠一转，泪珠簌簌乱下。朱源看见流泪，低低道："小娘子，你我千里相逢，天缘会合，有甚不足，这般愁闷？莫不宅上有甚不堪之事，小娘子记挂么？"连叩数次，并不答应。觉得其容转戚，朱源又道："细观小娘子之意，必有不得已事，何不说与我知，倘可效力，决不推故！"瑞虹又不则声。朱源到没做理会，只得自斟自饮。吃够半酣，听谯楼已打二鼓。朱源道："夜深了，请歇息罢！"瑞虹也全然不睬。朱源又不好催逼，到走去书桌上，取过一本书儿观看，陪他同坐。瑞虹见朱源殷勤相慰，不去理他，并无一毫愠怒之色。转过一念道："看这举人到是个盛德君子，我当初若遇得此等人，冤仇申雪久矣！"又想道："我看胡悦这人，一味花言巧语，若专靠在他身上，此仇安能得报？他今明明受过这举人之聘，送我到此，何不将计就计，就跟着他，这冤仇或者到有报雪之期。"左思右想，疑惑不定。朱源又道："小娘子请睡罢！"瑞虹故意又不答应。朱源依然将书观看，看看三鼓将绝，瑞虹主意已定。朱源又催他去睡，瑞虹才道："我如今方才是你家的人了。"朱源笑道："难道起初还是别家的人么？"瑞虹道："相公那知就里，我本是胡悦之妾，只因流落京师，与一班光棍生出这计，哄你银子。少顷即打入来，抢我回去，告你强占良人妻女。你怕干碍前程，还要买静求安。"朱源闻言大惊道："有恁般异事！若非小娘子说出，险些落在套中。但你既是胡悦之妾，如何又泄漏与我？"瑞虹哭道："妾有大仇未报，观君盛德长者，必能为妾伸雪，故愿以此身相托！"朱源道："小娘子有何冤抑，可细细说来，定当竭力为你图之。"瑞虹乃将前后事泣诉，连朱源亦自惨然下泪。正说之间，已打四更。瑞虹道："那一班光棍，不久便到，相公若不早避，必受其累！"朱源道："不要着忙！有同年寓所，离此不远，他房屋尽自深邃。且到那边暂避过一夜，明日另寻所在，远远搬去，有何患哉！”当下开门，悄地唤家人点起灯火，径到同年寓所，敲开门户。那同年见半夜而来，又带着个丽人，只道是来历不明的，甚以为怪。朱源一一道出，那同年即移到外边去睡，让朱源住于内厢。一面叫家人们相帮，把行李等件，尽皆搬来，止存两间空房。不在话下。

且说众光棍一等瑞虹上轿，便逼胡悦将出银两分开。买些酒肉，吃到五更天气，一齐赶至朱源寓所，发声喊，打将入去。但见两间空屋，那有一个人影。胡悦倒吃了一惊，说道：“他如何晓得？预先走了！”对众光棍道：“一定是你们倒勾结来捉弄我的，快快把银两还了便罢！”众光棍大怒，也翻转脸皮，说道：“你把妻子卖了，又要来打抢，反说我们有甚勾当，须与你干休不得！”将胡悦攒盘打够臭死。恰好五城兵马经过，结扭到官，审出骗局实情，一概三十，银两追出入官，胡悦短递回籍。有诗为证：

牢笼巧设美人局，美人原不是心腹。

赔了夫人又打臀，手中依旧光陆秃。

且说朱源自娶了瑞虹，彼此相敬相爱，如鱼似水。半年之后，即怀六甲。到得十月满足，生下一个孩子，朱源好不喜欢，写书报知妻子。光阴迅速，那孩子早又周岁。其年又值会试，瑞虹日夜向天祷告，愿得丈夫黄榜题名，早报蔡门之仇。场后开榜，朱源果中了六十五名进士，殿试三甲，该选知县。恰好武昌县缺了县官，朱源就讨了这个缺。对瑞虹道："此去仇人不远，只怕他先死了，便出不得你的气；若还在时，一个个拿来沥血祭献你的父母，不怕他走上天去！"瑞虹道："若得相公如此用心，奴家死亦瞑目！"朱源一面差人回家，接取家小在扬州伺候，一同赴任；一面候吏部领凭。不一日领了凭限，辞朝出京。原来大凡吴、楚之地作宦的，都在临清张家湾雇船，从水路而行，或径赴任所，或从家乡而转，但从其便。那一路都是下水，又快又稳。况带着家小，若没有勘合脚力，陆路一发不便了。每常有下路粮船运粮到京，交纳过后，那空船回去，就揽这行生意，假充座船，请得个官员坐舱，那船头便去包揽他人货物，图个免税之利。这也是个旧规。却说朱源同了小奶奶到临清雇船，看了几个舱口，都不称怀，只有一只整齐，中了朱源之意。船头递了姓名手本，磕头相见。管家搬行李安顿舱内，请老爷、奶奶下船，烧了神福，船头指挥众人开船。瑞虹在舱中，听得船头说话，是淮安声音，与贼头陈小四一般无二。问丈夫什么名字，朱源查那手本写着："船头吴金叩首。"姓名都不相同，可知没相干了。再听他声口越听越象，转展生疑，放心不下，对丈夫说了，假托吩咐说话，唤他近舱。瑞虹闪于背后，厮认其面貌，又与陈小四无异，只是姓名不同。好生奇怪，欲待盘问，又没个因由。偶然这一日，朱源的座师船到，过船去拜访，那船头的婆娘进舱来拜见奶奶，送茶为敬。瑞虹看那妇人：

　　　　虽无十分颜色，也有一段风流。

　　瑞虹有心问那妇人道："你几岁了？"那妇人答道："二十九岁了。"又问："那里人氏？"答道："池阳人氏。"瑞虹道："你丈夫不像个池阳人。"那妇人道："这是小妇人的后夫。"瑞虹道："你几岁死过丈夫的？"那妇人道："小妇人夫妇为运粮到此，拙夫一病身亡。如今这拙夫是武昌人氏，原在船上做帮手，丧事中亏他一力相助。小妇人孤身无倚，只得就从了他，顶着前夫名字，完这场差使。"瑞虹问在肚里，暗暗点头。将香帕赏他，那妇人千恩万谢的去了。瑞虹等朱源下船，将这话述与他听了。眼见吴金即是陈小四，正是贼头。朱源道："路途之间，不可造次，且耐着他到地方上施行，还要在他身上追究余党。"瑞虹道："相公所见极明，只是仇人相见，分外眼睁，这几日何如好过！"恨不得借滕王阁的顺风，一阵吹到武昌！

　　　　饮恨亲冤已数年，枕戈思报叹无缘。

同舟敌国今相遇，又隔江山路几千。

却说朱源舟至扬州，那接取大夫人的还未曾到，只得停泊码头等候，瑞虹心上一发气闷。等到第三日，忽听得岸上鼎沸起来。朱源叫人问时，却是船头与岸上两个汉子扭做一团厮打。只听得口口声声说道："你干得好事！"朱源见小奶奶气闷，正没奈何，今番且借这个机会，敲那贼头几个板子，权发利市。当下喝教水手："与我都拿过来！"原来这班水手，与船头面和意不和，也有个缘故。——当初陈小四缢死了瑞虹，弃船而逃，没处投奔，流落到池阳地面，偶值吴金这只粮船起运，少个帮手。陈小四就上了他的船。见吴金老婆像个爱吃枣儿汤的，岂不正中下怀，一路行奸卖俏，搭识上了。两个如胶似漆，反多那老公碍眼。船过黄河，吴金害了个寒症，陈小四假意殷勤，赎药调理。那药不按君臣，一服见效，吴金死了！妇人身边取出私财，把与陈小四，只说借他的东西，断送老公。过了一两个七，又推说欠债无偿，就将身子白白的嫁了他。虽然备些酒食，暖住了众人，却也中心不伏。为此缘由，所以面和意不和。听得舱里叫一声："都拿过来！"蜂拥的上岸，将三个人一齐扣下船来，跪于将军柱边。朱源问道："为何厮打？"船头禀道："这两个人原是小人合本撑船伙计，因盗了资本，背地逃走，两三年不见面。今日天遣相逢，小人与他取讨，他倒图赖小人，两个来打一个。望老爷与小人做主！”朱源道：“你二人怎么说？”那两个汉子道：“小人并没此事，都是一派胡言！”朱源道：“难道一些影儿也没有，平地就厮打起来？”那两个汉子道：“有个缘故：当初小的们虽曾与他合本撑船，只为他迷恋了个妇女，小的们恐误了生意，把自己本钱收起，各自营运，并不曾欠他分毫。”朱源道：“你两个叫什么名字？”那两个汉子不曾开口，倒是陈小四先说道：“一个叫沈铁瓮，一个叫秦小元。”朱源却待再问，只见背后有人扯拽，回头看时，却是丫鬟，悄悄传言，说道：“小奶奶请老爷说话。”朱源走进后舱，见瑞虹双行流泪，扯住丈夫衣袖，低声说道：“那两个汉子的名字，正是那贼头一伙同谋打劫的人，不可放他走了！”朱源道：“原来如此！事到如今，等不得到武昌了。”慌忙写了名帖，吩咐打轿，喝叫地方，将三人一串儿缚了，自去拜扬州太守，告诉其事。太守问了备细，且教把三个贼徒收监，次日面审。朱源回到船中，众水手已知陈小四是个强盗，也把谋害吴金的情节，细细禀知。朱源又把这些缘由，备写一封书帖，送与太守，并求究问余党。太守看了，忙出飞签，差人拘那妇人，一并听审。扬州城里传遍了这出新闻，又是强盗，又是奸淫事情，有妇人在内，那一个不来观看。临审之时，府前好不热闹！正是：

> 好事不出门，恶事传千里。

却说太守坐堂，吊出三个贼徒，那妇人也提到了，跪于阶下。陈小四看见那婆娘也到，好生惊怪，道："这厮打小事，如何连累家属？"只见太守却不叫吴金名字，竟叫陈小四，吃这一惊非小，凡事逃那实不过，叫一声不应，再叫一声不得不答应了。太守相公冷笑一声道："你可记得三年前蔡指挥的事么？天网恢恢，疏而不漏。今日有何理说！"三个人面面相觑，却似鱼胶粘口，一字难开。太守又问："那时同谋还有李溇子、白满、胡蛮二、凌歪嘴、余蛤蚆，如今在那里？"陈小四道："其时虽在那里，一些财帛也不曾分受，都是他这几个席卷而去，只问他两个便知。"沈铁甏、秦小元道："小的虽然分得些金帛，却不像陈小四强奸了他家小姐。"太守已知就里，恐碍了朱源体面，便喝住道："不许闲话！只问你那几个贼徒，今在何处？"秦小元说："当初分了金帛，四散去了。闻得李溇子、白满随着山西客人，贩买绒货；胡蛮二、凌歪嘴、余蛤蚆三人，逃在黄州撑船过活。小的们也不曾相会。"太守相公又叫妇人上前问道：

"你与陈小四奸密，毒杀亲夫，遂为夫妇，这也是没得说了。"妇人方欲抵赖，只见阶下一班水手都上前禀话，如此如此，这般这般，说得那妇人顿口无言。太守相公大怒，喝教选上号毛板，不论男妇，每人且打四十，打得皮开肉绽，鲜血迸流。当下录了口词，三个强盗通问斩罪，那妇人问了凌迟。齐上刑具，发下死囚牢里。一面出广捕，挨获白满、李溪子等。太守问了这件公事，亲到船上答拜朱源，就送审词与看。朱源感谢不尽，瑞虹闻说，也把愁颜放下七分。

又过几日，大奶奶已是接到，瑞虹相见。一妻一妾，甚是和睦。大奶奶又见儿子生得清秀，愈加欢喜。不一日，朱源于武昌上任，管事三日，便差的当捕役缉访贼党胡蛮二等。果然胡蛮二、凌歪嘴在黄州江口撑船，手到拿来。招称："余蛤蚆一年前病死，白满、李溪子见跟陕西客人，在省城开铺。"朱源权且收监，待拿到余党，一并问罪。省城与武昌县相去不远，捕役去不多日，把白满、李溪子二人一索子捆来，解到武昌县。朱源取了口词，每人也打四十，备了文书，差的当公人，解往扬州府里，以结前卷。朱源做了三年县宰，治得那武昌县道不拾遗，犬不夜吠，行取御史，就出差淮扬地方。瑞虹嘱咐道："这班强盗，在扬州狱中，连岁停刑，想未曾决。相公到彼，可了此一事，就与奴家沥血祭奠父亲，并两个兄弟。一以表奴家之诚，二以全相公之信。还有一事，我父亲当初曾收用一婢，名唤碧莲，曾有六个月孕，因母亲不容，就嫁出与本处一个朱裁为妻。后来闻得碧莲所生，是个男儿。相公可与奴家用心访问。若这个儿子还在，可主张他复姓，以续蔡门宗祀，此乃相公万代阴功！"说罢，放声大哭，拜倒在地。朱源慌忙扶起道："你方才所说二件，都是我的心事。我若到彼，定然不负所托，就写书信报你得知。"瑞虹再拜称谢。

再说朱源赴任淮、扬，这是代天子巡狩，又与知县到任不同。真个：

号令出时霜雪凛，威风到处鬼神惊。

其时七月中旬，未是决囚之际。朱源先出巡淮安，就托本处府县访缉朱裁及碧莲消息，果然访着。那儿子已八岁了，生得堂堂一貌。府县奉了御史之命，好不奉承。即日香汤沐浴，换了衣履，送在军卫供给，申文报知察院。朱源取名蔡续，特为起奏一本，将蔡武被祸事情，备细达于圣聪。"蔡氏当先有汗马功劳，不可令其无后。今有幼子蔡续，合当归宗，俟其出幼承袭。其凶徒陈小四等，秋后处决。"圣旨准奏了。其年冬月，朱源亲自按临扬州，监中取出陈小四与吴金的老婆，共是八个，一齐绑赴法场，剐的剐，斩的斩，干干净净。正是：

善有善报，恶有恶报。若还不报，时辰未到。

朱源吩咐刽子手，将那几个贼徒之首，用漆盘盛了，就在城隍庙里设下蔡指挥一门的灵位，香花灯烛，三牲祭醴，把几颗人头，一字儿摆开。朱源亲制祭文拜奠。又于本处选高僧做七七功德，超度亡魂。又替蔡续整顿个家事，嘱付府县青目。其母碧莲一同居住，以奉蔡指挥岁时香火。朱裁另给银两别娶。诸事俱已停妥，备细写下一封家书，差个得力承舍，赍回家中，报知瑞虹。瑞虹见了书中之事，已知蔡氏有后，诸盗尽已受刑，沥血奠祭。举手加额，感谢天地不尽！是夜，瑞虹沐浴更衣，写下一纸书信，寄谢丈夫；又去拜谢了大奶奶。回房把门拴上，将剪刀自刺其喉而死。其书云：

贱妾瑞虹百拜相公台下：虹身出武家，心娴闺训。男德在义，女德在节；女而不节，行禽何别！虹父韬伶不戒，曲蘖迷神。诲盗亡身，祸及母弟，一时并命！妾心胆俱裂，浴泪弥年。然而隐忍不死者，以为一人之廉耻小，阖门之仇怨大。昔李将军忍耻降虏，欲得当以报汉；妾虽女流，志窃类此。

不幸历遭强暴，衷怀未申。幸遇相公，拔我于风波之中，谐我以琴瑟之好。识荆之日，便许复仇。皇天见怜，宦游早遂。诸奸贯满，相次就缚；而且明正典刑，沥血设缢。蔡氏已绝之宗，复蒙拔根见本，世禄复延。相公之为德于衰宗者，天高地厚，何以喻兹。妾之仇已雪而志以遂矣！失节贪生，贻玷阀阅，妾且就死，以谢蔡氏之宗于地下。儿子年已六岁，嫡母怜爱，必能成立。妾虽死之日，犹生之年。姻缘有限，不获面别，聊寄一笺，以表衷曲。

大奶奶知得瑞虹死了，痛惜不已，殡殓悉从其厚。将他遗笔封固，付承舍寄往任上。朱源看了，哭倒在地，昏迷半晌方醒。自此患病，闭门者数日，府县都来候问。朱源哭诉情由，人人堕泪；俱夸瑞虹节孝，今古无比。不在话下。后来朱源差满回京，历官至三边总制。瑞虹所生之子，名曰朱懋，少年登第，上疏表陈生母蔡瑞虹一生之苦，乞赐旌表。圣旨准奏，特建节孝坊，至今犹在。有诗赞云：

> 报仇雪耻是男儿，谁道裙钗有执持。
>
> 堪笑硁硁真小谅，不成一事枉嗟咨。

# 第十四卷　杜子春三入长安

想多情少宜求道，想少情多易入迷。

总是七情难断灭，爱河波浪更堪悲。

话说隋文帝开皇年间，长安城中，有个子弟姓杜，双名子春，浑家韦氏，家住城南，世代在扬州做盐商营运。真有万万贯家资，千千顷田地。哪杜子春倚藉着父祖资业，那晓得稼穑艰难。且又生性豪侠，要学那石太尉的奢华，孟尝君的气概。宅后造起一座园亭，重价构取名花异卉，巧石奇峰，妆成景致。曲房深院中，置买歌儿舞女，艳姜妖姬，居于其内。每日开宴园中，广召宾客。你想那扬州乃是花锦地面，这些浮浪子弟，轻薄少年，却又尽多。有了杜子春恁样撒漫财主，再有那个不来！虽无食客三千，也有帮闲几百。相交了这般无藉，肯容你在家受用不成？少不得引诱到外边游荡。杜子春心性又是活的，有何不可？但见：

> 轻车怒马，春野游行；走狗攀鹰，秋田较猎。青楼买笑，缠头那惜千缗；博局呼卢，一掷常输十万。画船箫管，恣意逍遥；选胜探奇，任情散诞。风月场中都总管，烟花寨内大主盟。

杜子春将银子认做没根的，如土块一般挥霍。那韦氏又是掏得水出的女儿家，也只晓得穿好吃好，不管闲帐。看看家中金银搬完，屯盐卖完，手中干燥，央人四处借债。扬州城中那个不晓得杜子春是个大财主，才说得声，东也挪至，西也送至，又落得几时脾胃。到得没处借时，便去卖田园，货屋宅。那些债主，见他产业摇动，都来取索。那时江中芦洲也去了，海边盐场也脱了，只有花园住宅，不舍得与人，到把衣饰器皿变卖。他是用过大钱的，这些少银两，犹如吃碗泡茶，顷刻就完了。你想杜子春自幼在金银堆里滚大起来，使滑的手，若一刻没得银用，便过不去。难道用完了这项，却就罢休不成？少不得又把花园、住宅出脱。大凡东西多的时节，便觉用之不尽；若到少来，偏觉得易完。卖了房屋，身子还未搬出，银两早又使得干净。那班朋友，见他财产已完，又向旺处去了，谁个再来趋奉！就是奴仆，见家主弄到恁般地位，赎身的赎身，逃走的逃走，去得半个不留。姬妾女婢，标致的准了债去，貌丑的卖来用度，也自各散去讫。单单剩得夫妻二人搬向，几间接脚屋里居住，渐渐衣服凋敝，米粮欠缺。莫说平日受恩的不来看觑他，就是杜子春自己也无颜见人，躲在家中。正是：

> 床头黄金尽，壮士无颜色。

杜子春在扬州做了许多时豪杰，一朝狼狈，再无面目存坐得住，悄悄的归去长安祖居，投托亲戚。原来杜陵韦曲二姓，乃是长安巨族，宗支十分蕃盛。也有为官作宦的，也有商贾经营的，排家都是至亲至戚，因此子春起这念头。也不指望他资助，若肯借贷，便好度日。岂知亲眷们都道，子春泼天家计，尽皆弄完，是个败子，借贷与他，断无还日。为此只推着没有，并无一个应承。便十二分至戚，情不可却，也有周济些的。怎当得子春这个大手段，就是热锅头上，洒着一点水，济得甚事！好几日，饭不得饱吃，东奔西趁，没个头脑。偶然打向西门经过，时值十二月天气，大雪初晴，寒威凛烈，一阵西风，正从门圈子里刮来，身上又无绵衣，肚中又饿，刮起一身鸡皮栗子，把不住的寒颤。叹口气道："我杜子春岂不枉然！平日攀这许多好亲好眷，今日见我沦落，便不礼我，怎么受我恩的也做这般模样？要结那亲眷何用？要施那仁义何用？我杜子春也是一条好汉，难道就没再好的日子？"正在那里自言自语，偶有一老者从旁走过，见他叹气，便立住脚问道："郎君为何这般长叹？"杜子春看那老者，生得：

> 童颜鹤发，碧眼庞眉。声似铜钟，须如银线。戴一顶青绢唐巾，披一领茶褐道袍，腰系丝绦，脚穿麻履。若非得道仙翁，定是修行长者。

杜子春这一肚子气恼，正莫发脱处，遇着这老者来问，就从头备诉一遍。那老者道："俗语有云：世情看冷暖，人面逐高低。你当初有钱是个财主，人自然趋奉你；今日无钱，是个穷鬼，便不礼你，又何怪哉！虽然如此，天不生无禄之人，地不长无根之草。难道你这般汉子，世间就没个慷慨仗义的人周济你的？只是你目下须得银子几何，才够用度？"子春道："只三百两足矣。"老者道："量你好大手段，这三百两干得甚事？再说多些。"子春道："三千两。"老者摇手道："还要增些。"子春道："若得三万两，我依旧到扬州去做财主了。只是难讨这般好施主。"老者道："我老人家虽不甚富，却也一生专行好事，便助你三万两。"袖里取出三百个钱，递与子春聊备一饭之费。"明日午时，可到西市波斯馆里会我，郎君勿误！"那老者说罢，径一直去了。子春心中暗喜道："我终日求人，一个个不肯周济，只道一定饿死。谁知遇着这老者发个善心，一送便送我三万两，岂不是天上吊下来的造化！如今且将他赠的钱，买些酒饭吃了，早些安睡。明日午时，到波斯馆里，领他银子去！"走向一个酒店中，把三百钱都先递与主人家，放开怀抱，吃个醉饱，回至家中去睡。却又想道："我杜子春聪明一世，懵懂片时。我家许多好亲好眷，尚不礼我，这老者素无半面之识，怎么就肯送我银子？况且三万两，不是当耍的，便作石头也老重一块。量这老者有多大家私，便把三万两送我？若不是见我嗟叹，特来宽慰我的，必是作耍我的，怎么信得他？明日一定是不该去！"却又想道："我细看那老者，倒像个至诚的。我又不曾与他求乞，他没有银子送我便罢了，说那谎话怎的？难道是舍真财，调假谎，先送我三百个钱，买这个谎说？明日一定是该去。去也是，不去也是。"想了一会，笑道："是了，是了！那里是三万两银子，敢只把三万个钱送我，总是三万之数，也不见得。俗谚道得好：饥时一粒，胜似饱时一斗。便是三万个钱，也值三十多两，够我好几日用度，岂可不去？"子春被这三万银子在肚里打搅，整整一夜不曾得睡。巴到天色将明，不想

精神困倦，到一觉睡去。及至醒来，早已日将中了，忙忙的起来梳洗。他若是个有见识的，昨日所赠之钱，还留下几文，到这早买些点心吃了去也好。只因他是松溜的手儿，撒漫的性儿，没钱便烦恼；及至钱入手时，这三百文又不在他心上了。况听见有三万银子相送，已喜出望外，那里算计至此。他的肚皮，两日到饿服了，却也不在心上。梳裹完了，临出门又笑道："我在家也是闲，那波斯馆又不多远，做我几步气力不着，便走走去何妨。若见那老者，不要说起那银子的事，只说昨夜承赐铜钱，今日特来相谢，大家心照，岂不美哉！"原来波斯馆，都是四夷进贡的人，在此贩卖宝货，无非明珠美玉，文犀瑶石，动是上千上百的价钱，叫做金银窠里。子春一心想着要那老者的银子，又怕他说谎，这两只脚虽则有气没力的，一步步荡到波斯馆来，一只眼却紧紧望那老者在也不在。到得馆前，正待进门，恰好那老者从里面出来，劈头撞见。那老者嗔道："郎君为甚的爽约？我在辰时到此，渐渐的日影挫西，还不见来，好守得不耐烦！你岂不晓得秦末张子房曾遇黄石公于圯桥之上，约后五日五更时分，到此传授兵书。只因子房来迟，又约下五日。直待走了三次，半夜里便去等候，方才传得三略之法，辅佐汉高祖平定天下，封为留侯。我便不如黄石公，看你怎做得张子房？敢是你疑心我没银子把你么？我何苦讨你的疑心。你且回去，我如今没银子了！"只这一句话，吓得子春面如土色，懊悔不及。恰像折翅的老鹤，两只手不觉直掉了下去。想道："三万银子到手快了，怎么恁样没福，到熟睡了去，弄到这时候！如今他却不肯了。"又想道："他若也像黄石公肯再约日子，情愿隔夜找个铺儿睡在此伺候！"又想道："这老官儿既有心送我银子，早晚总是一般的，又吊什么古今，论什么故事？"又想道："还是他没有银子，故把这话来遮掩。"正在胡猜乱想，那老者恰像在他腹中走过一遭的，便晓得了，乃道："我本待再约个日子，也等你走几遭儿则是，你疑我道一定没有银子，故意弄这腔调。罢！罢！罢！有心做个好事，何苦又要你走，可随我到馆里来。"子春见说原与他银子，又像一个跳虎拨着关捩子直竖起来。急松松跟着老者径到西廊下第一间房内，开了壁厨，取出银子，一划都是五十两一个元宝大锭，整整的六百个，便是三万两，摆在子春面前，精光耀目。说道："你可将去，再做生理，只不要负了我相赠的一片意思。"你道杜子春好不莽撞，也不问他姓甚名谁，家居那里，刚刚拱手，说得一声："多谢！多谢！"便雇三十来个脚夫，竟把银子挑回家去。杜子春

到明日绝早，就去买了一匹骏马，一付鞍辔，又做几件时新衣服，便去夸耀众亲眷，说道："据着你们待我，我已饿死多时了。谁想天无绝人之路，却又有做方便的送我好几万银子。我如今依旧往扬州去做盐商，特来相别。有一首《感怀诗》在此，请政。"诗云：

> 九叩高门十不应，耐他凌辱耐他憎。

> 如今骑鹤扬州去，莫问腰缠有几星。

那些亲眷们一向讪笑杜子春这个败子，岂知还有发迹之日。这些时见了那首《感怀诗》，老大的好没颜色。却又想道："长安城中，那有这等一舍便舍三万两的大财主？难道我们都不晓得？一定没有这事。"也有说他祖上埋下的银子，想被他掘着了。也有说道，莫非穷极无计，交结了响马强盗头儿，这银子不是打劫客商的，便是偷窃库藏的，都在半信半不信之间。这也不在话下。

且说子春那银子装上几车，出了东都门，径上扬州而去。路上不则一日，早来到扬州家里。浑家韦氏迎着道："看你气色这般光彩，行里又这般沉重，多分有些钱钞。但不知那一个亲眷借贷你的？"子春笑道："银倒有数万，却一分也不是亲眷的。"备细将西门下叹气，波斯馆里赠银的情节，说了一遍。韦氏便道："世间难得这等好人！可曾问他甚么名姓？等我来生也好报答他的恩德。"子春却呆了一晌，说道："其时我只看见银子，连那老者也不看见，竟不曾问得。我如今谨记你的言语，倘或后来再赠我的银子时节，我必先问他名姓便了。"那子春平时的一起宾客，闻得他自长安还后，带得好几万银子来，依旧做了财主，无不趋奉，似蝇攒蚁附一般。因而撺掇他重妆气象，再整风流。只他是使过上百万银子的，这三万两能够几时挥霍，不及两年，早已罄尽无余了。渐渐卖了马骑驴，卖了驴步走，熬枯受淡，度过日子。岂知坐吃山空，立吃地陷，终是没有来路。日久岁长，怎生捱得！悔道："千错万错，我当初出长安别亲眷这日，送什么《感怀诗》，分明与他告绝了，如今还有甚嘴脸好去干求他？便是干求，料他也决不礼我。弄得我有家难奔，有国难投，教我怎处？"韦氏道："倘或前日赠银子的老儿尚在，再赠你些，也不见得。"子春冷笑道："你别痴心妄想！知那个老儿生死若何？贫富若何？怎么还望他赠银子！只是我那亲眷都是肺腑骨肉，到底割不断的。常言：傍生不如傍熟。我如今没奈何，只得还至长安去，求那亲眷。"正是：

> 要求生活计，难惜脸皮羞。

杜子春重到长安，好不卑词屈体，去求那众亲眷。岂知亲眷们如约会的一般，都说道："你还去求那顶尖的大财主，我们有甚力量扶持得你起？”只这冷言冷语，带讥带讪的，教人怎么当得！险些把子春一气一个死。

忽一日打从西门经过，劈面遇着老者，子春不胜感愧，早把一个脸都挣得通红了。那老者问道：“看你气色，像个该得一注横财的。只是身上衣服，怎么这般褴褛？莫非又消乏了？”子春谢道：“多蒙老翁送我三万银子，我只说是用不尽的。不知略撒漫，便没有了。想是我流年不利，故此没福消受，以至如此！”老者道：“你家好亲好眷，遍满长安，难道更没周济你的？”子春听见说亲眷周济这句话，两个眉头，就攒着一堆，答道：“亲眷虽多，一个个都是一钱不舍的悭吝鬼，怎比得老翁这般慷慨！”老者道：“我如今本当再赠你些才是，只是你三万银子不勾用得两年，若活了一百岁，教我那里去讨那百多万赠你？休怪！休怪！”把手一拱，望西去了。正是：

须将有日思无日，休想今人似昔人。

那老者去后，子春叹道：“我受了亲眷们许多讪笑，怎么那老者最哀怜我的，也发起说话来？敢是他硬做好汉，送了我三万银子，如今也弄得手头干了。只是除了他，教我再望着那一个搭救。”正在那里自言自语，岂知老者去不多远，却又转来，说道：“人家败子也尽有，从不见你这个败子的头儿。三万银子，恰像三个铜钱，霎霎眼就弄完了。论起你怎样会败，本不该周济你了；只是除了我，再有谁周济你的？你依旧饥寒而死，却不枉了前一番功果。常言道：杀人须见血，救人须救彻。还只是废我几两银子不着，救你这条穷命！"袖里又取出三百个铜钱，递与子春道："你可将去买些酒饭吃，明日午时仍到波斯馆西廊下相会。既道是三万银子不勾用度，今次须送你十万两。只是要早来些，莫似前番又要我等你！"且莫说那老者发这样慈悲心，送过了三万，还要送他十万；倒也亏杜子春好一副厚面皮，明日又去领受他的。

当下子春见老者不但又肯周济，且又比先反增了七万，喜出望外，双手接了三百铜钱，深深作了个揖起来，举举手，大踏步就走。一直径到一个酒店中，依然把三百个钱做一垛儿先付与酒家。走上酒楼，拣副座头坐下，酒保把酒肴摆将过来。子春一则从昨日至今，还没饭在肚里；二则又有十万银子到手，欢喜过望，放下愁怀，恣意饮啖。那酒家只道他身边还有铜钱，嗄饭案酒，流水搬来。子春又认做三百钱内之物，并不推辞，尽情吃个醉饱，将剩下东西，都赏了酒保。那酒保们见他手段来得大落，私下议道："这人身上便褴褛，到好个撒漫主顾！"子春下楼，向外便走。酒家道："算明了酒钱去！"子春只道三百钱还吃不了，乃道："余下的赏你罢，不要算了！"酒家道："这人好混帐，吃透了许多东西，倒说这样冠冕话。"子春道："这却不干我事，你自送我吃的。"彻身又走，酒家上前一把扯住道："说得好自在！难道再多些，也是送你吃的？"两下争嚷起来。旁边走过几个邻里相劝，问："吃透多少？"酒家把帐一算，说："还该二百。"子春呵呵大笑道："我只道多吃了几万，怎般着忙！原来止得二百文，乃是小事，何足为道。"酒家道："正是小事，快些数了撒开。"子春道："却恨今日带得钱少，我明日送来还你。"酒家道："认得你是那个，却赊与你？"杜子春道："长安城中，谁不晓得我城南杜子春是个大财主？莫说这二百文，再多些，决不少你的。若不相托，写个票儿在此，明日来取。"众人见他自称为大财主，都忍不住笑，把他上下打料。内中有个闻得他来历的，在背后笑道："原来是这个败子，只怕财主如今轮不着你了。"子春早又听见，便道："老丈休得见笑！今日我便是这个嘴脸，明午有个相识，送我十万银子，怕我不依旧做财主么？"众人闻得这话，一发都笑倒了，道："你这人莫不是风了，天下那有送十万银子的相识？在那里？"酒家道："我也不管你有十万廿万，只还了我二百钱走路。"子春道："要！便明

日多赏了你两把，今日却一文没有。"酒家道："你是甚
么鸟人？吃了东西，不肯还钱。"当胸揪住，却待要打。
子春正摔脱不开，只听有人说叫道："莫要打！有话讲
理。"分开众人，挺身进来。子春睁睛观看，正是西门
老者，忙叫道："老翁来得恰好！与我评一评理。"老者
问道："你们为何揪住这位郎君厮闹？"酒家道："他吃透
了二百钱酒，却要白赖，故此取索。"子春道："老翁所
赐三百文，先付与他，然后饮酒，他自要多把东西与人
吃，干我甚事？今情愿明日多还他些，执意不肯，反要
打我。老翁！你且说谁个的理直？"老者向酒家道："既
是先交钱后饮酒，如何多把与他吃？这是你自己不是。"
又对子春道："你在穷困之乡，也不该吃这许多。如今通
不许多说，我存得二百钱在此，与你两下和了罢！"袖
里摸出钱来，递与酒家。酒家连称多谢。子春道："又蒙
老翁周全，无可为报。若不相弃，就此小饮三杯，奉酬
何如？"老者微微笑道："不消得，改日扰你罢！"向众
人道声请了，原复转身而去。子春也自归家。这一夜，
子春心下想道："我在贫窘之中，并无一个哀怜我的，多
亏这老儿送我三万银子，如今又放我十万。就是今日，
若不遇他来周全，岂不受这酒家罗唣？明日到波斯馆
里，莫说有银子，就做没有，也不可不去。况他前次既

不说谎，难道如今却又弄谎不成？"巴不到明日，一径的投波斯馆来，只见那老者已先在彼，依旧引入西廊下房内，搬出二千个元宝锭，便是十万两，交付子春收讫。叮嘱道："这银子难道不许你使用，但不可一造的用尽了，又来寻我。"子春谢道："我杜子春若再败时，老翁也不必看觑我了！"即便顾了车马，将银子装上，向老者叫声聒噪，押着而去。

原来偷鸡猫儿到底不改性的，刚刚挑得银子到家，又早买了鞍马，做了衣服，去辞别那众亲眷，说道："多承指示，教我去求那大财主。果然财主手段，略不留难，又送了我十万两银子。我如今有了本钱，便住在城中，也有坐位了。只是我杜子春天生败子，岂不玷辱列位高亲？不如仍往扬州与盐商合伙，到也稳便。"这个说话，明明是带着刺儿的。那亲眷们却也受了子春一场呕气，敢怒而不敢言。且说子春，整备车马，将那十万银子，载的载，驮的驮，径往扬州。韦氏看见许多车马，早知道又弄了些银子回来了，便问道："这行李莫非又是西门老儿资助你的？"子春道："不是那老儿，难道还有别个？"韦氏道："可曾问得名姓么？"子春睁着眼道："哎呀！他在波斯馆里搬出十万银子时节，明明记得你的盼咐，正待问他，却被他婆儿气，再四叮嘱我，好做生理，切不可浪费了，我不免回答他几句。其时一地的元宝锭，又要顾车顾马，看他装载；又要照顾地下，忙忙的收拾不迭，怎讨得闲工夫，又去问他名姓。虽然如此，我也甚是懊悔！万一我杜子春旧性发作，依先用完了，怎么又好求他？却不是天生定该饿死的。"韦氏笑道："你今有了十万银子，还怕穷哩！"元来子春初得银子时节，甚有做人家的意思。及到扬州，豪心顿发，早把穷愁光景尽皆忘了。莫说旧时那班帮兴不帮败的朋友，又来撺哄；只那韦氏出自大家，不把银子放在眼里的，也只图好看，听其所为。真个银子越多，用度越广，不上三年，将这十万两荡得干干净净，倒比前次越穷了些。韦氏埋怨道："我教你问那老儿名姓，你偏不肯问，今日如何？"子春道："你埋怨也没用。那老儿送了三万，又送十万，便问得名姓，也不好再求他。只是那老儿不好求，亲眷又不好求，难道杜子春便是这等坐守死了！我想长安城南祖居，尽值上万多银子。众亲眷们都是图谋的。我既穷了，左右没有面孔在长安住，还要这宅子怎么？常言道：有千年产，没千年主。不如将来变卖，且作用度，省得靠着米囤却饿死了！"这叫做杜子春三入长安，岂不是天生的一条的痴汉！有诗为证：

> 莫恃黄金积满阶，等闲费尽几时来？

十年为侠成何济，万里投人谁见哀！

却表子春到得长安，再不去求众亲眷，连那老儿也怕去见他。只住在城南宅子里，请了几个有名的经纪，将祖遗的厅房、土库几所，下连基地，时值价银一万两，二面议定，亲笔填了文契，托他绝卖。只道这价钱是瓮中捉鳖，手到拿来；岂知亲眷们量他穷极，故意要死他的货，偏不肯买。那经纪都来回了，子春叹道："我杜子春直恁的命低！似这寸金田地，偏有卖主，没有受主。敢则经纪们不济，须自家出去寻个头脑。"刚刚到得大街上，早望见那老者在前面来了，连忙的躲在众人丛里，思量避他。岂知那老者却从背后一把曳住袖子，叫道："郎君，好负心也！"只这一声，羞得杜子春再无容身之地。老者道："你全不记在西门叹气之日乎！老夫虽则凉薄，也曾两次助你好几万银子，且莫说你怎么样报我，难道喏也唱不得一个？见了我到躲了去。我何不把这银子料在水里，也呼地响一声！"子春谢罪道："我杜子春单只不会做人家，心肝是有的，宁不知感老翁大恩！只是两次银子，都一造的荡废，望见老翁，不胜惭愧，就恨不得立时死了。以此躲避，岂敢负心！"那老者便道："既是这等，则你回心转意，肯做人家，我还肯助你！"子春道："我这一次，若再改了，就对天设下个誓来。"老者笑道："誓到不必设，你只把做人家的勾当，说与我听着。"子春又道："我祖上遗下海边上盐场若干所，城里城外冲要去处，店房若干间，长江上下芦洲若干里，良田若干顷，极是有利息的。我当初要银钱用，都澜贱的典卖与人了。我若有了银子，尽数取赎回来，不消两年，便可致富。然后兴建义庄，开辟义冢，亲故们羸老的养膳他，幼弱的抚育他，孤孀的存恤他，流离颠沛的拯救他，尸骸暴露的收埋他，我于名教复圆矣！"老者道："你果有此心，我依旧助你。"便向袖里一摸，却又摸出三百个钱，递与子春，约道："明日午时到波斯馆里来会我，再早些便好！"子春因前次受了酒家之气，今番也不去吃酒，别了老者，一径回去。一头走，一头思想道："我杜子春天生莽汉，幸遇那老者两次赠我银子，我不曾问得他名姓，被妻子埋怨一个不了。如今这次，须不可不问。"只待天色黎明，便投波斯馆去。在门上坐了一会，方才那老者走来，此时尚是辰牌时分。老者喜道："今日来得恰好！我想你说的做人家勾当，若银子少时，怎济得事？须把三十万两助你。算来三十万，要六千个元宝锭，便数也数得一日，故此要你早些来。"便引子春入到西廊下房内，只一搬，搬出六千个元宝锭来，交付明白，叮嘱道："老夫一生家计，尽在此了。你若再败时节，也不必重来见我。”子春拜谢道：“敢问老翁高姓大名？府上那里？”老者道：“你待问我怎的？莫非你思量报我么？”子春道：“承老翁前后共送了四十三万，这等大恩，还有甚报得？只是狗马之心，一毫难尽。若老翁要宅子住，小子卖契尚在袖里，便敢相奉。”老者笑道：“我若要你这宅子，我只守了自家的银子却不好。”子春道：“我杜子春贫乏了，平时亲识没有一个看顾我的，独有老翁三次周济。想我杜子春若无可用之处，怎肯便舍这许多银子？倘或要用我杜子春，敢不水里水里去，火里火里去！”老者点着头道：“用便有用你去处，只是尚早。且待你家道成立，三年之后，来到华山云台峰上，老君祠前，双桧树下，见我便了！”有诗为证：

四十三万等闲轻，末路犹然讳姓名。

他日云台虽有约，不知何事用狂生？

却说子春把那三十万银子，扛回家去，果然这一次顿改初心，也不去整备鞍马，也不去制备衣服，也不去辞别亲眷，悄悄的雇了车马，收拾停当，径往扬州。原来有了银子，就是天上打一个霹雳，满京城无有不知的。那亲眷们都说道：“他有了三十万银子，一般财主体面，况又沾亲，岂可不去饯别！”也有说道：“他没了银子时节，我们不曾礼他，怎么有了银子便去饯别？这个叫做前倨后恭，反被他小觑了我们！"到底愿送者多，不愿送者少，少的拗不过多的，一齐备了酒出东都门外，与杜子春饯别。只见酒到三巡，子春起来谢道："列位高亲光送，小子信口诌得个曲儿，回敬一杯，休得见笑！"你道是什么曲儿？原来都是叙述穷若无处求人的意思，只教那亲眷们听着，坐又坐不住，去又去不得，倒是不来送行也罢了，何苦自讨这场没趣！曲云：

> 我生来是富家，从幼的喜奢华，财物撒漫贱如沙。觑着囊资渐寡，看看手内光光乍，看看身上丝丝挂。欢娱博得叹和嗟，枉教人作话靶。　　待求人难上难，说求人最感伤。朱门走遍自徬徨，没半个钱儿到掌。若没有城西老者宽洪量，三番相赠多情况，这微躯已丧路途旁，请列位高亲主张。

子春唱罢，拍手大笑，向众亲眷说声请了，洋洋而去。心里想道："我当初没银子时节，去访那亲眷们，莫说请酒，就是一杯茶也没有；今日见我有了银子，便都设酒出门外送我。原来银子这般不可少的，我怎么将来容易荡费了！"一路上好生感叹。到得扬州，韦氏只道他止卖得些房价在身，不够撒漫，故此服饰舆马，比前十分收敛。岂知子春在那老者眼前，立下个做人家的誓愿，又被众亲眷们这席酒识破了世态，改转了念头，早把那扶兴不扶败的一起朋友，尽皆谢绝，影也不许他上门。方才陆续的将典卖过盐场、客店、芦洲、稻田，逐一照了原价，取赎回来。果然本钱大，利钱也大，不上两年，依旧泼天巨富。又在两淮南北，直到瓜州地面，造起几所义庄，庄内各有义田、义学、义冢。不论孤寡老弱，但是要养育的，就给衣食供膳他；要讲读的，就请师傅教训他；要殡殓的，就备棺椁埋葬他。莫说千里内外，感被恩德，便是普天下，那一个不赞道："杜子春这等败了，还挣起人家，才做得家成，又干了多少好事，岂不是天生的豪杰！"

原来子春牢记那老者期约在心，刚到三年，便把家事一齐交付与妻子韦氏，说道："我杜子春三入长安，若没那老者相助，不知这副穷骨头死在那里。他约我家道成立，三年之外，可到华山云台峰上，老君祠前，双桧树下，与他相见，却有用着我的去处。如今已是三年时候，须索到华山去走一遭。"韦氏答道："你受他这等大恩，就如重生父母一般，莫说要用着你，便是要用我时，也说不得了。况你贫穷之日，留我一个在此，尚能支持；如今现有天大家私，又不怕少了我吃的，又不怕少了我穿的。你只管放心，自去便了。"当日整治一杯别酒，亲出城西饯送子春上路。

> 竹叶杯中辞少妇，莲花峰上访真人。

子春别了韦氏，也不带从人，独自一个上了牲口，径往华山路上前去。原来天下名山，无如五岳。你道那五岳？

> 中岳嵩山　东岳泰山　北岳恒山　南岳衡山
> 西岳华山。

这五岳都是神仙窟宅。五岳之中，惟华山最高。四面看来，都是方的，如刀斧削成一片，故此俗人称为"削成山"。到了华山顶上，别有一条小路，最为艰险，须要攀藤附葛而行。约莫五十余里，才是云台峰。子春抬头一望，早见两株桧树，青翠如盖，中间显出一座血红的山门，门上竖着扁额，乃是"太上老君之祠"六个老大的金字。此时乃七月十五，中元令节，天气尚热，况又许多山路，走得子春浑身是汗，连忙拭净敛容，向前顶礼仙像。只见那老者走将出来，比前大是不同，打扮得似神仙一般。但见他：

> 戴一顶玲珑碧玉星冠，被一领织锦绛绡羽衣，黄丝绶腰间婉转，红云履足下蹒跚。颏下银须洒洒，鬓边华发斑斑。两袖香风飘瑞霭，一双光眼露朝星。

那老者遥问道："郎君果能不负前约，远来相访乎！"子春上前纳头拜了两拜，躬身答道："我这身子，都是老翁再生的。既蒙相约，岂敢不来！但不知老翁有何用我杜子春之处？"老者道："若不用你，要你冲炎冒暑来此怎的！"便引着子春进入老君祠后。这所在，乃是那老者炼药去处。子春举目看时，只见中间一所大堂，堂中一座药灶，玉女九人环灶而立，青龙白虎分守左右。堂下一个大瓮，有七尺多高，瓮口有五尺多阔，满瓮贮着清水。西壁下铺着一张豹皮。老者教子春靠壁向东盘膝坐下，却去提着一壶酒，一盘食来。你道盘中是甚东西？乃是三个白石子。子春暗暗想道："这硬石子怎生好吃？"原来煮熟的，就如芋头一般，味尤甘美。子春走了许多山路，正在饥渴之际，便把酒食都吃尽了。其时红日沉西，天色傍晚。那老者吩咐道："郎君不远千里，冒暑而来，所约用你去处，单在于此。须要安神定气，坐到天明。但有所见，皆非实境。任他怎生样凶险，怎生样苦毒，都只忍着，不可开言！"吩咐已毕，自向药灶前去，却又回头叮嘱道："郎君切不可忘了我的吩咐，便是一声也则不得的。牢记！牢记！"子春应允。刚把身子坐定，鼻息调得几口，早看见一个将军，长有一丈五六，头戴凤翅金盔，身穿黄金铠甲，带领着四五千人马，鸣锣击鼓，呐喊摇旗，拥上堂来，喝问：
"西壁下坐着的是谁？总么不回避我？快通名姓！"子
春全不答应。激得将军大怒，喝教人攒箭射来，也有用
刀夹背斫的，也有用枪当心戳的，好不利害！子春谨记
老者吩咐，只是忍着，并不做声。那将军没奈何他，引
着兵马也自去了。金甲将军才去，又见一条大蟒蛇，长
可十余丈，将尾缠住子春，以口相向，焰焰的吐出两个
舌尖，抵入鼻子孔中。又见一群狼虎，从头上扑下，咆
哮之声，振动山谷，那獠牙就如刀锯一般锋利，遍体咬
伤，流血满地。又见许多凶神恶鬼，都是铜头铁角，狰
狞可畏，跳跃而前。子春任他百般簸弄，也只是忍着。
猛地里又起一阵怪风，刮得天昏地黑，大雨如注，堂下
水涌起来，直漫到胸前。轰天的霹雳，当头打下，电火
四掣，须发都烧。子春一心记着老者吩咐，只不做声，
渐渐的雷收雨息，水也退去。子春暗暗喜道："如今天色
已霁，想再没有甚么惊吓我了。"岂知前次那金甲大将
军，依旧带领人马，拥上堂来，指着子春喝道："你这云
台山妖民，到底不肯通名姓，难道我就奈何不得你？"
便令军士，疾去扬州，擒他妻子韦氏到来。说声未毕，
韦氏已到，按在地上，先打三百杀威棒，打得个皮开肉
绽，鲜血迸流。韦氏哀叫道："贱妾虽无容德，奉事君

子有年，岂无伉俪之情？乞赐一言，救我性命！"子春暗想老者吩咐，说是"随他所见，皆非实境，安知不是假的？况我受老者大恩，便真是妻子，如何顾得！"并不开言。激得将军大怒，遂将韦氏千刀万剐。韦氏一头哭，一头骂，只说："枉做了半世夫妻，忍心至此！我在九泉之下，誓必报冤！"子春只做不听得一般。将军怒道："这贼妖术已成，留他何用？便可一并杀了！"只见一个军士，手提大刀，走上前来，向子春颈上一挥，早已身首分为两处。你看杜子春，刚才挣得成家，却又死于非命，岂不痛惜可怜！

游魂渺渺归何处？遗业忙忙付甚人？

那子春颈上被斫了一刀，已知身死，早有夜叉在，领了他魂魄竟投十地阎君殿下。都道："子春是个云台峰上妖民，合该押赴酆都地狱，遍受百般苦楚，身躯糜烂！"原来被业风一吹，依然如旧。却又领子春魂魄，托生在宋州原任单父县丞，叫做王勘家做个女儿。从小多灾多病，针灸汤药，无时间断。渐渐长成，容色甚美。只是说不出一句言语来，是个哑的。同乡有个进士，叫做卢侘，因慕他美貌，要求为妻。王家推辞哑的，不好相许。卢侘道："与我做媳妇，只要有容有德，岂在说话？便是哑，不强似长舌的！"却便下了财礼，迎取过门，夫妻甚是相得。早生下儿子，已经两岁，生得眉清目秀，红的是唇，白的是齿，真个可爱！忽一日卢侘抱着抚弄，却问王氏道："你看这样儿子，生得好么？"王氏笑而不答。卢侘怒道："我与你结发三载，未尝肯出一声。这是明明鄙贱着我，还说甚恩情那里，总要儿子何用？"倒提着两只脚，向石块上只一扑，可怜掌上明珠，扑做一团肉酱。子春却忘记了王家哑女儿，就是他的前身。看见儿子被丈夫活活扑死了，不胜爱惜，刚叫得一个"噫"字，岂知药灶里迸出一道火光，连这所大堂险些烧了。其时天已将明，那老者忙忙向前提着子春的头发，将他浸在水瓮里，良久方才火息。老者跌脚叹道："人有七情，乃是喜、怒、忧、惧、爱、恶、欲。我看你六情都尽，惟有爱情未除。若再忍得一刻，我的丹药已成，和你都升仙了，难得如此！"子春懊悔无地，走到堂上，看那药灶时，只见中间贯着手臂大一根铁柱，不知仙药都飞在那里去了。老者脱了衣服，跳入灶中，把刀在铁柱上，刮得些药末下来，教子春吃了，遂打发下山。子春伏地谢罪，说道："我杜子春不才，有负老师嘱付，如今情愿跟着老师出家，只望哀怜弟子，收留在山上罢！"老者摇手道："我这所在，如何留得你？可速回去，不必多言！"子春道："既然老师不允，容弟子改过自新，三年之后，再来效用。"老者道："你若修得心尽时，就在家里也好成道。若修心不尽，便来随我，亦有何益。慎之！勉之！"子春领命，拜别下山。不则一日，已至扬州。韦氏接着，问道："那老者要你去，有何用处？"子春道："不要说起，是我不才，负了这老翁一片美情！"韦氏问其缘故，子春道："他是个得道之人，教我看守丹灶，嘱付不许开言。岂知我一时见识不定，失口叫了一个'噫'字，把他数十年辛勤修命的丹药，都弄走了。他道我再忍得一刻，他的丹药成就，连我也做了神仙。这不是坏了他的事，连我的事也坏了？以此归来，重加修省。"韦氏道："你为甚却道这'噫'字？"子春将所见之事，细细说出，夫妻不胜嗟叹。自此之后，子春把天大家私，丢在脑后，日夕焚香打坐，涤虑凝神，一心思想神仙路上。但遇孤孀贫苦之人，便动千动百的舍与他，虽不比当初败废，却也渐渐的十不存一。倏忽之间，又是三年。一日对韦氏说道："如今待要再往云台求见那老者，超脱尘凡。所余家私，尽着勾你用度，譬如我已死，不必更想念了！"那韦氏也是有根器的，听见子春要去，绝无半点留念，只说道："那老者为何肯舍这许多银子送你，明明是看你有神仙之分，故来点化，怎么还不省得？"明早要与子春饯行。岂知子春这晚题下一诗，留别韦氏，已潜自往云台去了。诗云：

> 骤兴骤败人皆笑，旋死旋生我自惊。
>
> 从今撒手离尘网，长啸一声归白云！

你道子春为何不与韦氏面别？只因三年斋戒，一片诚心，要从扬州步行到彼，恐怕韦氏差拨伴当跟随，整备车马送他，故此悄地出了门去。两只脚上，都走起茧子来，方才到得华州地面。上了华山，径奔老君祠下，但见两株桧树，比前越加葱翠。堂中绝无人影，连那药灶也没些踪迹。子春叹道："一定我杜子春不该做神仙，师父不来点化我了！虽然如此，我发了这等一个愿心，难道不见师父就去了不成？今日死也死在这里，断然不回去了！"便住在祠内，草衣木食，整整过了三年。守那老者不见，只得跪在仙像前叩头祈告云：

> 窃惟弟子杜子春，下土愚民，尘凡浊骨。奔逐货利之场，迷恋身色之内。蒙本师慨发慈悲，指皈大道，奈弟子未断爱情，难成正果。遣归修省，三载如初。再叩丹台，一诚不二。洗心涤虑，六根净清无为；养性修真，万缘去除都尽。伏愿道缘早启，仙驭速临。拔凡骨于尘埃，开迷踪于觉路。云云。

　　子春正在神前祷祝，忽然祠后走出一个人来，叫道：
"郎君，你好至诚也！"子春听见有人说话，抬起头来看
时，却正是那老者，又惊又喜，向前叩头道："师父，想
杀我也！弟子到此盼望三年，怎的再不能一面？"老者
笑道："我与你朝夕不离，怎说三年不见？"子春道："师
父既在此间，弟子缘何从不看见？"老者道："你且看座
上神像，比我如何？"子春连忙走近老君神像之前，定
睛细看，果然与老者全无分别。乃知向来所遇，即是太
上老君，便伏地请罪。谢道："弟子肉眼怎生认得？只
望我师哀怜弟子，早传大道！"老君笑道："我因怕汝处
世日久，尘根不断，故假摄七种情缘，历历试汝。今汝
心下已皆清净，又何言哉！我想汉时淮南王刘安，专好
神仙，真感得八公下界，与他修合丹药。炼成之日，合
宅同升，连那鸡儿、狗儿，噗了鼎中药末，也得相随而
去，至今鸡鸣天上，犬吠云间。既是你已做神仙，岂有
妻子偏不得道。我这有神丹三丸，特相授汝，可留其
一，持归与韦氏服之。教他免堕红尘，早登紫府。"子
春再拜，受了神丹，却又禀道："我弟子贫穷时节，投奔
长安亲眷，都道我是败子，并无一个慈悲我的。如今弟
子要同妻韦氏，再往长安，将城南祖居舍为太上仙祠，
祠中祷造丈六金身，供奉香火。待众亲眷聚集，晓喻一

番，也好打破他们这重魔障。不知我师可容许我弟子否？"老君赞道："善哉！善哉！汝既有此心，待金像铸成之日，吾当显示神通，挈汝升天，未为晚也！"正是：

> 十年一觉扬州梦，赢得人间败子名。

话分两头。却说韦氏自子春去后，却也一心修道，屏去繁华，将所遗家私尽行布施，只在一个女道士观中，投斋度日。满扬州人见他夫妻云游的云游，乞丐的乞丐，做出这般行径，都莫知其故。忽一日子春回来，遇着韦氏，两个俱是得道之人，自然不言而喻。便把老君所授神丹，付与韦氏服了，只做抄化模样，径赴长安去投见那众亲眷。呈上一个疏簿，说把城南祖居，舍作太上老君神庙，特募黄金十万两，铸造丈六天身，供奉殿上。要劝那众亲眷，共结善缘。其时亲眷都笑道："他两次得了横财，尽皆废败，这不必说了。后次又得一大注，做了人家。如何三年之后，白白的送与人去？只他丈夫也罢了，怎么韦氏平时既不谏阻，又把分拨与他用度的，亦皆散舍？岂不夫妻两个都是薄福之人，消受不起，致有今日？眼见得这座祖宅，还值万数银子，怎么又要舍作道院，别来募化黄金，兴铸仙像！这等痴人，便是募得些些，左右也被人骗去，我们礼他则甚！"尽都闭了大门，推辞不管闲事。子春夫妻含笑而归。那亲眷们都量定杜子春夫妻，断然铸不起金像的，故此不肯上疏。岂知半月之后，子春却又上门，递进一个请帖儿，写着道：

　　子春不自量力，谨舍黄金六千斤，铸造老君仙像。仰仗众缘，法相完成，拟于明日奉像升座。特备小斋，启请大德，同观胜事，幸勿他辞！

那亲眷们看见，无不惊讶，叹道："怎么就出得这许多金子？又怎么铸造得这等神速？"连忙差人前去打听，只见众亲眷门上和满都城士庶人家，都是同日，有一个杜子春亲送请帖，也不知杜子春有多少身子。都道："这事有些跷蹊！"到次日，没一个不来。到得城南，只见人山人海，填街塞巷，合城男女，都来随喜。早望见门楼已都改造过了，造得十分雄壮，上头写着栲栳大金字，是"太上行宫"四个字。进了门楼，只见殿宇廊庑，一划的金碧辉煌，耀睛夺目，俨如天宫一般。再到殿上看时，真个黄金铸就的丈六天身，庄严无比。众亲眷看了，无不摇首咋舌道："真个他弄起恁样大事业！但不知这些金子是何处来的？"又见神座前，摆下一大盘蔬菜，一卮子酒，暗暗想道："这定是他办的斋了。纵便精洁，无过有一两器，不消一个人，便一口吃完了。怎么下个请帖，要遍斋许多人众？你道好不古怪！"只见子春夫妇，但遇着一个到金像前瞻礼的，便捧过斋来请他吃些，没个不吃，没个不赞道甘美！那亲眷们正在惊叹之际，忽见金像顶上，透了一道神光，化做三朵白云，中间的坐了老君，左边坐了杜子春，右边坐了韦氏，从殿上出来，升到空里，约莫离地十余丈高，只见子春举手与人众作别，说道："横眼凡民，只知爱惜钱财，焉知大道！但恐三灾横至，四大崩摧，积下家私，抛于何处？可不省哉！可不惜哉！"晓喻方毕，只听得一片笙箫仙乐，响振虚空，旌节导前，幡盖拥后，冉冉升天而去！满城士庶，无不望空合掌顶礼。有诗为证：

千金散尽贫何惜，一念皈依死不移。

慷慨丈夫终得道，白云朵朵上天梯。

# 第十五卷　汪大尹火焚宝莲寺

削发披缁修道，烧香礼佛心虔。不宜潜地去胡缠，致使清名有玷。　　念佛持斋把素，看经打坐参禅。逍遥散诞胜神仙，万贯腰缠不羡。

话说昔日杭州金山寺，有一僧人，法名至慧，从幼出家，积资富裕。一日在街坊上行走，遇着了一个美貌妇人，不觉神魂荡漾，遍体酥麻，恨不得就抱过来，一口水咽下肚去。走过了十来家门面，尚回头观望，心内想道："这妇人不知是甚样人家？却生得如此美貌！若得与他同睡一夜，就死甘心！"又想道："我和尚一般是父娘生长，怎地剃掉了这几茎头发，便不许亲近妇人。我想当初佛爷，也是扯淡！你要成佛作祖，止戒自己罢了，却又立下这个规矩，连后世的人都戒起来。我们是个凡夫，那里打熬得过！却可恨昔日置律法的官员，你们做官的出乘驷马，入罗红颜，何等受用！也该体恤下人，积点阴骘，偏生与和尚做尽对头，设立恁样不通理的律令！如何和尚犯奸，便要责杖，难道和尚不是人身？就是修行一事，也出于各人本心，岂是捉缚加拷得的！"又归怨父母道："当时既是难养，索性死了，倒也干净！何苦送来做了一家货，今日教我寸步难行。恨着这口怨气，不如还了俗去，娶个老婆，生男育女，也得夫妻团聚。"又想起做和尚的不耕而食，不织而衣，住下高堂精舍，烧香吃茶，恁般受用，放掉不下。一路胡思乱想，行一步，懒一步，慢腾腾的荡至寺中。昏昏闷坐，未到晚便去睡卧，心上记挂这美貌妇人，难得到手，长吁短叹，怎能合眼。想了一回，又叹口气道："不知这佳人姓名居止，我却在此痴想，可不是个呆子！"又想道："不难！不难！女娘弓鞋小脚，料来行不得远路，定然只在近处。挨几日工夫，到那答地方，寻访消息，或者姻缘有分，再得相遇，也未可知。那时暗地随去，认了住处，寻个熟脚，务要弄他到手！"算计已定，盼望天明，起身洗盥，取出一件新做的绸绢褊衫，并着干鞋净袜，打扮得轻轻薄薄，走出房门。正打从观音殿前经过，暗道："我且问问菩萨，此去可能得遇？"遂双膝跪到，拜了两拜。向桌上拿过签筒，摇了两三摇，扑的跳出一根，取起看时，乃是第十八签，注着上上二字。记得这四句签诀上云：

天生与汝有姻缘，今日相逢岂偶然。

莫惜勤劳问贪懒，管教目下胜从前。

求了这签，喜出望外，道："据这签诀上，明明说只在早晚相遇，不可错过机会。"又拜了两拜，放下签筒，急急到所遇之处。见一妇人，冉冉而来；仔细一觑，正是昨日的欢喜冤家，身伴并无一人跟随。这时又惊又喜，想道："菩萨的签，果然灵验，此番必定有些好处！"紧紧的跟在后边。那妇人向着侧边一个门面，揭起班竹帘儿，跨脚入去，却又掉转头，对他嘻嘻的微笑，把手相招。这和尚一发魂飞天外，喜之不胜。用目四望，更无一人往来，慌忙也揭起帘儿径钻进去问讯。那妇人也不还礼，绰起袖子望头上一扑，把僧帽打下地来。又赶上一步，举起尖翘翘小脚儿一踢，谷碌碌直滚开在半边，口里格格的冷笑。这和尚惟觉得麝兰扑鼻。说道："娘子休得取笑！"拾取帽子戴好。那妇人道："你这和尚，青天白日，到我家来做甚？"至慧道："多感娘子错爱，见招至此，怎说这话！"此时色胆如天，也不管他肯不肯，向前搂抱，将衣服乱扯。那妇人笑道："你这贼秃！真是不见妇人面的，怎的就恁般粗卤！且随我进来。"弯弯曲曲，引入房中。彼此解衣，抱向一张榻上行事。刚刚肤肉相凑，只见一个大汉，手提钢斧，抢入房来，喝道："你是何处秃驴？敢至此奸骗良家妇女！"吓得至慧战做一团，跪到在地下道："是小僧有罪了！望看佛爷面上，乞饶狗命，回寺去诵十部《法华经》，保佑施主福寿绵长！"这大汉那里肯听，照顶门一斧，砍翻在地。你道被他一斧，还是死也不死？原来想极成梦，并非实境。这和尚撒然惊觉，想起梦中被杀光景，好生害怕。乃道："偷情路险，莫去惹他，不如本分还俗，倒得安稳。"自此即蓄发娶妻，不上三年，痨瘵而死。离寺之日，曾作诗云：

> 少年不肯戴儒冠，强把身心赴戒坛。
>
> 雪夜孤眠双足冷，霜天剃发髑髅寒。
>
> 朱楼美女应无分，红粉佳人不许看。
>
> 死后定为惆怅鬼，西天依旧黑漫漫。

适来说这至慧和尚，虽然破戒还俗，也还算做完名全节。如今说一件故事，也是佛门弟子，只为不守清规，弄出一场大事，带累佛面无光，山门失色。这话文出在何处？出在广西南宁府永淳县，在城有个宝莲寺。这寺还是元时所建，累世相传，房廊屋舍，数百多间，田地

也有上千余亩。钱粮广盛，衣食丰富，是个有名的古刹。本寺住持，法名佛显，以下僧众，约有百余，一个个都分派得有职掌。凡到寺中游玩的，便有个僧人来相迎，先请至净室中献茶，然后陪侍遍寺随喜一过，又摆设茶食果品，相待十分尽礼。虽则来者必留，其中原分等则。若遇官宦富豪，另有一般延款，这也不必细说。大凡僧家的东西，赛过吕太后的筵宴，不是轻易吃得的。却是为何？那和尚们名虽出家，利心比俗人更狠。这几瓯清茶，几碟果品，便是钓鱼的香饵；不管贫富，就送过一个疏簿，募化钱粮。不是托言塑佛妆金，定是说重修殿宇；再没话讲，便把佛前香灯油为名。若遇着肯舍的，便道是可扰之家，面前千般谄谀，不时去说骗；设遇着不肯舍的，就道是鄙吝之徒，背后百样诋毁，走过去还要唾几口涎沫。所以僧家再无个餍足之期。又有一等人，自己亲族贫乏，尚不肯周济分文，到得此辈募缘，偏肯整几两价布施，岂不是舍本从末的痴汉！有诗为证：

> 人面不看看佛面，平人不施施僧人。

> 若念慈悲分缓急，不如济苦与怜贫。

惟有宝莲寺与他处不同，时常建造殿宇楼阁，并不启口向人募化。为此远近士庶，都道此寺和尚善良，分外敬重，反肯施舍，比募缘的，倒胜数倍。况兼本寺相传有个子孙堂，极是灵应，若去烧香求嗣的，真个祈男得男，祈女得女。你道是怎地样这般灵感？原来子孙堂两傍，各设下净室十数间，中设床帐，凡祈嗣的，须要壮年无病的妇女，斋戒七日，亲到寺中拜祷，向佛讨笤。如讨得圣笤，就宿于净室中一宵，每房只宿一人。若讨不得圣笤，便是举念不诚，和尚替他忏悔一番，又斋戒七日，再来祈祷。那净室中四面严密，无一毫隙缝，先教其家夫、男仆，周遭点检一过。任凭拣择停当，至晚送妇女进房安歇，亲人仆从睡在门外看守，为此并无疑惑。那妇女回去，果然便能怀孕，生下男女，且又魁伟肥大，疾病不生。因有这些效验，不论士宦民庶眷属，无有不到子孙堂求嗣。就是邻邦隔县闻知，也都来祈祷。这寺中每日人山人海，好不热闹，布施的财物不计其数。有人问那妇女，当夜菩萨有甚显应。也有说梦佛送子的，也有说梦罗汉来睡的，也有推托没有梦的，也有羞涩不肯说的，也有祈后再不往的，也有四时不常去的。你且想：佛菩萨昔日自己修行，尚然割恩断爱，怎肯管民间情欲之事，夜夜到这寺里托梦送子？可不是个乱话！只为这地方，元是信巫不信医的，故此因邪入邪，认以为真，迷而不悟，白白里送妻女到寺，与这班贼秃受用。正是：

分明断肠草，错认活人丹。

原来这寺中僧人，外貌假作谦恭之态，却到十分贪淫奸恶。那净室虽然紧密，俱有暗道可入，俟至钟声定后，妇女睡熟，便来奸宿。那妇女醒觉时，已被轻薄，欲待声张，又恐反坏名头，只得忍羞而就。一则妇女身无疾病，且又斋戒神清；二则僧人少年精壮，又重价修合种子丸药，送与本妇吞服，故此多有胎孕，十发九中。那妇女中识廉耻的，好似哑子吃黄连，苦在心头，不敢告诉丈夫。有那一等无耻淫荡的，倒借此为由，不时取乐。如此浸淫，不知年代。

也是那班贼秃恶贯已盈，天遣一位官人前来。那官人是谁？就是本县新任大尹，姓汪，名旦，祖贯福建泉州晋江县人氏。少年科第，极是聪察。晓得此地夷汉杂居，土俗慓悍，最为难治。莅任之后，摘伏发隐，不畏豪横。不上半年，治得县中奸宄敛迹，盗贼潜踪，人民悦服。访得宝莲寺有祈嗣灵应之事，心内不信。想道："既是菩萨有灵，只消祈祷，何必又要妇女在寺宿歇，其中定有情弊。但未见实迹，不好轻举妄动，须到寺亲验一番，然后相机而行。"择了九月朔日，特至宝莲寺行香，一行人从簇拥到寺前。汪大尹观看那寺，周围都是粉墙包裹，墙边种植高槐古柳，血红的一座朱漆门楼，上悬金书扁额，题着"宝莲禅寺"四个大字。山门对过，乃是一带照墙，傍墙停下许多空轿。山门内外，烧香的往来挤拥，看见大尹到来，四散走去。那些轿夫，也都手忙脚乱，将轿抬开。汪大尹吩咐左右，莫要惊动他们。住持僧闻知本县大爷亲来行香，撞起钟鼓，唤齐僧众，齐到山门口跪接。汪大尹直至大雄宝殿，方才下轿。看那寺院，果然造得齐整，但见：

> 层层楼阁，叠叠廊房。大雄殿外，彩云缭绕罩朱扉；接众堂前，瑞气氤氲笼碧瓦。老桧修篁，掩映画梁雕栋；苍松古柏，荫遮曲槛回栏。果然净土人间少，天下名山僧占多。

汪大尹向佛前拈香礼拜，暗暗祷告，要究求嗣弊窦。拜罢，佛显率众僧向前叩见，请入方丈坐下。献茶已毕，汪大尹向佛显道："闻得你合寺僧人，焚修勤谨，戒行精严，都亏你主持之功。可将年贯开来，待我申报上司，请给度牒与你，就署为本县僧官，永持此寺！"佛显闻言，喜出意外，叩头称谢。汪大尹又道："还闻得你寺中祈嗣，最是灵感，可有这事么？"佛显禀道："本寺有个子孙堂，果然显应的！"汪大尹道："祈嗣的可要做甚斋醮？"佛显道："并不要设斋诵经，止要求嗣妇女，身无疾病，举念虔诚，斋戒七日，在佛前祷

祝，讨得圣筶，就旁边净室中安歇，祈得有梦，便能生子。"汪大尹道："妇女家在僧寺安歇，只怕不便。"佛显道："这净室中，四围紧密，一女一室，门外就是本家亲人守护，并不许一个闲杂人往来，原是稳便的。"汪大尹道："原来如此！我也还无子嗣，但夫人不好来得。"佛显道："老爷若要求嗣，只消亲自拈香祈祷，夫人在衙斋戒，也能灵验。"汪大尹道："民俗都要在寺安歇，方才有效，怎地夫人不来也能灵验？"佛显道："老爷乃万民之主，况又护持佛法，一念之诚，便与天地感通，岂是常人可比！"你道佛显为何不要夫人前来？俗语道得好：贼人心虚。他做了这般勾当，恐夫人来时，随从众多，看出破绽，故此阻当。谁知这大尹也是一片假情，探他的口气。当下汪大尹道："也说得是。待我另日竭诚来拜，且先去游玩一番。"即起身教佛显引导，从大殿旁穿过，便是子孙堂。那些烧香男女，听说知县进来，四散潜躲不迭。汪大尹看这子孙堂，也是三间大殿，雕梁绣柱，画栋飞甍，金碧耀目。正中间一座神厨，内供养着一尊女神，珠冠璎珞，绣袍彩帔，手内抱着一个孩子，旁边又站四五个男女，这神道便叫做子孙娘娘。神厨上黄罗绣幔，两下银钩挂开，舍下的神鞋，五色相兼，约有数百余双。绣幡宝盖，重重叠叠，不知其数。

架上画烛火光，照彻上下。炉内香烟喷薄，贯满殿庭。左边供的又是送子张仙，右边便是延寿星官。汪大尹向佛前作个揖，四下闲走一回，又教佛显引去观宿歇妇女的净室。原来那房子是逐间隔断，上面天花顶板，下边尽铺地平，中间床帏桌椅，摆设得甚是济楚。汪大尹四遭细细看觑，真个无丝毫隙缝，就是鼠虫蚂蚁，无处可匿。汪大尹寻不出破绽，原转出大殿上轿。佛显又率众僧到山门外跪送。

汪大尹在轿上一路沉吟道："看这净室，周回严密，不像个有情弊的。但一块泥塑木雕的神道，怎地如此灵感？莫不有甚邪神，托名诳惑？"左想右算，忽地想出一个计策。回至县中，唤过一个令史，吩咐道："你悄地去唤两名妓女，假妆做家眷，今晚送至宝莲寺宿歇。预备下朱、墨汁两碗，夜间若有人来奸宿，暗涂其头，明早我亲至寺中查勘，切不可走漏消息！"令史领了言语，即去接了两个相熟表子来家，唤做张媚姐、李婉儿。令史将前事说与，两个妓女见说县主所差，怎敢不依？捱到傍晚，妓女妆束做良家模样，顾下两乘轿子，仆从扛抬铺盖，把朱墨汁藏在一个盒子中，跟随于后，一齐至宝莲寺内。令史拣了两间净室，安顿停当，留下家人，自去回复县主。不一时，和尚教小沙弥来掌灯送茶。是晚祈嗣的妇女，共有十数余人，那个来查考这两个妓女是不曾烧香讨筶过的。须臾间，钟鸣鼓响，已是起更时分，众妇女尽皆入寝，亲戚人等，各在门外看守。和尚也自关闭门户进去不提。

且说张媚姐掩上门儿，将银朱碗放在枕边，把灯挑得明亮，解衣上床，心中有事，不敢睡着，不时向帐外观望。约莫一更天气，四下人声静悄，忽听得床前地平下格格的响，还道是扇虫作耗，抬头看时，见一扇地平板渐渐推过在一边，地下钻出一个人头，直立起来，乃是一个和尚。到把张媚姐吓了一跳，暗道："原来这些和尚，设下恁般贼计，奸骗良家妇女。怪道县主用这片心机。"且不做声，看那和尚轻手轻脚，走去吹灭灯火，步到床前，脱卸衣服，揭开帐幔，捱入被中。张媚姐只做睡着。那和尚到了被里，腾身上去，款款托起双股，就弄起来。张媚姐假作梦中惊醒，说道："你是何人？黄夜至此淫污！"举手推他下去。那和尚双手紧紧搂抱，说道："我是金身罗汉，今特来送子与你！"口中便说，下边恣意狂荡。那和尚颇有本领，云雨之际，十分勇猛。张媚姐是个宿妓，也还当他不起，顽得个气促声喘。趁他情浓深处，伸手蘸了银朱，向和尚头上尽都抹到。这和尚只道是爱他，全然不觉。一连耍了两次，方才起身下床，递过一个包儿道："这是调经种子丸，每服三钱，清晨滚汤送下，连服数日，自然胎孕坚固，生育快易。"说罢而去。张媚姐身子已是烦倦，朦胧合眼，觉得身边又有人揎来。这和尚更是粗卤，张媚姐还道是初起的和尚，推住道："我顽了两次，身子疲倦，正要睡卧，如何又来？怎地这般不知餍足？"和尚道："娘子不要错认了，我是方才到的新客，滋味还未曾尝，怎说不知餍足？"张媚姐看见和尚轮流来宿，心内惧怕，说道："我身体怯弱，不惯这事，休得只管胡缠！"和尚道："不打紧，我有绝妙春意丸在此，你若服了，就通宵顽耍，也不妨得！"即伸手向衣服中，摸个纸包递与。张媚姐恐怕药中有毒，不敢吞服。也把银朱涂了他头上。那和尚比前的又狠，直戏到鸡鸣时候方去。原把地平盖好不提。

再说李婉儿才上得床，不想灯火被火蛾儿扑灭，却也不敢合眼。更余时候，忽然床后簌簌的声响，早有一人扯起帐子，钻上床来，揎身入被，把李婉儿双关抱紧，一张口就凑过来做嘴。李婉儿伸手去摸他头上，乃是一个精光葫芦，却又性急，便蘸着墨汁满头摩弄，问道："你是那一房长老？"这和尚并不答言，径来行事。李婉儿年纪比张媚姐还小几年，性格风骚，经着这件东西，又惊又喜，想道："一向闻得和尚极有本事，我还未信，不想果然。"不觉兴动，遂耸身而就。这场云雨，端的快畅：

> 一个是空门释子，一个是楚馆佳人。空门释子，假作罗汉真身；楚馆佳人，错认良家少妇。一个似积年石臼，经几多碎捣零椿；一个似新打木桩，尽耐得狂风骤浪。一个不管佛门戒律，但姿欢娱；一个虽奉县主叮咛，且图快乐。浑似阿难菩萨逢魔女，犹如玉通和尚戏红莲。

云雨刚毕，床后又钻一个来，低低说道："你们快活得够了，也该让我来顽顽！难道定要十分尽兴。"那和尚微微冷笑，起身自去。后来的和尚到了被中，轻轻款款，把李婉儿满身抚摸。李婉儿假意推托不肯，和尚捧住亲个嘴道："娘子想是适来被他顽倦了，我有春意丸在此，与你发兴。"遂嘴对嘴吐过药来，李婉儿咽下肚去，觉得香气透鼻，交接之间，体骨酥软，十分得趣。李婉儿虽然淫乐，不敢有误县主之事，又蘸了墨汁，向和尚头上周围摸转，说道："倒好个光头。"和尚道："娘子，我是个多情知趣的妙人，不比那一班粗蠢东西，若不弃嫌，常来走走。"李婉儿假意应承。云雨之后，一般也送一包种子丸药。到鸡鸣时分，珍重而别。正是：

> 偶然僧俗一宵好，难算夫妻百夜恩。

　　话分两头。且说那夜汪大尹得了令史回话，至次日五鼓出衙，唤起百余名快手民壮，各带绳索器械，径到宝莲寺前。吩咐伏于两旁，等候呼唤，随身止带十数余人。此时天已平明，寺门未开，教左右敲开。里边住持佛显知得县主来到，衣服也穿不及，又唤起十数个小和尚，急急赶出迎接。直到殿前下轿，汪大尹也不拜佛，径入方丈坐下，佛显同众僧叩见。汪大尹讨过众僧名簿查点。佛显教道人撞起钟鼓，唤集众僧。那些和尚都从睡梦中惊醒，闻得知县在方丈中点名，个个慌忙奔走，不一时都已到齐。汪大尹教众僧把僧帽尽皆除去，那些和尚怎敢不依，但不晓得有何缘故？当时不除，到也罢了，才取下帽子，内中显出两个血染的红顶，一双墨涂的黑顶。汪大尹喝令左右，将四个和尚锁住，推至面前跪下，问道："你这四人为何头上涂抹红朱、黑墨？"那四僧还不知是那里来的，面面相觑，无言可对，众和尚也各骇异。汪大尹连问几声，没奈何，只得推称同伴中取笑，并非别故。汪大尹笑道："我且唤取笑的人来，与你执证。"即教令史去唤两个妓女。谁知都被那和尚们盘桓了一夜，这时正好熟睡。那令史和家人险些敲折臂膊，喊破喉咙，方才惊觉起身，跟至方丈中跪下。汪大尹问道："你二人夜来有何所见？从实说来。"二妓各将和尚轮流奸宿，并赠春意种子丸药，及朱、墨涂顶前后事，一一细说。袖中摸出种子春意丸呈上。众僧见事已败露，都吓得胆战心惊，暗暗叫苦！那四个和尚，一味叩头乞命。汪大尹喝道："你这班贼驴！焉敢假托神道，哄诱愚民，奸淫良善！如今有何理说？"佛显心生一计，教众僧徐徐跪下，禀道："本寺僧众，尽守清规。止有此四人贪淫奸恶，屡训不悛。正欲合词呈治，今幸老爷察出，罪实该死！其余实是无干，望老爷超拔。"汪大尹道："闻得昨晚求嗣的甚众，料必室中都有暗道。这四个奸淫的，如何不到别个房里，恰恰都聚在一处，入我彀中？难道有这般巧事？"佛显又禀道："其实净室惟此两间有个私路，别房俱各没有。"汪大尹道："这也不难，待我唤众妇女来问，若无所见，便与众僧无干！"即差左右，将祈嗣妇女，尽皆唤至盘问。异口同声，俱称并无和尚奸宿。汪大尹晓得他怕羞不肯实说，喝令左右搜检身边，各有种子丸一包。汪大尹笑道："既无和尚奸宿，这种子丸是何处来的？"众妇人个个羞得是面红颈赤。汪大尹又道："想是春意丸，你们通服过了。"众妇人一发不敢答应。汪大尹更不穷究，发令回去。那些妇女的丈夫亲属，在旁听了，都气得遍身麻木，含着羞耻，领回不提。佛显见搜出了众妇女种子丸，又强辩是入寺时所送。两个妓女又执是奸后送的。汪大尹道："事已显露，还要抵赖！"教左右唤进民壮快手人等，将寺中僧众，尽都绑缚。止空了香公道人，并两个幼年沙弥。佛显初时意欲行凶，因看手下人众，又有器械，遂不敢动手。汪大尹一面分付令史将两个妓女送回。起身上轿，一行人押着众僧在前。那时哄动了一路居民，都随来观看。汪大尹回到县中，当堂细审，用起刑具。众和尚平日本是受用之人，如何熬得？才套上夹棍，就从实招称。汪大尹录了口词，发下狱中监禁，准备文书，申报上司，不在话下。

且说佛显来到狱中，与众和尚商议一个计策，对禁子凌志说道："我们一时做下不是，悔之无及！如今到了此处，料然无个出头之期。但今早拿时，都是空身，把甚么来使用？我寺中向来积下的钱财甚多，若肯悄地放我三四人回寺取来，禁牌的常例，自不必说，分外再送一百两雪花！"那凌志见说得热闹动火，便道："我们同辈人多，不由一人作主，这百金四散分开，所得几何，岂不是有名无实？如出得二百两与众人，另外我要一百两偏手，若肯出这数，即今就同你去！"佛显一口应承道："但凭禁牌吩咐罢了，怎敢违拗！"凌志即与众禁子说知，私下押着四个和尚回寺，到各房搜括，果然金银无数。佛显先将三百两交与凌志。众人得了银子，一个个眉花眼笑。佛显又道："列位再少待片时，待我收拾几床铺盖进去，夜间也好睡卧。"众人连称道："有理！"纵放他们去打叠。这四个和尚把寺中短刀斧头之类，裹在铺盖之中，收拾完备，教香公唤起几个脚夫，一同抬入监去。又买起若干酒肉，遍请合监上下，把禁子灌得烂醉，专等黄昏时候，动手越狱。正是：

打点劈开生死路，安排跳出鬼门关。

且说汪大尹，因拿出这个弊端，心中自喜。当晚在衙中秉烛而坐，定稿申报上司，猛地想起道："我收许多凶徒在监，倘有不测之变，如何抵挡？"即写朱票，差人遍召快手，各带兵器到县，直宿防卫。约莫更初时分，监中众僧，取出刀斧，一齐呐喊，砍翻禁子，打开狱门，把重囚尽皆放起，杀将出来，高声喊叫："有冤报冤，有仇报仇。只杀知县，不伤百姓。让我者生，挡我者死！"其声震天动地。此时值宿兵快，恰好刚到，就在监门口战斗。汪大尹衙中闻得，连忙升堂。县旁百姓听得越狱，都执枪刀前来救护。和尚虽然拼命，都是短兵，快手俱用长枪，故此伤者甚多，不能得出。佛显知事不济，遂教众人住手，退入监中，把刀斧藏过。扬言道："谋反的止是十数余人，都已当先被杀，我等俱不愿反，容至当堂禀明！"汪大尹见事已定，差刑房吏带领兵快，到监查验，将应有兵器，尽数搜出，当堂呈看。汪大尹大怒，向众人说道："这班贼驴，淫恶滔天，事急又思谋反。我若莫有防备，不但我一人遭他凶手，连满城百姓，尽受荼毒了。若不尽诛，何以儆后？"唤过兵快，将出的刀斧，给散与他，吩咐道："恶僧事虽不谐，久后终有不测，难以防制。可乘他今夜反狱，除一应人犯，留明日审问，其余众僧，各砍首级来报！"众人领了言语，点起火把，蜂拥入监。佛显见势头不好，连叫："谋反不是我等！"言还未毕，头已落地。须臾之间，百余和尚，齐皆斩讫，犹如乱滚西瓜。正是：

善恶到头终有报，只争来早与来迟。

汪大尹次日吊出众犯，审问狱中缘何藏得许多兵器；众犯供出禁子凌志等得了银子，私放僧人回去，带进兵器等情。汪大尹问了详细，原发到狱，查点禁子凌志等，俱已杀死。遂连夜备文，申详上司，将宝莲寺尽皆烧毁。其审单云：

看得僧佛显等，心沉欲海，恶炽火坑。用智设机，计哄良家祈嗣；穿墉穴地，强邀信女通情。紧抱着娇娥，兀的是菩萨从天降；难推去和尚，则索道罗汉梦中来。可怜嫩蕊新花，拍残狂蝶；却恨温香软玉，抛掷终风。白练受污，不可洗也；黑夜忍辱，安敢言乎！乃使李婉儿朱抹其顶，又遣张媚姐墨涅其颠。红艳欲流，想长老头横冲经水；黑煤如染，岂和尚颈倒浸墨池。收送福堂，波罗蜜自做甘受；陷入色界，磨兜坚有口难言。乃藏刀剑于皮囊，寂灭翻成贼虐；顾动干戈于圜棘，慈悲变作强梁。夜色正昏，护法神通开狴狂；钟声甫定，金刚勇力破拘挛。釜中之鱼，既漏网而又跋扈；柙中之虎，欲走圹而先噬人。奸窃窕，淫良善，死且不宥；杀禁子，伤民壮，罪欲何逃！反狱奸淫，其罪已重；戮尸枭首，其法允宜。僧佛显众恶之魁，粉碎其骨；宝莲寺藏奸之薮，火焚其巢。庶发地藏之奸，用清无垢之佛。

这篇审单一出，满城传诵，百姓尽皆称快。往时之妇女，曾在寺求子，生男育女者，丈夫皆不肯认，大者逐出，小者溺死。多有妇女怀羞自缢，民风自此始正。各省直州府传闻此事，无不出榜戒谕，从今不许妇女入寺烧香。至今上司往往明文严禁，盖为此也！后汪大尹因此起名，遂钦取为监察御史。有诗为证：

子嗣原非可强求，况于入寺起淫偷。

从今勘破鸳鸯梦，泾渭分源莫混流。

# 第十六卷　马当神风送滕王阁

山藏异宝山含秀，沙有黄金沙放光。

好事若藏人肺腑，言谈语话不寻常。

这四句诗，单说着自古至今，有那一等怀才抱德，韬光晦迹的文人秀才，就比那奇珍异宝，良金美玉，藏于土泥之中；一旦出世，遇良工巧匠，切磋琢磨，方始成器。故"秀才"二字，不可乱称。秀者，江山之秀；才者，天下之才。但凡人胸中藏秀气，腹内有才识，出言吐语，自是一般。所以谓之不寻常。说话的，兀的说这才学则甚？因在下今日要说一桩"风送滕王阁"的故事。那故事出在大唐高宗朝间，有一秀士，姓王，名勃，字子安，祖贯山西晋州龙门人氏。幼有大才，通贯九经，诗书满腹。时处一十三岁，常随母舅游于江湖。

1536

一日从金陵欲往九江，路经马当山下，此乃九江第一险处。怎见得？有陆鲁望《马当山铭》为证：

> 山之险莫过于太行，水之险莫过于吕梁，合二险而为一，吾又闻乎马当。

王勃舟至马当，忽然风涛乱滚，碧波际天，云阴罩野，水响翻空。那船将次倾覆，满船的人尽皆恐惧，虔诚祷告江神，许愿保护。惟有王勃端坐船上，毫无惧色，朗朗读书。舟人怪异，问道："满船之人，死在须臾，今郎君全无惧色，却是为何？"王勃笑道："我命在天，岂在龙神！"舟人大惊道："郎君勿出此言！"王勃道："我当救此数人之命！"道罢，遂取纸笔，吟诗一首，掷于水中。须臾云收雾散，风浪俱息。其诗曰：

> 唐圣非狂楚，江渊异汨罗。
>
> 平生仗忠节，今日任风波。

此时满船人相贺道："郎君奇才，能动江神，乃是获安。不然，诸人皆不免水厄。"王勃道："生死在天，有何可避！"众人深服其言。少顷，船皆泊岸，舟人视时，即马当山也，舟人皆登岸。王勃上岸独自闲游，正行之间，只见当道路边，青松影里，绿桧阴中，见一古庙。王勃向前看时，上面有朱红漆牌，金篆书字，写着："敕赐中原水府行宫。"王勃一见，就身边取笔，吟诗一首于壁上。诗曰：

> 马当山下泊孤舟，岸侧芦花簇翠流。
>
> 忽睹朱门斜半掩，层层瑞气锁清幽。

诗罢，走入庙中。四下看时，真个好座庙宇。怎见得？有诗为证：

> 碧瓦连云起，朱门映日开。
>
> 一团金作栋，千片玉为街。
>
> 帝子亲书额，名人手篆碑。
>
> 庇民兼护国，风雨应时来。

王勃行至神前，焚香祝告已毕，又赏玩江景多时。正欲归舟，忽于江水之际，见一老叟，坐于块石之上。碧眼长眉，须鬓皤然，颜如莹玉，神清气爽，貌若神仙。王勃见而异之，乃整衣向前，与老人作揖。老叟道："子非王勃乎？"王勃大惊道："某与老叟素不相识，亦非亲旧，何以知勃名姓？"老叟道："我知之久矣！"王勃知老叟不是凡人，随拱手立于块石之侧。老叟命勃同坐，王勃不敢，再三相让方坐。老叟道："吾早来闻尔于船内作诗，义理可观。子有如此清才，何不进取，身达青云之上，而困于家食，受此旅况之凄凉乎？"王勃答道："家寒窘迫，缺乏盘费，不能特达，以此流落穷途，有失青云之望。"老叟道："来日重阳佳节，洪都阎府君欲作《滕王阁记》。子有绝世之才，何不竟往献赋，可获资财数千，且能垂名后世。"王勃道："此到洪都，有几多路程？"老叟道："水路共七百余里。"王勃道："今已晚矣！止有一夕，焉能得达？"老叟道："子但登舟，我当助清风一帆，使子明日早达洪都。"王勃再拜道："敢问老丈，仙耶？神耶？"老叟道："吾即中源水君，适来山上之庙，便是我的香火。"王勃大惊，又拜道："勃乃三尺童稚，一介寒儒，肉眼凡夫，冒渎尊神，请勿见罪！"老叟道："是何言也！但到洪都，若得润笔之金，可以分惠。"王勃道："果有所赠，岂敢自私。"老叟笑道："吾戏言耳！"须臾有一舟至，老叟令王勃乘之。勃乃再拜，辞别老叟上船。方才解缆张帆，但见祥风缥缈，瑞气盘旋，红光罩岸，紫雾笼堤。王勃骇然回视江岸老叟，不知所在，已失故地矣！只见：

> 风声飒飒，浪势淙淙。帆开若翅展，舟去似星飞。回头已失却千山，眨眼如趋百里。晨鸡未唱，须臾忽过鄱阳；漏鼓犹传，仿佛已临江右。这叫做：

> 运去雷轰荐福碑，时来风送滕王阁。

顷刻天明，船头一望，果然已到洪都。王勃心下且惊且喜，吩咐舟人："只于此相等。"揽衣登岸，徐步入城，看那洪都果然好景。有诗为证：

洪都风景最繁华，仿佛参差十万家。

水绿山蓝花似锦，连城带阁锁烟霞。

是日正九月九日，王勃直诣帅府，正见本府阎都督果然开宴，遍请江左名儒，士夫秀士，俱会堂上。太守开筵命坐，酒果排列，佳肴满席，请各处来到名儒，分尊卑而坐。当日所坐之人，与阎公对席者，乃新除滦州牧学士宇文钧，其间亦有赴任官，亦有进士刘祥道、张禹锡等。其他文词超绝，抱玉怀珠者百余人，皆是当世名儒。王勃年幼，坐于座末。少顷，阎公起身对诸儒道：“帝子旧阁，乃洪都绝景。是以相屈诸公至此，欲求大才，作此《滕王阁记》，刻石为碑，以记后来，留万世佳名，使不失其胜迹。愿诸名士勿辞为幸！”遂使左右朱衣吏人，捧笔砚纸至诸儒之前。诸人不敢轻受，一个让一个，从上至下，却好轮到王勃面前。王勃更不推辞，慨然受之。满座之人，见勃年幼，却又面生，心各不美。相视私语道：“此小子是何氏之子？敢无礼如是耶！”此时阎公见王勃受纸，心亦怏怏。遂起身更衣，至一小厅之内。阎公口中不言，自思道：“吾有婿乃长沙人也，姓吴，名子章，此人有冠世之才。今日邀请诸儒作此记，若诸儒相让，则使吾婿作此文，以光显门庭也！是何小子，辄敢欺在堂名儒，无分毫礼让！”吩咐

吏人，观其所作，可来报知。良久，一吏报道："南昌故
郡，洪都新府。"阎公道："此乃老生常谈，谁人不会！"
一吏又报道："星分翼轸，地接衡庐。"阎公道："此故
事也。"又一吏报道："襟三江而带五湖，控蛮荆而引瓯
越。"阎公不语。又一吏报道："物华天宝，龙光射斗牛
之墟；人杰地灵，徐孺下陈蕃之榻。"阎公道："此子意
欲与吾相见也。"又一吏报道："雄州雾列，俊彩星驰。
台隍枕夷夏之邦，宾主接东南之美。"阎公心中微动，
想道："此子之才，信亦可人！"数吏分驰报句，阎公暗
暗称奇。又一吏报道："落霞与孤鹜齐飞，秋水共长天一
色。"阎公听罢，不觉以手拍几道："此子落笔若有神助，
真天才也！"遂更衣复出至座前。宾主诸儒，尽皆失色。
阎公视王勃道："观子之文，乃天下奇才也！"欲邀勃上
座。王勃辞道："待俚语成篇，然后请教。"须臾文成，
呈上阎公。公视之大喜，遂令左右，从上至下，遍示诸
儒，一个个面如土色，莫不惊伏，不敢拟议一字。其全
篇刻在古文中，至今为人称诵。阎公乃自携王勃之手，
坐于左席道："帝子之阁，风流千古；有子之文，使吾等
今日雅会，亦得闻于后世。从此洪都风月，江山无价，
皆子之力也！吾当厚报。"正说之间，忽有一人，离席
而起，高声道："是何三尺童稚，将先儒遗文，伪言自己

新作，瞒昧左右，当以盗论，兀自扬扬得意耶！"王勃闻言大惊。太守阎公举目视之，乃其婿吴子章也。子章道："此乃旧文，吾收之久矣！"阎公道："何以知之？"子章道："恐诸儒不信，吾试念一遍。"当下子章遂对众客之前，朗朗而诵，从头至尾，无一字差错。念毕，座间诸儒失色，阎公亦疑，众犹豫不决。王勃听罢，颜色不变，徐徐说道："观公之记问，不让杨修之学，子建之能，王平之阅市，张松之一览。"吴子章道："是乃先儒旧文，吾素所背诵耳。"王勃又道："公言先儒旧文，别有诗乎？"子章道："无诗。"道罢，王勃遂起身离席，对诸儒问道："此文果新文旧文乎？后有诗八句，诸公莫有记之者否？"问之再三，人皆不答。王勃乃拂纸如飞，有如宿构。其诗曰：

> 滕王高阁临江渚，珮玉鸣鸾罢歌舞。
>
> 画栋朝飞南浦云，珠帘暮卷西山雨。
>
> 闲云潭影日悠悠，物换星移几度秋。
>
> 阁中帝子今何在？槛外长江空自流！

诗罢呈上，太守阎公，并座间诸儒、其婿吴子章看毕。王勃道："此新文旧文乎？"子章见之，大惭惶恐而退。众宾齐起坐向阎公道："王子之作性，令婿之记性，皆天下罕有，真可谓双璧矣！"阎公曰："诸公之言诚然也！"于是吴子章与王勃互相钦敬，满座欢然，饮宴至暮方散。众宾去后，阎公独留勃饮。次日王勃告辞，阎公乃赐五百缣及黄白酒器，共值千金，勃拜谢辞归。阎公使左右相送下船，舟人解缆而行。勃但闻水声潺潺，疾如风雨。诘旦，船复至马当山下，维舟泊岸，王勃将阎公所赠金帛，携至庙中，陈于中源水君之前，叩头称谢。起身，见壁上所题之诗，宛然如新。遂依前韵，复作诗一首：

> 好风一夜送轻舟，倏忽征帆达上流。
>
> 深感神功知夙契，来生愿得伴清幽。

王勃题诗已毕，步出南门，欲买牲牢酒礼以献。看岸边船已不见了，其舟人亦不知所在。正犹豫间，忽然祥云瑞霭，笼罩庙堂，香风起处，见一老人，坐于石矶之上，即前日所见中源水君。勃向前再拜，谢道："前得蒙上圣，助一帆之风，到于洪都，使勃得获厚利。勃当备牲牢酒礼，至庙下，拜谢尊神，以表吾心。"老人见说，俯首而笑："子适来言供备牲牢者，何牢也？吾闻少牢者羊，大牢者牛。礼：诸侯无故不杀牛，大夫无故不杀羊。吾岂可以一帆风，而受子之厚献乎！吾水府以好生为德，杀生以祀，吾亦不敢享也，更不必费子措置。适来观子庙下留题，有伴我清幽之意，吾亦甚喜。但子命数未终，凡限未绝，更俟数年，吾当图相会耳！"王勃遂稽首拜谢道："愿从尊命！然勃之寿算前程，可得闻乎？"老叟道："寿算者，阴府主之，不敢轻泄天机，而招阴祸。吾言子之穷通，尤害也。吾观子之躯，神强而骨弱，气清体羸，况子脑骨亏陷，目睛不全。子虽有子建之才，高士之俊，终不能贵矣！况富贵乃神主之，人之一钟一粟，皆由分定，何况卿相乎？昔孔子大圣，为帝王师范，尚不免陈蔡之厄。所谓秀而不实者也！子但力行善事，而自有天曹注福，穷通寿夭，皆不足计矣！子切记之！"于是与勃作别。叟行数步，复又走回，对王勃道："吾有少意相托：子若过长芦之祠，当买阴帛，与我焚之。"王勃道："此何由也？"老叟道："吾昔负长芦之神薄债未偿，子可与吾偿之。"王勃道："非勃不舍，适来观上圣殿上，金钱堆积如山，何不以此还之？"老叟道："汝不知殿上之钱，皆是贪利酷求之人，害物私心之辈，损人益己，克众成家。偶一过此，妄求非福，神不危而心自危之。所以求献于庙。此乃枉物，譬如吾之赃矣，焉敢用哉！"王勃再拜受教，老叟即化清风而去。王勃骇然，仍携金帛之类，离马当山，趁船径往长芦。每思神所说脑骨亏陷，目睛不全，终不能贵，心怀怏怏不乐。船至长芦，正思神叟所嘱化财还债之言，忽然寒

风大作，雪浪翻空，群鸦绕船，噪声不绝。其鸦或歇桅橹，或落船头，船不能进。满船人莫不惊骇畏惧，王勃亦自骇然。乃问舟人："此是何处？"舟人道："此是长芦地方。"王勃听了，方想江神之言，遂焚香默祷江神，候风息上岸，买金钱答还。祝毕，香烟未绝，群鸦皆散，浪息风平。于是一船人莫不欣喜。次日，舟人以船泊岸，王勃买金钱十万下船，复至夜来风起之处焚化，船乃前进。后来罗隐先生到此，曾作八句诗道：

> 江神有意怜才子，倏忽威灵助去程。
>
> 一夕清风雷电疾，满碑佳句雪冰清。
>
> 直教丽藻传千古，不但雄名动两京。
>
> 不是明灵祐祠客，洪都佳景绝无声。

王勃亲远任海隅，策骑往省，至一驿舍，欲求暂歇。方询问驿吏，忽闻驿堂上一人口呼："王君，久不拜见，今日何由至此？"王勃闻言大惊，视之，略有面善，似曾相识，忘其姓名。只见其人道："王君何忘乎？昔日洪府相会，学士宇文钧也。"勃大喜，乃整衣而揖。遂邀王勃同坐，叙话间，命驿吏献茶。茶罢，学士道："某想昔日洪府之乐，安知今日有海道之忧，岂不悲哉！"王勃道："学士因何至此？"学士道："钧累任教授，后越阙为右司谏官。唐天子欲征高丽，钧直谏，触犯龙颜，将钧迁于海岛。千里独行，方悲寂寞，何期旅邸，得遇故人。某有《迁客诗》一首，为君诵之。"诗曰：

万里为迁客，孤舟泛渺芒。

湖田多种藕，海岛半收粮。

愿遂归秦计，劳收辟瘴方。

每思缄口者，帝德在君旁。

王勃道："有犯无隐，事君之礼。学士虽为迁客，直声播于千古矣！"遂答诗一首。诗曰：

食禄只忧贫，何名是直臣！

能言真为国，获罪岂惭人。

海驿程程远，霜髯日日新。

史官如下笔，应也泪沾巾。

当夜二人互相吟咏，至半夜同宿于驿舍。次日学士置酒管待王勃毕。至第三日学士邀勃同行，俄然天色下雨，复留海驿。二人谈论，终日不倦。至第五日，方始天晴，二人同下海船，饮食宿卧，皆于一处。船开数日，至大洋深波之中，忽然狂风怒吼，怪浪波番，其舟在水，飘飘如一叶，似欲倾覆，舟人皆大恐。学士宇文钧心中大惊，骇叹道："远谪海隅，不想又遭风波，此实命也！"王勃面不改容，因述昔年马当山遇风始末，并叙中源水君，两次相遇之语，真个是死生有命，富贵在天；风波虽有，不足介意！谈论方终，却见波涛暂息，风浪不生，舟人皆喜。满船之人，忽闻水上仙乐飘然而至，五色祥云从天降下，浮于水面，看看来到王勃船边，众人皆惊。只见祥云影里，幢幡宝盖，绛节旌旗，锦衣对对，绣袄攒攒，花帽双双，朱衣簇簇，两行摆开。前面有数十人，皆仙娥玉女，仙衣灼灼，玉珮珊珊。前有一青衣女童，手执碧符，遂呼王勃道："奉娘娘之命，特来召子！"王勃愕然，问女童道："娘娘是何人也？"女童道："乃掌天下水籍文薄、上仙高贵玉女吴彩鸾便是。今于蓬莱方丈，翠华居止，其内有马当山水君，举子文章贯古今，特来请子同往蓬莱方丈，作词文记，以表蓬莱之佳景。可速往，不可违娘娘之命！"王勃道："与君人神异途，焉有相召之言？我闻生死分定于天，寿算乃阴府所主，岂有玉女召我作文？何召之有？吾实不从！"道罢，女童道："君如不去，中源水君必自至矣！"道犹未了，只见一朵乌云，自东南角上而来，看看至近，到于船边，从空坠下。就水面之上，见一神人，头戴黄罗包巾，身穿百花绣袍，手仗除妖七星剑，高声大叫："王勃！吾奉蓬莱仙女敕，召汝作文词，何不往也？况中源水君亦在蓬莱赴会，今众仙等之久矣！子亦有仙骨之分，昔日你曾庙下题诗，愿伴清幽，岂可忘之！”王勃听言自思：“马当山中源水君曾言日后遇于海岛，岂非前定乎？”遂忻然道：“愿从命矣！”神人见说，遂召鬼卒牵马来至舟侧。王勃甚喜，亦忘深渊，意为平地。乃回身与学士及满船之人作别，牵衣出舱，望水面攀鞍上马。但见乌云惨惨，黑雾漫漫，云霄隐隐，满船之人及宇文钧学士无不惊骇。回视王勃，不知所在。须臾，雾散云收，风恬浪静，满船之人俱各无事，唯有王勃乃作神仙去矣！

从来才子是神仙，风送南昌岂偶然！

赋就滕王高阁句，便随仙仗伴中源。

# 初刻拍案惊奇

# 拍案惊奇凡例（计五则）

　　一、每回有题。旧小说造句皆妙，故元人即以之为剧。今《太和正音谱》所载剧名，半犹小说句也。近来必欲取两回之不侔者，比而偶之，遂不免窜削旧题，亦是点金成铁。今每回用二句自相对偶，仿《水浒》、《西游》旧例。

　　一、是编矢不为风雅罪人，故回中非无语涉风情，然止存其事之有者，蕴藉数语，人自了了；绝不作肉麻秽口，伤风化，损元气。此自笔墨雅道当然，非迂腐道学态也。

　　一、小说中诗词等类，谓之蒜酪。强半出自新构；间有采用旧者，取一时切景而及之，亦小说家旧例，勿嫌剽窃。

　　一、事类多近人情日用，不甚及鬼怪虚诞。正以画犬马难，画鬼魅易，不欲为其易而不足征耳。亦有一二涉于神鬼幽冥，要是切近可信，与一味驾空说谎，必无是事者不同。

　　一、是编主于劝戒，故每回之中，三致意焉。观者自得之，不能一一标出。

崇祯戊辰初冬　　即空观主人识

# 第一卷

# 转运汉遇巧洞庭红
# 波斯胡指破鼍龙壳

词云：

日日深杯酒满，朝朝小圃花开。自歌自舞自开怀，且喜无拘无碍。

青史几番春梦，红尘多少奇才。不须计较与安排，领取而今见在！

这首词乃宋朱希真所作，词寄《西江月》，单道着人生功名富贵，总有天数，不如图一个见前快活。试看往古来今，一部十七史中，多少英雄豪杰，该富的不得富，该贵的不得贵。能文的倚马千言，用不着时，几张纸盖不完酱瓿；能武的穿杨百步，用不着时，几竿箭煮不熟饭锅。极至那痴呆懵董生来有福分的，随他文字低浅，也会发科发甲；随他武艺庸常，也会大请大受。真所谓时也，运也，命也！俗语有两句道得好："命若穷，掘得黄金化作铜；命若富，拾着白纸变成布。"总来只听掌命司颠之倒之。所以吴彦高又有词云："造化小儿无定据，翻来覆去，倒横直竖，眼见都如许！"僧晦庵亦有词云："谁不愿黄金屋？谁不愿千钟粟？算五行不是这般题目。枉使心机闲计较，儿孙自有儿孙福。"苏东坡亦有词云："蜗角虚名，蝇头微利，算来着甚干忙？事皆前定，谁弱又谁强？"这几位名人说来说去，都是一个意思，总不如古语云："万事分已定，浮生空自忙。"说话的，依你说来，不须能文善武，懒惰的也只消天掉下前程；不须经商立业，败坏的也只消天挣与家缘，却不把人间向上的心都冷了？看官有所不知，假如人家出了懒惰的人，也就是命中该贱；出了败坏的人，也就是命中该穷。此是常理。却又自有转眼贫富出人意外，把眼前事分毫算不得准的哩。

且听说一人，乃宋朝汴京人氏，姓金，双名维厚，乃是经纪行中人。少不得朝晨起早，晚夕眠迟。睡醒来，千思想，万算计，拣有便宜的才做。后来家事挣得从容了，他便思想一个久远方法：手头用来用去的，只是那散碎银子；若是上两块头好银，便存着不动。约得百两，便熔成一大锭，把一综红线结成一绦，系在锭腰，放在枕边，夜来摩弄一番，方才睡下。积了一生，整整熔成八锭；以后也就随来随去，再积不成百两，他也罢了。

金老生有四子。一日，是他七十寿旦，四子置酒上寿。金老见了四子跻跻跄跄，心中喜欢，便对四子说道："我靠皇天覆庇，虽则劳碌一生，家事尽可度日。况我平日留心，有熔成八大锭银子永不动用的，在我枕边，见将绒线做对儿结着。今将拣个好日子分与尔等，每人一对，做个镇家之宝。"四子喜谢，尽欢而散。

是夜金老带些酒意，点灯上床，醉眼模糊，望去八个大锭，白晃晃排在枕边。摸了几摸，哈哈地笑了一声，睡下去了。睡未安稳，只听得床前有人行走脚步响，心疑有贼；又细听着，恰像欲前不前，相让一般。床前灯火微明，揭帐一看，只见八个大汉身穿白衣，腰系红带，曲躬而前，曰："某等兄弟，天数派定，宜在君家听令。今蒙我翁过爱，抬举成人，不烦役使，珍重多年，冥数将满，待翁归天后，再觅去向。今闻我翁目下将以我等分役诸郎君，我等与诸郎君辈原无前缘，故此前来告别，往某县某村王姓某者投托。后缘未尽，还可一面。"语毕，回身便走。金老不知何事，吃了一惊，翻身下床，不及穿鞋，赤脚赶去。远远见八人出了房门。金老赶得性急，绊了房槛，扑的跌倒。飒然惊醒，乃是南柯一梦。急起挑灯明亮，点照枕边，已不见了八个大锭。细思梦中所言，句句是实，叹了一口气，哽咽了一会道："不信我苦积一世，却没分与儿子每受用，倒是别人家的？明明说有地方姓名，且慢慢跟寻下落则个。"一夜不睡。

次早起来，与儿子每说知。儿子中也有惊骇的，也有疑惑的。惊骇的道："不该是我们手里东西，眼见得作怪。"疑惑的道："老人家欢喜中说话，先许了我们；回想转来，一时间就不割舍得分散了，造此鬼话，也不见得。"金老见儿子们疑信不等，急急要验个实话。遂访至某县某村，果有王姓某者。叩门进去，只见堂前灯烛荧煌，三牲福物，正在那里献神。金老便开口问道："宅上有何事如此？"家人报知，请主人出来。主人王老见金老，揖坐了，问其来因。金老道："老汉有一疑事，特造上宅来问消息。今见上宅正在此献神，必有所谓，敢乞明示。"王老道："老拙偶因寒荆小恙买卜，先生道移床即好。昨寒荆病中，恍惚见八个白衣大汉腰系红束，对寒荆道：'我等本在金家，今在彼缘尽，来投身宅上。'言毕，俱钻入床下。寒荆惊出了一身冷汗，身体爽快了。及至移床，灰尘中得银八大锭，多用红绒系腰，不知是那里来的。此皆神天福佑，故此买福物酬谢。今我丈来问，莫非晓得些来历么？”金老跌跌脚道：“此老汉一生所积，因前日也做了一梦，就不见了。梦中也道出老丈姓名居址的确，故得访寻到此。可见天数已定，老汉也无怨处。但只求取出一看，也完了老汉心事。”王老道：“容易。”笑嘻嘻走进去，叫安童四人，托出四个盘来。每盘两锭，多是红绒系束，正是金家之物。金老看了，眼睁睁无计所奈，不觉扑簌簌吊下泪来。抚摩一番道：“老汉直如此命薄，消受不得！”王老虽然叫安童仍旧拿了进去，心里见金老如此，老大不忍，另取三两零银封了，送与金老作别。金老道：“自家的东西尚无福，何须尊惠！”再三谦让，必不肯受。王老强纳在金老袖中。金老欲待摸出还了，一时摸个不着，面儿通红，又被王老央不过，只得作揖别了。直至家中，对儿子们一一把前事说了，大家叹息了一回。因言王老好处，临行送银三两，满袖摸遍，并不见有，只说路中掉了。却元来金老推逊时，王老往袖里乱塞，落在着外面一层袖中，袖有断线处，在王老家摸时，已自在脱线处落出在门槛边了，客去扫门，仍旧是王老拾得。可见一饮一啄，莫非前定。不该是他的东西，不要说八百两，就是三两也得不去；该是他的东西，不要说八百两，就是三两也推不出。原有的倒无了，原无的倒有了，并不由人计较。

而今说一个人在实地上行，步步不着，极贫极苦的，却在渺渺茫茫做梦不到的去处，得了一主没头没脑钱财，变成巨富。从来稀有，亘古新闻。有诗为证，诗曰：

分内功名匣里财，不关聪慧不关呆。

果然命是财官格，海外犹能送宝来。

话说国朝成化年间，苏州府长洲县阊门外有一人，姓文名实，字若虚。生来心思慧巧，做着便能，学着便会。琴棋书画，吹弹歌舞，件件粗通。幼年间，曾有人相他有巨万之富；他亦自恃才能，不十分去营求生产。坐吃山空，将祖上遗下千金家事，看看消下来。以后晓得家业有限，看见别人经商图利的，时常获利几倍，便也思量做些生意，却又百做百不着。

一日，见人说北京扇子好卖，他便合了一个伙计，置办扇子起来。上等金面精巧的，先将礼物求了名人诗画，免不得是沈石田、文衡山、祝枝山拓了几笔，便值上两数银子；中等的，自有一样乔人，一只手学写了这几家字画，也就哄得人过，将假当真的买了，他自家也兀自做得来的；下等的无金无字画，将就卖几十钱，也有对合利钱是看得见的。拣个日子装了箱儿，到了北京。岂知北京那年，自交夏来，日日淋雨不晴，并无一毫暑气，发市甚迟。交秋早凉，虽不见及时，幸喜天色却晴，有妆晃子弟要买把苏做的扇子，袖中笼着摇摆。来买时，开箱一看，只叫得苦。元来北京历渗却在七八月，更加日前雨湿之气，斗着扇上胶墨之性，弄做了个"合而言之"，揭不开了；用力揭开，东粘一层，西缺一片，但是有字有画值价钱者，一毫无用。止剩下等没字白扇，是不坏的，能值几何？将就卖了做盘费回家，本钱一空。频年做事，大概如此。不但自己折本，但是搭他作伴，连伙计也弄坏了。故此人起他一个混名，叫做"倒运汉"。不数年，把个家事干圆洁净了，连妻子也不曾娶得。终日间靠着些东涂西沫，东挨西撞，也济不得甚事。但只是嘴头子诌得来，会说会笑，朋友家喜欢他有趣，游耍去处少他不得，也只好趁口，不是做家的。况且他是大模大样过来的，帮闲行里，又不十分入得队。有怜他的，要荐他坐馆教学，又有诚实人家嫌他是个杂板令。高不凑，低不就。打从帮闲的、处馆的两项人见了他，也就做鬼脸，把"倒运"两字笑他，不在话下。

一日，有几个走海泛货的邻近，做头的无非是张大、李二、赵甲、钱乙一班人，共四十余人，合了伙将行。他晓得了，自家思忖道："一身落魄，生计皆无。便附了他们航海，看看海外风光，也不枉人生一世。况且他们定是不却我的，省得在家忧柴忧米，也是快活。"正计较间，恰好张大踱将来。元来这个张大名唤张乘运，专一做海外生意，眼里认得奇珍异宝，又且秉性爽慨，肯扶持好人，所以乡里起他一个混名，叫"张识货"。文若虚见了，便把此意一一与他说了。张大道："好，好。我们在海船里头不耐烦寂寞，若得兄去，在船中说说笑笑，有甚难过的日子？我们众兄弟料想多是喜欢的。只是一件，我们多有货物将去，兄并无所有，觉得空了一番往返，也可惜了。待我们大家计较，多少凑些出来助你，将就置些东西去也好。"文若虚便道："多谢厚情，只怕没人如兄肯周全小弟。"张大道："且说说看。"一竟自去了。

恰遇一个瞽目先生敲着"报君知"走将来，文若虚伸手顺袋里摸了一个钱，扯他一卦问问财气看。先生道："此卦非凡，有百十分财气，不是小可。"文若虚自想道："我只要搭去海外要要混过日子罢了，那里是我做得着的生意？要甚么赍助？就赍助得来，能有多少？便直恁地财爻动？这先生也是混帐。"只见张大气忿忿走来，说道："说着钱，便无缘。这些人好笑，说道你去，无不喜欢；说到助银，没一个则声。今我同两个好的弟兄，拼凑得一两银子在此，也办不成甚货，凭你买些果子，船里吃罢。口食之类，是在我们身上。"若虚称谢不尽，接了银子。张大先行，道："快些收拾，就要开船了。"若虚道："我没甚收拾，随后就来。"手中拿了银子，看了又笑，笑了又看，道："置得甚货么？"信步走去，只见满街上筐篮内盛着卖的：

> 红如喷火，巨若悬星。皮未皴，尚有余酸；霜未降，不可多得。元殊苏井诸家树，亦非李氏千头奴。较广似曰难兄，比福亦云具体。

乃是太湖中有一洞庭山，地暖土肥，与闽广无异，所以广橘福橘，播名天下。洞庭有一样橘树绝与他相似，颜色正同，香气亦同，止是初出时，味略少酸，后来熟了，却也甜美，比福橘之价，十分之一，名曰"洞庭红"。若虚看见了，便思想道："我一两银子买得百斤有余，在船可以解渴，又可分送一二，答众人助我之意。"买成，装上竹篓，雇一闲的，并行李挑了下船。众人都拍手笑道："文先生宝货来也！"文若虚羞惭无地，只得吞声上船，再也不敢提起买橘的事。

开得船来，渐渐出了海口，只见：银涛卷雪，雪浪翻银。湍转则日月似惊，浪动则星河如覆。三五日间，随风漂去，也不觉过了多少路程。忽至一个地方，舟中望去，人烟凑聚，城郭巍峨，晓得是到了甚么国都了。舟人把船撑入藏风避浪的小港内，钉了桩橛，下了铁锚，缆好了。船中人多上岸，打一看，原来是来过的所在，名曰吉零国。原来这边中国货物拿到那边，一倍就有三倍价；换了那边货物，带到中国也是如此。一往一回，却不便有八九倍利息，所以人都拚死走这条路。众人多是做过交易的，各有熟识经纪、歇家、通事人等，各自上岸找寻发货去了，只留文若虚在船中看船，路径不熟，也无走处。

正闷坐间，猛可想起道："我那一篓红橘，自从至船中，不曾开看，莫不人气蒸烂了？趁着众人不在，看看则个。"叫那水手在舱板底下翻将起来，打开篓看时，面上多是好好的。放心不下，索性搬将出来，都摆在舱板上面。也是合该发迹，时来福凑，摆得满船红焰焰的，远远望来，就是万点火光，一天星斗。岸上走的人，都拢将来问道："是甚么好东西呀？"文若虚只不答应。看见中间有个把一点头的，拣了出来，掐破就吃。岸上看的一发多了，惊笑道："元来是吃得的！"就中有个好事的，便来问价："多少一个？"文若虚不省得他们说话，船上人却晓得，就扯个谎哄他，竖起一个指头，说："要一钱一颗。"那问的人揭开长衣，露出那兜罗锦红裹肚来，一手摸出银钱一个来，道："买一个尝尝。"文若虚接了银钱，手中等等看，约有两把重。心下想道："不知这些银子，要买多少，也不见秤秤，且先把一个与他看样。"拣个大些的，红得可爱的，递一个上去。只见那个人接上手，擸了一擸道："好东西呀！"扑地就劈开来，香气扑鼻，连旁边闻着的许多人，大家喝一声采。那买的不知好歹，看见船上吃法，也学他去了皮，却不分囊，一块塞在口里，甘水满咽喉，连核都不吐，吞下去了。哈哈大笑道："妙哉！妙哉！"又伸手到裹肚里，摸出十个银钱来，说："我要买十个进奉去。"文若虚喜出望外，拣十个与他去了。那看的人见那人如此买去了，也有买一个的，也有买两个、三个的，都是一般银钱。买了的，都千欢万喜去了。

元来彼国以银为钱，上有文采。有等龙凤文的，最贵重，其次人物，又次禽兽，又次树木，最下通用的，是水草。却都是银铸的，分两不异。适才买橘的，都是一样水草纹的，他道是把下等钱买了好东西去了，所以欢喜，也只是要小便宜心肠，与中国人一样。须臾之间，三停里卖了二停。有的不带钱在身边的，老大懊悔，急忙取了钱转来。文若虚已此剩不多了，拿一个班道：“而今要留着自家用，不卖了。”其人情愿再增一个钱，四个钱买了二颗，口中哓哓说：“悔气！来得迟了。”旁边人见他增了价，就埋怨道：“我每还要买个，如何把价钱增长了他的？”买的人道：“你不听得他方才说，兀自不卖了？”正在议论间，只见首先买十个的那一个人，骑了一匹青骢马，飞也似奔到船边，下了马，分开人丛，对船上大喝道：“不要零卖！不要零卖！是有的俺多要买，俺家头目要买去进克汗哩。”看的人听见这话，便远远走开，站住了看。文若虚是个伶俐的人，看见来势，已此瞧科在眼里，晓得是个好主顾了。连忙把篓里尽数倾出来，止剩五十余颗。数了一数，又拿起班来说道：“适间讲过要留着自用，不得卖了。今肯加些价钱，再让几颗去罢。适间已卖出两个钱一颗了。”其人在马背上拖下一大囊，摸出钱来，另是一样树木纹的，说道：“如此钱一个罢了。”文若虚道：“不情愿，只照前样罢了。”那人笑了一笑，又把手去摸出一个龙凤纹的来道：“这样的一个如何？”文若虚又道：“不情愿，只要前样的。”那人又笑道：“此钱一个抵百个，料也没得与你，只是与你要。你不要俺这一个，却要那等的，是个傻子！你那东西，肯都与俺了，俺再加你一个那等的，也不打紧。"文若虚数了一数，有五十二颗，准准的要了他一百五十六个水草银钱。那人连竹篓都要了，又丢了一个钱，把篓拴在马上，笑吟吟地一鞭去了。看的人见没得卖了，一哄而散。

文若虚见人散了，到舱里把一个钱秤一秤，有八钱七分多重；秤过数个都是一般。总数一数，共有一千个差不多。把两个赏了船家，其余收拾在包里了，笑一声道："那盲子好灵卦也！"欢喜不尽，只等同船人来对他说笑则个。

说话的，你说错了。那国里银子这样不值钱，如此做买卖？那久惯漂洋的带去多是绫罗缎匹，何不多卖了些银钱回来，一发百倍了？看官有所不知：那国里见了绫罗等物，都是以货交兑。我这里人也只是要他货物，才有利钱，若是卖他银钱时，他都把龙凤、人物的来交易，作了好价钱，分两也只得如此，反不便宜。如今是买吃口东西，他只认做把低钱交易，我却只管分两，所以得利了。说话的，你又说错了。依你说来，那航海的，何不只买吃口东西，只换他低钱，岂不有利？反着重本钱，置他货物怎地？看官，又不是这话。也是此人偶然有些横财，带去着了手；若是有心第二遭再带去，三五日不遇巧，等得希烂。那文若虚运未通时卖扇子就是榜样。扇子还是放得起的，尚且如此，何况果品？是这样执一论不得的。

闲话休题。且说众人领了经纪主人到船发货，文若虚把上头事说了一遍。众人都惊喜道："造化！造化！我们同来，到是你没本钱的先得了手也！"张大便拍手道："人都道他倒运，而今想是运转了！"便对文若虚道："你这些银钱此间置货，作价不多，除是转发在伙伴中，回他几百两中国货物，上去打换些土产珍奇，带转去有大利钱，也强如虚藏此银钱在身边，无个用处。"文若虚道："我是倒运的，将本求财，从无一遭不连本送的。今承诸公挈带，做此无本生意，偶然侥幸一番，真是天大造化了，如何还要生利钱，妄想甚么？万一如前再做折了，难道再有洞庭红这样好卖不成。"众人多道："我们用得着的是银子，有的是货物，彼此通融，大家有利，有何不可？"文若虚道："一年吃蛇咬，三年怕草索。说到货物，我就没胆气了。只是守了这些银钱回去罢。"众人齐拍手道："放着几倍利钱不取，可惜！可惜！"随同众人一齐上去，到了店家交货明白，彼此兑换。约有半月光景，文若虚眼中看过了若干好东好西，他已自志得意满，不放在心上。

众人事体完了，一齐上船，烧了神福，吃了酒，开洋。行了数日，忽然间天变起来，但见：

> 乌云蔽日，黑浪掀天。蛇龙戏舞起长空，鱼鳖惊惶潜水底。艨艟泛泛，只如栖不定的数点寒鸦；岛屿浮浮，便似没不煞的几双水鹈。舟中是方扬的米簸，舷外是正熟的饭锅。总因风伯太无情，以致篙师多失色。

那船上人见风起了，扯起半帆，不问东西南北，随风势漂去。隐隐望见一岛，便带住篷脚，只看着岛边使来。看看渐近，恰是一个无人的空岛。但见：

> 树木参天，草莱遍地。荒凉径界，无非些兔迹狐踪；坦迤土壤，料不是龙潭虎窟。混茫内，未识应归何国辖；开辟来，不知曾否有人登。

船上人把船后抛了铁锚，将桩橛泥犁上岸去钉停当了，对舱里道："且安心坐一坐，候风势则个。"

那文若虚身边有了银子，恨不得插翅飞到家里，巴不得行路，却如此守风呆坐，心里焦燥，对众人道："我且上岸去岛上望望则个。"众人道："一个荒岛，有何好看？"文若虚道："总是闲着，何碍？"众人都被风颠得头晕，个个是呵欠连天，不肯同去。文若虚便自一个抖擞精神，跳上岸来。只因此一去，有分交：千年败壳精灵显，一介穷神富贵来，若是说话的同年生并时长，有个未卜先知的法儿，便双脚走不动，也挂个拐儿随他同去一番，也不枉的。

却说文若虚见众人不去，偏要发个狠，扳藤附葛，直走到岛上绝顶。那岛也苦不甚高，不费甚大力，只是荒草蔓延，无好路径。到得上边打一看时，四望漫漫，身如一叶，不觉凄然吊下泪来。心里道："想我如此聪明，一生命蹇，家业消亡，剩得只身，直到海外。虽然侥幸有得千来个银钱在囊内，知他命里是我的不是我的？今在绝岛中间，未到实地，性命也还是与海龙王合着的哩！"正在感怆，只见望去远远草丛中一物突高。移步往前一看，却是床大一个败龟壳。大惊道："不信天下有如此大龟！世上人那里曾看见？说也不信的。我自到海外一番，不曾置得一件海外物事，今我带了此物去，也是一件希罕的东西，与人看看，省得空口说着，道是苏州人会调谎。又且一件，锯将开来，一盖一板，各置四足，便是两张床，却不奇怪！"遂脱下两只裹脚接了，穿在龟壳中间，打个扣儿，拖了便走。

走至船边，船上人见他这等模样，都笑道："文先生那里又跐了纤来？"文若虚道："好教列位得知，这就是我海外的货了。"众人抬头一看，却便似一张无柱有底的硬脚床，吃惊道："好大龟壳！你拖来何干？"文若虚道："也是罕见的，带了他去。"众人笑道："好货不置一件，要此何用？”有的道：“也有用处，有甚么天大的疑心事，灼他一卦，只没有这样大龟药。”又有的道：“医家要煎龟膏，拿去打碎了煎起来，也当得几百个小龟壳。”文若虚道：“不要管有用没用，只是希罕，又不费本钱，便带了回去。”当时叫个船上水手，一抬抬下舱来。初时山下空阔，还只如此；舱中看来，一发大了。若不是海船，也着不得这样狼犺东西。众人大家笑了一回，说道：“到家时有人问，只说文先生做了偌大的乌龟买卖来了。”文若虚道：“不要笑我，好歹有一个用处，决不是弃物。”随他众人取笑，文若虚只是得意。取些水来内外洗一洗净，抹干了，却把自己钱包行李都塞在龟壳里面，两头把绳一绊，却当了一个大皮箱子。自笑道：“兀的不眼前就有用起了？”众人都笑将起来，道：“好算计！好算计！文先生到底是个聪明人。”

当夜无词。次日风息了，开船一走，不数日，又到了一个去处，却是福建地方了。才住定了船，就有一伙惯伺候接海客的小经纪牙人，攒将拢来，你说张家好，我说李家好，拉的拉，扯的扯，嚷个不住。船上众人拣一个一向熟识的跟了去，其余的也就住了。

众人到了一个波斯胡人店中坐定。里面主人见说海客到了，连忙先发银子，唤厨户包办酒席几十桌，分付停当，然后踱将出来。这主人是个波斯国里人，姓个古怪姓，是玛瑙的玛字，叫名玛宝哈，专一与海客兑换珍宝货物，不知有多少万数本钱。众人走海过的，都是熟主熟客，只是文若虚不曾认得。抬眼看时，元来波斯胡住得在中华久了，衣服言动都与中华不大分别，只是剃眉剪须，深眼高鼻，有些古怪。出来见了众人，行宾主礼，坐定了。两杯茶罢，站起身来，请到一个大厅上。只见酒筵多完备了，且是摆得济楚。元来旧规，海船一到，主人家先折过这一番款待，然后发货讲价的。主人家手执着一付法浪菊花盘盏，拱一拱手道："请列位货单一看，好定坐席。"

看官，你道这是何意？元来波斯胡以利为重，只看货单上有奇珍异宝值得上万者，就送在先席；余者看货轻重，挨次坐去，不论年纪，不论尊卑，一向做下的规矩。船上众人，货物是贵的贱的，多的少的，你知我知，各自心照，差不多领了酒杯，各自坐了。单单剩得文若虚一个，呆呆站在那里。主人道："这位老客长不曾会面，想是新出海外的，置货不多了。"众人大家说道："这是我们好朋友，到海外耍去的。身边有银子，却不曾肯置货。今日没奈何，只得屈他在末席坐了。"文若虚满面羞惭，坐了末位。主人坐在横头。饮酒中间，这一个说道我有猫儿眼多少，那一个说我有祖母绿多少，你夸我逞。文若虚一发嘿嘿无言，自心里也微微有些懊悔道："我前日该听他们劝，置些货物来的是。今枉有几百银子在囊中，说不得一句说话。"又自叹了口气道："我原是一些本钱没有的，今已大幸，不可不知足。"自思自忖，无心发兴吃酒。众人猜拳行令，吃得狼藉。主人是个积年，看出文若虚不快活的意思，不好说破，虚劝了他几杯酒。众人都起身道："酒勾了，天晚了，趁早上船去，明日发货罢。"别了主人去了。

主人撤了酒席，收拾睡了。明日起个清早，先走到海岸船边来拜这伙客人。主人登舟，一眼瞅去，那舱里狼狼犹犹这件东西，早先看见了，吃了一惊道："这是那一位客人的宝货？昨日席上并不曾见说起，莫不是不要卖的？"众人都笑指道："此敝友文兄的宝货。"中有一人衬道："又是滞货。"主人看了文若虚一看，满面挣得通红，带了怒色，埋怨众人道："我与诸公相处多年，如何恁地作弄我？教我得罪于新客，把一个末座屈了他，是何道理！"一把扯住文若虚，对众客道："且慢发货，容我上岸谢过罪着。"众人不知其故。有几个与文若虚相知些的，又有几个喜事的，觉得有些古怪，共十余人，赶了上来，重到店中，看是如何。只见主人拉了文若虚，把交椅整一整，不管众人好歹，纳他头一位坐下了，道："适间得罪得罪，且请坐一坐。"文若虚也心中镬铎，忖道："不信此物是宝贝，这等造化不成？"

　　主人走了进去，须臾出来，又拱众人到先前吃酒去处，又早摆下几桌酒，为首一桌，比先更齐整。把盏向文若虚一揖，就对众人道："此公正该坐头一席。你每枉自一船的货，也还赶他不来。先前失敬失敬。"众人看见，又好笑，又好怪，半信不信的一带儿坐了。酒过三杯，主人就开口道："敢问客长，适间此宝可肯卖否？"文若虚是个乖人，趁口答应道："只要有好价钱，为甚不卖？"那主人听得肯卖，不觉喜从天降，笑逐颜开，起身道："果然肯卖，但凭分付价钱，不敢吝惜。"文若虚其实不知值多少，讨少了，怕不在行；讨多了，怕吃笑。忖了一忖，面红耳热，颠倒讨不出价钱来。张大便与文若虚丢个眼色，将手放在椅子背上，竖着三个指头，再把第二个指空中一撇，道："索性讨他这些。"文若虚摇头，竖一指道："这些我还讨不出口在这里。"却被主人看见道："果是多少价钱！"张大捣一个鬼道："依文先生手势，敢像要一万哩！"主人呵呵大笑道："这是不要卖，哄我而已。此等宝物，岂止此价钱！"众人见说，大家目睁口呆，都立起了身来，扯文若虚去商议道："造化！造化！想是值得多哩。我们实实不知如何定价，文先生不如开个大口，凭他还罢。"文若虚终是碍口识羞，待说又止。众人道："不要不老气！"主人又催道："实说说何妨？"文若虚只得讨了五万两。主人还摇头道："罪过，罪过。没有此话。"扯着张大私问他道："老客长们海外往来，不是一番了。人都叫你张识货，岂有不知此物就里的？必是无心卖他，奚落小肆罢了。"张大道："实不瞒你说，这个是我的好朋友，同了海外玩耍的，故此不曾置货。适间此物，乃是避风海岛，偶然得来，不是出价置办的，故此不识得价钱。若果有这五万与他，勾他富贵一生，他也心满意足了。"主人道："如此说，要你做个大大保人，当有重谢，万万不可翻悔！"遂叫店小二拿出文房四宝来，主人家将一张供单绵料纸折了一折，拿笔递与张大道："有烦老客长做主，写个合同文书，好成交易。"张大指着同来一人道："此位客人褚中颖，写得好。"把纸笔让与他。褚客磨得墨浓，展好纸，提起笔来写道："立合同议单张乘运等。今有苏州客人文实，海外带来大龟壳一个，投至波斯玛宝哈店，愿出银五万两买成。议定立契之后，一家交货，一家交银，各无翻悔。有翻悔者，罚契上加一。合同为照。"一样两纸，后边写了年月日，下写张乘运为头，一连把在坐客人十来个写去，褚中颖因自己执笔，写了落末。年月前边，空行中间，将两纸凑着，写了骑缝一行，两边各半，乃是"合同议约"四字，下写"客人文实，主人玛宝哈"，各押了花押。单上有名的，从后头写起，写到张乘运，道："我们押字钱重些，这买卖才弄得成。"

主人笑道："不敢轻。不敢轻。"

写毕，主人进内，先将银一箱抬出来，道："我先交明白了用钱，还有说话。"众人攒将拢来。主人开箱，却是五十两一包，共总二十包，整整一千两，双手交与张乘运道："凭老客长收明，分与众客罢。"众人初然吃酒、写合同，大家撺哄鸟乱，心下还有些不信的意思；如今见他拿出精晃晃白银来做用钱，方知是实。文若虚恰像梦里醉里，话都说不出来，呆呆地看。张大扯他一把道："这用钱如何分散，也要文兄主张。"文若虚方说一句道："且完了正事慢处。"只见主人笑嘻嘻的对文若虚说道："有一事要与客长商议。价银现在里面阁儿上，都是向来兑过的，一毫不少，只消请客长一两位进去，将一包过一过目，兑一兑为准，其余多不消兑得。却又一说，此银数不少，搬动也不是一时功夫；况且文客官是个单身，如何好将下船去，又要泛海回还，有许多不便处。"文若虚想了一想道："见教得极是。而今却待怎样？"主人道："依着愚见，文客官目下回去未得。小弟此间有一个缎匹铺，有本三千两在内。其前后大小厅屋楼房，共百余间，也是个大所在，价值二千两，离此半里之地。愚见就把本店货物及房屋文契，作了五千两，尽行交与文客官，就留文客官在此住下了，做此生意。其银也做几遭搬了过去，不知不觉。日后文客官要回去，这里可以托心腹伙计看守，便可轻身往来。不然小店交出不难，文客官收贮却难也。愚意如此。"说了一遍，说得文若虚与张大跌足道："果然是客纲客纪，句句有理。"文若虚道："我家里原无家小，况且家业已尽了，就带了许多银子回去，没处安顿。依了此说，我就在这里，立起个家缘来，有何不可？此番造化，一缘一会，都是上天作成的，只索随缘做去。便是货物房产价钱，未必有五千，总是落得的。"便对主人说："适间所言，诚是万全之算，小弟无不从命。"

主人便领文若虚进去阁上看，又叫张、褚二人："一同来看看。其余列位不必了，请略坐一坐。"他四人进去。众人不进去的，个个伸头缩颈，你三我四说道："有此异事！有此造化！早知这样，懊悔岛边泊船时节也不去走走，或者还有宝贝，也不见得。"有的道："这是天大的福气，撞将来的，如何强得？"

正欣羡间，文若虚已同张、褚二客出来了。众人都问："进去如何了？"张大道："里边高阁，是个土库，放银两的所在，都是桶子存着。适间进去看了，十个大桶，每桶四千；又五个小匣，每个一千，共是四万五千。已将文兄的封皮记号封好了，只等交了货，就是文兄的了。"主人出来道："房屋文书、缎匹帐目，俱已在此，凑足五万之数了。且到船上取货去。"一拥都到海船来。

文若虚于路对众人说："船上人多，切勿明言！小弟自有厚报。"众人也只怕船上人知道，要分了用钱去，各各心照。文若虚到了船上，先向龟壳中把自己包裹被囊取出了，手摸一摸壳，口里暗道："侥幸！侥幸！"主人便叫店内后生二人来抬此壳，分付道："好生抬进去，不要放在外边。"船上人见抬了此壳去，便道："这个滞货也脱手了，不知卖多少？"文若虚只不做声，一手提了包裹，往岸上就走。这起初同上来的几个，又赶到岸上，将龟壳从头至尾细细看了一遍，又向壳内张了一张，捽了一捽，面面相觑道："好处在那里？"

主人仍拉了这十来个一同上去。到店里，说道："而今且同文客官看了房屋铺面来。"众人与主人一同走到一处，正是闹市中间，一所好大房子。门前正中是个铺子，旁有一弄，走进转个湾，是两扇大石板门，门内大天井，上面一所大厅，厅上有一匾，题曰"来琛堂"。堂旁有两楹侧屋，屋内三面有橱，橱内都是绫罗各色缎匹。以后内房、楼房甚多。文若虚暗道："得此为住居，王侯之家不过如此矣。况又有缎铺营生，利息无尽，便做了这里客人罢了，还思想家里做甚？"就对主人道："好却好，只是小弟是个孤身，毕竟还要寻几房使唤的人才住得。"主人道："这个不难，都在小店身上。"

　　文若虚满心欢喜，同众人走归本店来。主人讨茶来吃了，说道："文客官今晚不消船里去，就在铺中住下了。使唤的人铺中现有，逐渐再讨便是。"众客人多道："交易事已成，不必说了。只是我们毕竟有些疑心，此壳有何好处，值价如此？还要主人见教一个明白。"文若虚道："正是，正是。"主人笑道："诸公枉了海上走了多遭，这些也不识得！列位岂不闻说龙有九子乎？内有一种是鼍龙，其皮可以幔鼓，声闻百里，所以谓之鼍鼓。鼍龙万岁，到底蜕下此壳成龙。此壳有二十四肋，按天上二十四气；每肋中间节内有大珠一颗。若是肋未完全时节，成不得龙，蜕不得壳。也有生捉得他来，只好将皮幔鼓，其肋中也未有东西。直待二十四肋，肋肋完全，节节珠满，然后蜕了此壳变龙而去。故此是天然蜕下，气候俱到，肋节俱完的，与生擒活捉、寿数未满的不同，所以有如此之大。这个东西，我们肚中虽晓得，知他几时蜕下？又在何处地方守得他着？壳不值钱，其珠皆有夜光，乃无价之宝也！今天幸遇巧，得之无心耳。"众人听罢，似信不信。只见主人走将进去了一会，笑嘻嘻的走出来，袖中取出一西洋布的包来，说道："请诸公看看。"解开来，只见一团绵裹着寸许大一颗夜明珠，光彩夺目，讨个黑漆的盘，放在暗处，其珠滚一个不定，闪闪烁烁，约有尺余亮处。众人看了，惊

得目睁口呆，伸了舌头收不进来。主人回身转来，对众客逐个致谢道："多蒙列位作成了。只这一颗，拿到咱国中，就值方才的价钱了；其余多是尊惠。"众人个个心惊，却是说过的话又不好翻悔得。主人见众人有些变色，取了珠子，急急走到里边。又叫抬出一个缎箱来，除了文若虚，每人送与缎子二端，说道："烦劳了列位，做两件道袍穿，也见小肆中薄意。"袖中又摸出细珠十数串，每送一串道："轻鲜，轻鲜，备归途一茶罢了。"文若虚处另是粗些的珠子四串，缎子八匹，道是："权且做几件衣服。"文若虚同众人欢喜作谢了。

主人就同众人送了文若虚到缎铺中，叫铺里伙计后生们都来相见，说道："今番是此位主人了。"主人自别了去，道："再到小店中去去来。"只见须臾间数十个脚夫扛了好些扛来，把先前文若虚封记的十桶五匣都发来了。文若虚搬在一个深密谨慎的卧房里头去处，出来对众人道："多承列位挈带，有此一套意外富贵，感谢不尽。"走进去把自家包裹内所卖洞庭红的银钱倒将出来，每人送他十个，止有张大与先前出银助他的两三个，分外又是十个，道："聊表谢意。"

此时文若虚把这些银钱看得不在眼里了。众人却是快活，称谢不尽。文若虚又拿出几十个来，对张大说："有烦老兄将此分与船上同行的人，每位一个，聊当一茶。小弟住在此间，有了头绪，慢慢到本乡来。此时不得同行，就此为别了。"张大道："还有一千两用钱，未曾分得，却是如何？须得文兄分开，方没得说。"文若虚道："这倒忘了。"就与众人商议，将一百两散与船上众人，余九百两照现在人数，另外添出两股，派了股数，各得一股；张大为头的，褚中颖执笔的，多分一股。众人千欢万喜，没有说话。内中一人道："只是便宜了这回回，文先生还该起个风，要他些不敷才是。"文若虚道："不要不知足，看我一个倒运汉，做着便折本的，造化到来，平空地有此一主财爻。可见人生分定，不必强求。我们若非这主人识货；也只当得废物罢了；还亏他指点晓得，如何还好昧心争论？"众人都道："文先生说得是。存心忠厚，所以该有此富贵。"大家千恩万谢，各各赍了所得东西，自到船上发货。

从此，文若虚做了闽中一个富商，就在那里取了妻小，立起家业。数年之间，才到苏州走一遭，会会旧相识，依旧去了。至今子孙繁衍，家道殷富不绝。正是：

运退黄金失色，时来顽铁生辉。

莫与痴人说梦，思量海外寻龟。

<table><tr><td>第二卷</td><td>

# 姚滴珠避羞惹羞<br>郑月娥将错就错

</td></tr></table>

诗云：

自古人心不同，尽道有如其面。

假饶容貌无差，毕竟心肠难变。

话说人生只有面貌最是不同，盖因各父母所生，千支万派，那能勾一模一样的？就是同父合母的兄弟，同胞双生的儿子，道是相像得紧，毕竟仔细看来，自有些少不同去处。却又作怪，尽有途路各别、毫无干涉的人，蓦地有人生得一般无二、假充得真的。从来正书上面说，孔子貌似阳虎以致匡人之围，是恶人像了圣人；传奇上边说，周坚死替赵朔以解下宫之难，是贱人像了贵人：是个解不得的道理。

按《西湖志余》上面，宋时有一事，也为面貌相像，骗了一时富贵，享用十余年，后来事败了的。却是靖康年间，金人围困汴梁，徽、钦二帝蒙尘北狩，一时后妃公主被虏去的甚多。内中有一公主名曰柔福，乃是钦宗之女，当时也被掳去。后来高宗南渡称帝，改号建炎。四年，忽有一女子诣阙自陈，称是柔福公主，自虏中逃归，特来见驾。高宗心疑道："许多随驾去的臣宰尚不能逃，公主鞋弓袜小，如何脱离得归来？"颁诏令旧时宫人看验，个个说道："是真的，一些不差。"及问他宫中旧事，对答来皆合；几个旧时的人，他都叫得姓名出来。只是众人看见一双足，却大得不像样，都道："公主当时何等小足，今却这等，止有此不同处。"以此回复圣旨。高宗临轩亲认，却也认得，诘问他道："你为何恁般一双脚了？"女子听得，啼哭起来，道："这些臊羯奴聚逐便如牛马一般。今乘间脱逃，赤脚奔走，到此将有万里，岂能尚保得一双纤足如旧时模样耶？"高宗听得，甚是惨然。颁诏特加号福国长公主，下降高世荣，做了驸马都尉。其时汪龙溪草制，词曰："彭城方急，鲁元尝困于面驰；江左既兴，益寿宜充于禁脔。"那鲁元是汉高帝的公主，在彭城失散，后来复还的。益寿是晋驸马谢混的小名，江左中兴，元帝公主下降的。故把来比他两人甚为切当。自后夫荣妻贵，恩赉无算。

其时高宗为母韦贤妃在虏中，年年费尽金珠求赎，遥尊为显仁太后。和议既成，直到绍兴十二年自虏中回銮，听见说道："柔福公主进来相见。"太后大惊道："那有此话？柔福在虏中受不得苦楚，死已多年，是我亲看见的。那得又有一个柔福？是何人假出来的？"发下旨意，着法司严刑究问。法司奉旨，提到人犯，用起刑来。那女子熬不得，只得将真情招出道："小的每本是汴梁一个女巫。靖康之乱，有宫中女婢逃出民间，见了小的每误认做了柔福娘娘，口中厮唤。小的每惊问，他便说小的每实与娘娘面貌一般无二。因此小的每有了心，日逐将宫中旧事问他，他日日衍说得心下习熟了，故大胆冒名自陈，贪享这几时富贵，道是永无对证的了。谁知太后回銮，也是小的每福尽灾生，一死也不枉了。"问成罪名。高宗见了招伏，大骂："欺君贼婢！"立时押付市曹处决，抄没家私入官。总计前后锡赉之数，也有四十七万缗钱。虽然没结果，却是十余年间，也受用得勾了。只为一个容颜厮像，一时骨肉旧人都认不出来，若非太后复还，到底被他瞒过，那个再有疑心的？就是死在太后未还之先，也是他便宜多了。天理不容，自然败露。

今日再说一个容貌厮像，弄出好些奸巧希奇的一场官司来。正是：

自古唯传伯仲偕，谁知异地巧安排。

试看一样滴珠面，惟有人心再不谐。

话说国朝万历年间，徽州府休宁县莎田乡姚氏有一女，名唤滴珠，年方十六，生得如花似玉，美冠一方。父母俱在，家道殷富，宝惜异常，娇养过度。凭媒说合，嫁与屯溪潘甲为妻。看来世间听不得的最是媒人的口。他要说了穷，石崇也无立锥之地；他要说了富，范丹也有万顷之财。正是：富贵随口定，美丑趁心生，再无一句实话的。那屯溪潘氏虽是个旧姓人家，却是个破落户，家道艰难，外靠男子出外营生，内要女人亲操井臼，吃不得闲饭过日的了。这个潘甲虽是人物也有几分像样，已自弃儒为商，况且公婆甚是狠戾，动不动出口骂詈，毫没些好歹。滴珠父母误听媒人之言，道他是好人家，把一块心头的肉嫁了过来。少年夫妻却也过的恩爱，只是看了许多光景，心下好生不然，如常偷掩泪眼。潘甲晓得意思，把些好话偎他过日子。

却早成亲两月，潘父就发作儿子道："如此你贪我爱，夫妻相对，白白过世不成？如何不想去做生意？"潘甲无奈，与妻滴珠说了，两人哭一个不住，说了一夜话。次日潘父就逼儿子出外去了。滴珠独自一个，越发凄惶，有情无绪。况且是个娇养的女儿，新来的媳妇，摸头路不着，没个是处，终日闷闷过了。潘父潘母看见媳妇这般模样，时常急聒，骂道："这婆娘想甚情人？害相思病了！"滴珠生来在父母身边如珠似玉，何曾听得这般声气？不敢回言，只得忍着气，背地哽哽咽咽，哭了一会罢了。

一日，因滴珠起得迟了些个，公婆朝饭要紧，猝地答应不迭。潘公开口骂道："这样好吃懒做的淫妇，睡到这等日高才起来！看这自由自在模样，除非去做娼妓，倚门卖俏，撺哄子弟，方得这样快活像意。若要做人家，是这等不得！"滴珠听了，便道："我是好人家儿女，便做道有些不是，直得如此作贱说我！"大哭一场，没分诉处。到得夜里睡不着，越思量越恼，着："老无知！这样说话，须是公道上去不得。我忍耐不过，且跑回家去告诉爹娘，明明与他执论，看这话是该说的不该说的！亦且借此为名，赖在家多住几时，也省了好些气恼。"算计定了，侵晨未及梳洗，将一个罗帕兜头扎了，一口气跑到渡口来。说话的若是同时生，并年长，晓得他这去不尴尬，拦腰抱住，擗胸扯回，也不见得后边若干事件来。只因此去，天气却早，虽是已有行动的了，人踪尚稀，渡口悄然。这地方有一个专一做不好事的光棍，名唤汪锡，绰号"雪里蛆，"是个冻饿不怕的意思。也是滴珠合当悔气，撞着他独自个溪中乘了竹筏来到渡口，望见了个花朵般后生妇人，独立岸边，又见头不梳裹，满面泪痕，晓得有些古怪，在筏上问道："娘子要渡溪么？"滴珠道："正要过去。"汪锡道："这等，上我筏来。"一口叫："放仔细些！"一手去接他下来。上得筏，一篙撑开，撑到一个僻静去处，问道："娘子，你是何等人家？独自一个要到那里去？"滴珠道："我自要到苏田娘家去。你只送我到溪口上岸，我自认得路，管我别事做甚？"汪锡道："我看娘子头不梳，面不洗，泪眼汪汪，独身自走，必有跷蹊作怪的事。说得明白，才好渡你。"滴珠在个水中央了，又且心里急要回去，只得把丈夫不在家了、如何受气的上项事，一头说，一头哭，告诉了一遍。汪锡听了，便心下一想，转身道："这等说，却渡你去不得。你起得没好意了，放你上岸，你或是逃去，或是寻死，或是被别人拐了去，后来查出是我渡你的，我却替你吃没头官司。"滴珠道："胡说！我自是娘家去，如何是逃去。若我寻死路，何不投水，却过了渡去自尽不成？我又认得娘家路，没得怕人拐我！"汪锡道："却是信你不过。既要娘家去，我舍下甚近，你

且上去这家中坐了，等我走去对你家说了，叫人来接你去，却不两边放心得下？"滴珠道："如此也好。"正是女流之辈，无大见识，亦且一时无奈，拗他不过，还只道好心，随了他来。

上得岸时，转湾抹角，到了一个去处。引进几重门户，里头房室甚是幽静清雅。但见：

> 明窗静几，锦帐文茵。庭前有数种盆花，坐内有几张素椅。壁间纸画周之冕，桌上砂壶时大彬。窄小蜗居，虽非富贵王侯宅；清闲螺径，也异寻常百姓家。

原来这个所在是这汪锡一个囤子，专一设法良家妇女到此，认作亲戚，拐那一等浮浪子弟好扑花行径的，引他到此，勾搭上了，或是片时取乐，或是迷了的，便做个外宅居住，赚他银子无数。若是这妇女无根蒂的，他等有贩水客人到，肯出一主大钱，就卖了去为娼。已非一日。今见滴珠行径，就起了个不良之心，骗他到此。那滴珠是个好人家儿女，心里尽爱清闲，只因公婆凶悍，不要说日逐做烧火、煮饭、熬锅、打水的事，只是油盐酱醋，他也拌得头疼了，见了这个干净精致所在，不知一个好歹，心下到有几分喜欢。那汪锡见他无有慌意，反添喜状，偶觉动火，走到跟前，双膝跪下求欢。滴珠就变了脸起来："这如何使得？我是好人家儿女，你原说留我到此坐着，报我家中，青天白日，怎地拐人来家，要行局骗？若逼得我紧，我如今真要自尽了！"说罢，看见桌上有点灯铁签，捉起来望喉间就刺。汪锡慌了手脚，道："再从容说话，小人不敢了。"元来汪锡只是拐人骗财，利心为重，色上也不十分要紧，恐怕真个做出事来，没了一场好买卖。吃这一惊，把那一点勃勃的春兴，丢在爪哇国里去了。

他走到后头去好些时，叫出一个老婆子来，道："王嬷嬷，你陪这里娘子坐坐，我到他家去报一声就来。"滴珠叫他转来，说明白了地方及父母名姓，叮嘱道："千万早些叫他们来，我自有重谢。"汪锡去了。那老嬷嬷去掇盆脸水，拿些梳头家火出来，叫滴珠梳洗。立在旁边呆看，插口问道："娘子何家宅眷？因何到此？"滴珠把上项事，是长是短，说了一遍。那婆子就故意跌跌脚道："这样老杀才不识人！有这样好标致娘子做了媳妇，折杀了你不羞，还舍得出毒口骂他，也是个没人气的！如何与他一日相处？"滴珠说着心事，眼中滴泪。婆子便问道："今欲何往？"滴珠道："今要到家里告诉爹娘一番，就在家里权避几时，待丈夫回家再处。"婆子就道："官人几时回家？"滴珠又垂泪道："做亲两月，

就骂着逼出去了，知他几时回来？没个定期。"婆子道：
"好没天理！花枝般一个娘子，叫他独守，又要骂他。
娘子，你莫怪我说，你而今就回去得几时，少不得要到
公婆家去的。你难道躲得在娘家一世不成？这腌臜烦恼
是日长岁久的，如何是了？"滴珠道："命该如此，也没
奈何了。"婆子道："依老身愚见，只教娘子快活享福，
终身受用。"滴珠道："有何高见？"婆子道："老身往来
的是富家大户公子王孙，有的是斯文俊俏少年子弟。娘
子，你不消问得的，只是看得中意的，拣上一个，等我
对他说成了，他把你像珍玉一般看待，十分爱惜，吃自
在食，著自在衣，纤手不动，呼奴使婢，也不枉了这一
个花枝模样，强如守空房、做粗作、淘闲气万万倍了。"
那滴珠是受苦不过的人，况且小小年纪，妇人水性，又
想了夫家许多不好处，听了这一片话，心里动了，便道：
"使不得，有人知道了，怎好？"婆子道："这个所在，
外人不敢上门，神不知，鬼不觉，是个极密的所在。你
住两日起来，天上也不要去了。"滴珠道："适间已叫那
撑筏的，报家里去了。"婆子道："那是我的干儿，怎地
不晓事，去报这个冷信？"正说之间，只见一个人在外
走进来，一手揪住王婆道："好！好！青天白日，要哄
人养汉，我出首去。"滴珠吃了一惊，仔细看来，却就

是撑筏的那一个汪锡。滴珠见了道："曾到我家去报不曾？"汪锡道："报你家的鸟！我听得多时了也。王嬷嬷的言语是娘子下半世的受用，万全之策，凭娘子斟酌。"滴珠叹口气道："我落难之人，走入圈套，没奈何了。只不要误了我的事。"婆子道："方才说过的，凭娘子自拣，两相情愿，如何误得你？"滴珠一时没主意，听了哄语，又且房室精致，床帐齐整，恰便似：因过竹院逢僧话，偷得浮生半日闲。放心的悄悄住下。那婆子与汪锡两个殷殷勤勤，代替伏侍，要茶就茶，要水就水，惟恐一些不到处。那滴珠一发喜欢忘怀了。

过得一日，汪锡走出去，撞见本县商山地方一个大财主，叫得吴大郎。那大郎有百万家私，极是个好风月的人。因为平日肯养闲汉，认得汪锡，便问道："这几时有甚好乐地么？"汪锡道："好教朝奉得知，我家有个表侄女新寡，且生得娇媚，尚未有个配头，这却是朝奉店里货，只是价钱重哩。"大郎道："可肯等我一看否？"汪锡道："不难，只是好人家害羞，待我先到家，与他堂中说话，你劈面撞进来，看个停当便是。"吴大郎会意了。

汪锡先回来，见滴珠坐在房中，默然呆想。汪锡便道："小娘子便到堂中走走，如何闷坐在房里？"王婆子在后面听得了，也走出来道："正是。娘子外头来坐。"
滴珠依言，走在外边来，汪锡就把房门带上了。滴珠坐
了，道："嬷嬷，还不如等我归去休。"嬷嬷道："娘子不
要性急，我们只是爱惜娘子人材，不割舍得你吃苦，所
以劝你。你再耐烦些，包你有好缘分到也。"正说之间，
只见外面闯进一个人来。你道他怎生打扮？但见：

> 头带一顶前一片后一片的竹简巾儿，旁缝一对
> 左一块右一块的蜜蜡金儿，身上穿一件细领大袖青
> 绒道袍儿，脚下着一双低跟浅面红绫僧鞋儿。若非
> 宋玉墙边过，定是潘安车上来。

一直走进堂中道："小汪在家么？"滴珠慌了，急掣
身走，已打了个照面，急奔房门边来，不想那门先前出
来时已被汪锡暗拴了，急没躲处。那王婆笑道："是吴
朝奉，便不先开个声！"对滴珠道："是我家老主顾，不
妨。"又对吴大郎道："可相见这位娘子。"吴大郎深深
唱个喏下去，滴珠只得回了礼。偷眼看时，恰是个俊俏
可喜的少年郎君，心里早看上了几分了。吴大郎上下一
看，只见不施脂粉，淡雅梳妆，自然内家气象，与那胭
花队里的迥别。他是个在行的，知轻识重，如何不晓
得？也自酥了半边，道："娘子请坐。"滴珠终久是好人
家出来的，有些羞耻，只叫王嬷嬷道："我们进去则个。"

嬷嬷道："慌做甚么？"就同滴珠一面进去了。

片刻，王婆出来对吴大郎道："朝奉看得中意否？"吴大郎道："嬷嬷作成作成，不敢有忘。"王婆道："朝奉有的是银子，兑出千把来，娶了回去就是。"大郎道："又不是行院人家，如何要得许多？"嬷嬷道："不多。你看了这个标致模样，今与你做个小娘子，难道消不得千金？"大郎道："果要千金，也不打紧。只是我大孺人狠，专会作贱人，我虽不怕他，怕难为这小娘子，有些不便，取回去不得。"婆子道："这个何难？另税一所房子住了，两头做大可不是好？前日江家有一所花园空着，要典与人，老身替你问问看，如何？"大郎道："好便好，只是另住了，要家人使唤，丫鬟伏侍，另起烟爨，这还小事；少不得瞒不过家里了，终日厮闹，赶来要同住，却了不得。"婆子道："老身更有个见识，朝奉拿出聘礼，娶下了，就在此间成了亲。每月出几两盘缠，替你养着，自有老身伏侍陪伴。朝奉在家，推个别事出外，时时到此来往，密不通风，有何不好？"大郎笑道："这个却妙，这个却妙。"议定了财礼银八百两，衣服首饰办了送来自不必说，也合着千金。每月盘缠连房钱银十两，逐月交付。大郎都应允，慌忙去拿银子了。

　　王婆转进房里来，对滴珠道："适才这个官人，生得如何？"原来滴珠先前虽然怕羞，走了进去，心中却还舍不得，躲在黑影里张来张去，看得分明。吴大郎与王婆一头说话，一眼觑着门里，有时露出半面，若非是有人在面前，又非是一面不曾识，两下里就做起光来了。滴珠见王婆问他，他就随口问道："这是那一家？"王婆道："是徽州府有名的商山吴家，他又是吴家第一个财主——'吴百万'吴大朝奉。他看见你，好不喜欢哩！他要娶你回去，有些不便处；他就要娶你在此间住下，你心下如何？"滴珠心里喜欢这个干净卧房，又看上了吴大郎人物，听见说就在此间住，就像是他家里一般的，心下到有十分中意了。道："既到这里，但凭妈妈，只要方便些，不露风声便好。"婆子道："如何得露风声？只是你久后相处，不要把真情与他说，看得低了。只认我表亲，暗地快活便了。"

　　只见吴大郎抬了一乘轿，随着两个俊俏小厮，捧了两个拜匣，竟到汪锡家来。把银子交付停当了，就问道："几日成亲？"婆子道："但凭朝奉尊便，或是拣个好日，或是不必拣日，就是今夜也好。"吴大郎道："今日我家里不曾做得工夫，不好造次住得。明日我推说到杭州进香取帐，过来住起罢了，拣甚么日子？"吴大郎只是色心为重，等不得拣日。若论婚姻大事，还该寻一个好日辰。今卤莽乱做，不知犯何凶煞，以致一两年内，就拆散了。这是后话。

却说吴大郎交付停当，自去了，只等明日快活。婆子又与汪锡计较定了，来对滴珠说："恭喜娘子，你事已成了。"就拿了吴家银子四百两，笑嘻嘻的道："银八百两，你取一半，我两人分一半做媒钱。"摆将出来，摆得桌上白晃晃的。滴珠可也喜欢。说话的，你说错了，这光棍牙婆见了银子，如苍蝇见血，怎还肯人心天理分这一半与他？看官，有个缘故。他一者要在滴珠面前夸耀富贵，买下他心；二者总是在他家里，东西不怕他走那里去了，少不得逐渐哄出来，仍旧元在。若不与滴珠此东西，后来吴大郎相处了，怕他说出真情，要倒他们的出来，反为不美。这正是老虔婆神机妙算。

吴大郎次日果然打扮得一发精致，来汪锡家成亲。他怕人知道，也不用傧相，也不动乐人，只托汪锡办下两桌酒，请滴珠出来同坐，吃了进房。滴珠起初害羞，不肯出来，后来被强不过，勉强略坐得一坐，推个事故进房去，扑地把灯吹息，先自睡了，却不关门。婆子道："还是女儿家的心性，害羞，须是我们凑他趣则个。"移了灯，照吴大郎进房去，仍旧把房中灯点起了，自家走了出去，把门拽上。吴大郎是个精细的人，把门拴了，移灯到床边，揭帐一看，只见兜头睡着。不敢惊动他，轻轻的脱了衣服，吹息了灯，衬进被窝里来。滴珠叹了一口气，缩做一团，被吴大郎甜言媚语，轻轻款款，扳将过来，腾的跨上去，滴珠颤笃笃的承受了。高高下下，往往来来，弄得滴珠浑身快畅，遍体酥麻。元来滴珠虽然嫁了丈夫两月，那是不在行的新郎，不曾得知这样趣味。吴大郎风月场中招讨使，被窝里事多曾占过先头的，温柔软款，自不必说。滴珠只恨相见之晚。两个千恩万爱，过了一夜。明日起来，王婆、汪锡都来叫喜，吴大郎各各赏赐了他。自此与姚滴珠快乐，隔个把月才回家去走走，又来住宿不题。

说话的，难道潘家不见了媳妇就罢了，凭他自在那里快活不成？看官，话有两头，却难这边说一句，那边说一句。如今且听说那潘家。自从那日早起不见媳妇煮朝饭，潘婆只道又是晏起，走到房前厉声叫他。见不则声，走进房里，把窗推开了，床里一看，并不见滴珠踪迹。骂道："这贱淫妇那里去了？"出来与潘公说了。潘公道："又来作怪！"料道是他娘家去，急忙走到渡口问人来。有人说道："绝大清早有一妇人渡河去，有认得的，道是潘家媳妇上筏去了。"潘公道："这妮子！昨日说了他几句，就待告诉他爹娘去。恁般心性泼剌！且等他娘家住，不要去接他采他，看他待要怎的？"忿忿地跑回去与潘婆说了。

将有十来日，姚家记挂女儿，办了几个盒子，做了些点心，差一男一妇，到潘家来问一个信。潘公道："他归你家十来日了，如何到来这里问信？"那送礼的人吃了一惊，道："说那里话？我家姐姐自到你家来，才得两月多，我家又不曾来接，他为何自归？因是放心不下，叫我们来望望，如何反如此说？"潘公道："前日因有两句口面，他使一个性子，跑了回家，有人在渡口见他的。他不到你家，到那里去？"那男女道："实实不曾回家，不要错认了"。潘公炮燥道："想是他来家说了甚么谎，您家要悔赖了别嫁人，故装出圈套，反来问信么？"那男女道："人在你家不见了，颠倒这样说，这事必定跷蹊。"潘公听得"跷蹊"两字，大骂："狗男女！我少不得当官告来，看你家赖了不成！"那男女见不是势头，盒盘也不出，仍旧挑了，走了回家，一五一十的对家主说了。姚公、姚妈大惊，啼哭起来道："这等说，我那儿敢被这两个老杀才逼死了？打点告状，替他要人去！"一面来与个讼师商量告状。

那潘公、潘婆死认定了姚家藏了女儿，叫人去接了儿子来家。两家都进状，都准了。那休宁县李知县行提一干人犯到官，当堂审问时，你推我，我推你，知县大怒，先把潘公夹起来。潘公道："现有人见他过渡的。若是投河而死，须有尸首踪影，明白是他家藏了赖人。"知县道："说得是。不见了人十多日，若是死了，岂无尸首？毕竟藏着的是。"放了潘公，再把姚公夹起来。姚公道："人在他家，去了两月多，自不曾归家来。若是果然当时走回家，这十来日间潘某何不着人来问一声，看一看下落？人长六尺，天下难藏。小的若是藏过了，后来就别嫁人，也须有人知道，难道是瞒得过的？老爷详察则个。"知县想了一想，道："也说得是。如何藏得过？便藏了，也成何用？多管是与人有奸，约的走了。"潘公道："小的媳妇虽是懒惰娇痴，小的闺门也严谨，却不曾有甚外情。"知县道："这等，敢是有人拐的走了，或是躲在亲眷家，也不见得。"便对姚公说："是你生得女儿不长进；况来踪去迹毕竟是你做爷的晓得，你推不得干净。要你跟寻出来，同缉捕人役五日一比较。"就把潘公父子讨了个保，姚公肘押了出来。

姚公不见了女儿，心中已自苦楚，又经如此冤枉，叫天叫地，没个道理。只得帖个寻人招子，许下赏钱，各处搜求，并无影响。且是那个潘甲不见了妻子，没出气处，只是逢五逢十就来禀官比较捕人，未免连姚公陪打了好些板子。此事闹动了一个休宁县，城郭乡村，无不传为奇谈。亲戚之间，尽为姚公不平，却没个出豁。

却说姚家有个极密的内亲，叫做周少溪。偶然在浙江衢州做买卖，闲游柳巷花街。只见一个娼妇，站在门首献笑，好生面染。仔细一想，却与姚滴珠一般无二。心下想道：家里打了两年没头官司，他却在此！要上前去问个的确，却又忖道："不好，不好。问他未必肯说真情。打破了网，娼家行径没根蒂的，连夜走了，那里去寻？不如报他家中知道，等他自来寻访。"原来衢州与徽州虽是分个浙、直，却两府是联界的。苦不多日，到了，一一与姚公说知。姚公道："不消说得，必是遇着歹人，转贩为娼了。"叫其子姚乙密地拴了百来两银子，到衢州去赎身。又商量道："私下取赎，未必成事。"又在休宁县告明缘由，使用些银子，给了一张广缉文书在身，倘有不谐，当官告理。姚乙听命，姚公就央了周少溪作伴，一路往衢州来。那周少溪自有旧主人，替姚乙另寻了一个店楼，安下行李。周少溪指引他到这家门首来，正值他在门首。姚乙看见果然是妹子，连呼他小名数声；那娼妇只是微微笑看，却不答应。姚乙对周少溪道："果然是我妹子。只是连连叫他，并不答应，却像不认得我的。难道他在此快乐了，把个亲兄弟都不抬揽了？"周少溪道："你不晓得，凡娼家龟鸨，必是生狠的。你妹子既来历不明，他家必紧防漏泄，训戒在先。所以他怕人知道，不敢当面认帐。"姚乙道："而今却怎么通得个信？"周少溪道："这有何难？你做个要嫖他的，设了酒，将银一两送去，外加轿钱一包，招他到下处来，看个备细。是你妹子，密地相认了，再做道理。不是妹子，睡他娘一晚，放他去罢！"姚乙道："有理，有理。"周少溪在衢州久做客人，都是熟路，去寻一个小闲来，拿银子去，霎时一乘轿抬到下处。那周少溪忖道："果是他妹子，不好在此陪得。"推个事故，走了出来。姚乙也道是他妹子，有些不便，却也不来留周少溪。只见那轿里袅袅婷婷，走出一个娼妓来。但见：

一个道是妹子来，双眸注望；一个道是客官到，满面生春。一个疑道："何不见他走近身，急认哥哥？"一个疑道："何不见他迎着轿，忙呼姐姐？"

却说那姚乙向前看看，分明是妹子。那娼妓却笑容可掬，伴伴地道了个万福。姚乙只得请坐了，不敢就认，问道："姐姐，尊姓大名，何处人氏？"那娼妓答道："姓郑，小字月娥，是本处人氏。"姚乙看他说出话来一口衢音，声气不似滴珠，已自疑心了。那郑月娥就问姚乙道："客官何来？"姚乙道："在下是徽州府休宁县荪田姚某，父某人，母某人。"恰像那个查他的脚色，三代籍贯都报将来。也还只道果是妹子，他必然承认，所以如此。那郑月娥见他说话牢叨，笑了一笑道："又不曾盘问客官出身，何故通三代脚色？"姚乙满面通红，情知不是滴珠了。

摆上酒来，三杯两盏，两个对吃。郑月娥看见姚乙，只管相他面庞一会，又自言自语一会，心里好生疑惑，开口问道："奴自不曾与客官相会，只是前日门前见客官走来走去，见了我指手点脚的，我背地同姊妹暗笑。今承宠召过来，却又屡屡相觑，却像有些委决不下的事，是什么缘故？"姚乙把言语支吾，不说明白。那月娥是个久惯接客乖巧不过的人，看此光景，晓得有些尴尬，只管盘问。姚乙道："这话也长，且到床上再说。"两个人各自收拾上床睡了，免不得云情雨意，做了一番的事。那月娥又把前话提起，姚乙只得告诉他家里事如此如此，这般这般。"因见你厮像，故此假做请你，认个明白。那知不是。"月娥道："果然像否？"姚乙道："举止外像，一些不差，就是神色里边，有些微不像处。除是至亲骨肉，终日在面前的，用意体察，才看得出来。也算是十分像的了。若非是声音各别，连我方才也要认错起来。"月娥道："既是这等厮像，我就做你妹子罢。"姚乙道："又来取笑。"月娥道："不是取笑，我与你熟商量。你家不见了妹子，如此打官司，不得了结，毕竟得妹子到了官方住。我是此间良人家儿女，在姜秀才家为妾，大娘不容，后来连姜秀才贪利忘恩，竟把来卖与这郑妈妈家了。那龟儿、鸨儿不管好歹，动不动非刑拷打，我被他摆布不过，正要想个计策脱身。你如今认定我是你失去的妹子，我认定你是哥哥，两口同声当官去告理，一定断还归宗。我身既得脱，仇亦可雪，到得你家，当了你妹子，官事也好完了，岂非万全之算？"姚乙道："是到是，只是声音大不相同。且既到吾家，认做妹子，必是亲戚族属逐处明白，方像真的，这却不便。"月娥道："人只怕面貌不像，那个声音随他改换，如何做得准？你妹子相失两年，假如真在衢州，未必不与我一般乡语了。亲戚族属，你可教导我的。况你做起事来，还等待官司发落，日子长远，有得与你相处，乡音也学得你些。家里事务，日逐教我熟了，有甚难处？"姚乙心里先只要家里息讼要紧，细思月娥说话尽可行得，便对月娥道："吾随身带有广缉文书，当官一告，断还不难。只要你一口坚认到底，却差池不得的。"月娥道："我也为自身要脱离此处，趁此机会，如何好改得口？只是一件，你家妹夫何等样人？我可跟得他否？”姚乙道：“我妹夫是个做客的人，也还少年老实，你跟了他也好。”月娥道：“凭他怎么，毕竟还好似为娼。况且一夫一妻，又不似先前做妾，也不误了我事了。”姚乙又与他两个赌一个誓信，说：“两个同心做此事，各不相负；如有破泄者，神明诛之！”两人说得着，已觉道快活，又弄了一火，搂抱了睡到天明。

姚乙起来，不梳头就走去寻周少溪，连他都瞒了，对他说道：“果是吾妹子，如今怎处？”周少溪道：“这行院人家不长进，替他私赎，必定不肯。待我去纠合本乡人在此处的十来个，做张呈子到太守处呈了，人众则公，亦且你有本县广缉滴珠文书可验，怕不立刻断还？只是你再送几两银子过去，与他说道：‘还要留在下处几日。’使他不疑，我们好做事。”姚乙一一依言停当了。周少溪就合着一伙徽州人同姚乙到府堂，把前情说了一遍。姚乙又将县间广缉文书当堂验了。太守立刻签了牌，将郑家乌龟、老妈都拘将来。郑月娥也到公庭，一个认哥哥，一个认妹子。那众徽州人除周少溪外，也还有个把认得滴珠的，齐声说道：“是。”那乌龟分毫不知一个情由，劈地价来，没做理会，口里乱嚷。太守只叫：“掌嘴！”又研问他是那里拐来的。乌龟不敢隐讳，招

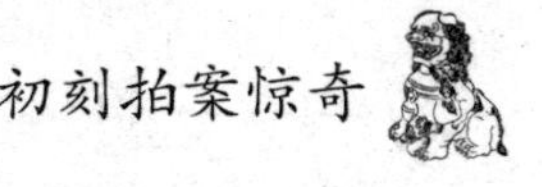

道："是姜秀才家的妾，小的八十两银子讨的是实，并非拐的。"太守又去拿姜秀才。姜秀才情知理亏，躲了不出见官。太守断姚乙出银四十两还他乌龟身价，领妹子归宗。那乌龟买良为娼，问了应得罪名，连姜秀才前程都问革了。郑月娥一口怨气发泄尽了。姚乙欣然领回下处，等衙门文卷叠成，银子交库给主，及零星使用，多完备了，然后起程。这几时落得与月娥同眠同起，见人说是兄妹，背地自做夫妻，枕边絮絮叨叨，把说话见识都教道得停停当当了。

在路不则一日，将到莆田，有人见他兄妹一路来了，拍手道："好了，好了，这官司有结局了。"有的先到他家里报了的，父母俱迎出门来。那月娥装做个认得的模样，大剌剌走进门来，呼爷叫娘，都是姚乙教熟的。况且娼家行径，机巧灵变，一些不错。姚公道："我的儿！那里去了这两年？累煞你爹也！"月娥假作哽咽痛哭，免不得说道："爹妈这几时平安么？"姚公见他说出话来，便道："去了两年，声音都变了。"姚妈伸手过来，拽他的手出来，捻了两捻道："养得一手好长指甲了，去时没有的。"大家哭了一会，只有姚乙与月娥心里自明白。姚公是两年间官司累怕了，他见说女儿来了，心里放下了一个大疙搭，那里还辨仔细？况且十

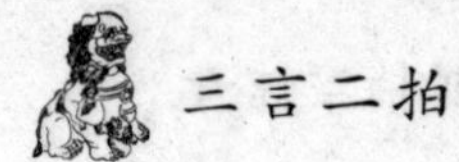

分相像，分毫不疑。至于来踪去迹，他已自晓在娼家赎归，不好细问得。巴到天明，就叫儿子姚乙同了妹子到县里来见官。

知县升堂，众人把上项事，说了一遍。知县缠了两年，已自明白，问滴珠道："那个拐你去的，是何等人？"假滴珠道："是一个不知姓名的男子，不由分说，逼卖与衢州姜秀才家。姜秀才转卖了出来，这先前人不知去向。"知县晓得事在衢州，隔省难以追求，只要完事，不去根究了，就抽签去唤潘甲并父母来领。那潘公、潘婆到官来，见了假滴珠道："好媳妇呀！就去了这些时。"潘甲见了道："惭愧！也还有相见的日子。"各各认明了，领了回去。出得县门，两亲家两亲妈，各自请罪，认个悔气，都道一桩事完了。

隔了一晚，次日，李知县升堂，正待把潘甲这宗文卷注销立案，只见潘甲又来告道："昨日领回去的，不是真妻子。"那知县大怒道："刁奴才！你累得丈人家也勾了，如何还不肯休歇？"喝令扯下去打了十板。那潘甲只叫冤屈。知县道："那衢州公文明白，你舅子亲自领回，你丈人、丈母认了不必说，你父母与你也当堂认了领去的，如何又有说话？"潘甲道："小人争讼，只要争小人的妻，不曾要别人的妻。今明明不是小人的妻，小

人也不好要得，老爷也不好强小人要得。若必要小人将假作真，小人情愿不要妻子了。"知县道："怎见得不是？"潘甲道："面貌颇相似，只是小人妻子相与之间，有好些不同处了。"知县道："不要呆！敢是做过了娼妓一番，身分不比良家了。"潘甲道："老爷，不是这话。不要说日常夫妻间私语一句也不对，至于肌体隐微，有好些不同。小人心下自明白，怎好与老爷说得？若果然是妻子，小人与他才得两月夫妻，就分散了，巴不得见他，难道到说不是来混争闲非不成？老爷青天详察，主鉴不错。"知县见他说这一篇有情有理，大加惊诧，又不好自认断错，密密分付潘甲道："你且从容，不要性急。就是父母亲戚面前，俱且糊涂，不可说破，我自有处。"

李知县分付该房写告示出去遍贴，说道："姚滴珠已经某月某日追录到官，两家各息词讼，无得再行告扰！"却自密地悬了重赏，着落应捕十余人，四下分缉，若看了告示，有些动静，即便体察，拿来回话。

不说这里探访，且说姚珠与吴大郎相处两年，大郎家中看看有些知道，不肯放他等闲出来，踪迹渐来得稀了。滴珠身畔要讨个丫鬟伏侍，曾对吴大郎说，转托汪锡。汪锡拐带惯了的，那里想出银钱去讨？因思个便处，要弄将一个来。日前见歙县汪汝鸾家有个丫头，时常到溪边洗东西，想在心里。

　　一日，汪锡在外行走，闻得县前出告示，道滴珠已寻见之说，急忙里来对王婆说："不知那一个顶了缺，我们这个货，稳稳是自家的了。"王婆不信，要看个的实，一同来到县前，看了告示。汪锡未免指手划脚，点了又点，念与王婆听。早被旁边应捕看在眼里，尾了他去。到僻静处，只听得两个私下道："好了，好了，而今睡也睡得安稳了。"应捕魆地跳将出来道："你们干的好事！今已败露了，还走那里去？"汪锡慌了手脚道："不要恐吓我！且到店中坐坐去。"一同王婆，邀了应捕，走到酒楼上坐了吃酒。汪锡推讨嗄饭，一道烟走了。单剩个王婆与应捕坐了多时，酒肴俱不见来。走下问时，汪锡已去久了。应捕就把王婆拴将起来道："我与你去见官。"王婆跪下道："上下饶恕，随老妇到家取钱谢你。"那应捕只是见他们行迹跷蹊，故把言语吓着，其实不知甚么根由，怎当得虚心病的，露出马脚来。应捕料得有些滋味，押了他不舍，随去到得汪锡家里叩门。一个妇人走将出来开了，那应捕一看，着惊道："这是前日衢州解来的妇人！"猛然想道："这个必是真姚滴珠了。"也不说破，吃了茶，凭他送了些酒钱罢了。王婆自道无事，放下心了。

　　应捕明日竟到县中出首。知县添差应捕十来人，急命拘来。公差如狼似虎，到汪锡家里，门口发声喊，打将进去。急得王婆悬梁高了，把滴珠登时捉到公庭。知县看了道："便是前日这一个。"又飞一签令唤潘甲与妻子同来。那假的也来了，同在县堂，真个一般无二。知县莫辨，因令潘甲自认。潘甲自然明白，与真滴珠各说了些私语。知县唤起来研问明白，真滴珠从头供称被汪锡骗哄情由，说了一遍。知县又问："曾引人奸骗你不？"滴珠心上有吴大郎，只不说出，但道不知姓名。又叫那假滴珠上来，供称道："身名郑月娥，自身要报私仇，姚乙要完家讼，因言貌像伊妹，商量做此一事。"知县急拿汪锡，已经在逃了，做个照提，叠成文卷，连人犯解府。

　　却说汪锡自酒店逃去之后，撞着同伙程金，一同作伴，走到歙县地方，正见汪汝鸾家丫头在溪边洗裹脚，一手扯住他道："你是我家使婢，逃了出来，却在此处！"便夺他裹脚，拴了就走，要扯上竹筏，那丫头大喊起来。汪锡将袖子掩住他口，丫头尚自呜哩呜喇的喊。程金便一把叉住喉咙。叉得手重，口头又不得通气，一霎呜呼哀哉了。地方人走将拢来，两个都擒住了，送到县里。那歙县方知县问了程金绞罪，汪锡充军，解上府来。正值滴珠一起也解到，一同过堂之时，真滴珠大喊道："这个不是汪锡？"那太守姓梁，极是个正气的，见了两宗文卷，都为汪锡，大怒道："汪锡是首恶，如何只问充军？"喝交皂隶，重责六十板，当下绝气。真滴珠给还原夫宁家，假滴珠官卖，姚乙认假作真，倚官拐骗人口，也问了一个太上老。只有吴大郎广有世情，闻知事发，上下使用，并无名字干涉，不致惹着，朦胧过了。

潘甲自领了姚滴珠仍旧完聚。那姚乙定了卫所，发去充军。拘妻签解，姚乙未曾娶妻，只见那郑月娥晓得了，大哭道："这是我自要脱身泄气，造成此谋，谁知反害了姚乙！今我生死跟了他去，也不枉了一场话靶。"姚公心下不舍得儿子，听得此话，即便买出人来，诡名纳价，赎了月娥，改了姓氏，随了儿子做军妻解去。后来遇赦还乡，遂成夫妇。这也是郑月娥一点良心未泯处。姑嫂两个到底有些厮像，徽州至今传为笑谈。有诗为证：

一样良家走歧路，又向歧路转良家。

面庞怪道能相似，相法看来也不差。

第三卷　**刘东山夸技顺城门**
　　　　**十八兄奇踪村酒肆**

诗云：

> 弱为强所制，不在形巨细。
>
> 蝍蛆带是甘，何曾有长喙？

话说天地间，有一物必有一制，夸不得高，恃不得强。这首诗所言"蝍蛆"是甚么？就是那赤足蜈蚣，俗名"百脚"，又名百足之虫。这"带"又是甚么？是那大蛇，其形似带一般，故此得名。岭南多大蛇，长数十丈，专要害人。那边地方里居民，家家蓄养蜈蚣，有长尺余者，多放在枕畔或枕中。若有蛇至，蜈蚣便喷喷作声。放他出来，他鞠起腰来，首尾着力，一跳有一丈高，便搭住在大蛇七寸内，用那铁钩也似一对钳来钳住了，吸他精血，至死方休。这数十丈长、斗来大的东西，反缠死在尺把长、指头大的东西手里，所以古语道："蝍蛆甘带"，盖谓此也。

汉武帝延和三年，西胡月支国献猛兽一头，形如五六十日新生的小狗，不过比狸猫般大，拖一个黄尾儿。那国使抱在手里，进门来献。武帝见他生得猥琐，笑道："此小物，何谓猛兽？"使者对曰："夫威加于百禽者，不必计其大小。是以神麟为巨象之王，凤凰为大鹏之宗，亦不在巨细也。"武帝不信，乃对使者说："试叫他发声来朕听。"使者乃将手一指，此兽舐唇摇首一会，猛发一声，便如平地上起一个霹雳，两目闪烁，放出两道电光来。武帝登时颠出兀金椅子，急掩两耳，颤一个不住。侍立左右及羽林摆立仗下军士，手中所拿的东西悉皆震落。武帝不悦，即传旨意，教把此兽付上林苑中，待群虎食之。上林苑令遵旨，只见拿到虎圈边放下，群虎一见，皆缩做一堆，双膝跪倒。上林苑令奏闻，武帝愈怒，要杀此兽。明日连使者与猛兽皆不见了。猛悍到了虎豹，却乃怕此小物。所以人之膂力强弱，智术长短，没个限数。正是：强中更有强中手，莫向人前夸大口。

唐时有一个举子，不记姓名地方。他生得膂力过

人，武艺出众，一生豪侠好义，真正路见不平，拔刀相助。他进京会试，不带仆从，恃着一身本事，鞴着一匹好马，腰束弓箭短剑，一鞭独行。一路收拾些雉兔野味，到店肆中宿歇，便安排下酒。

一日在山东路上，马跑得快了，赶过了宿头，至一村庄，天已昏黑，自度不可前进。只见一家人家开门在那里，灯光射将出来。举子下了马，一手牵着，挨近看时，只见进了门，便是一大空地，空地上有三四块太湖石叠着，正中有三间正房，有两间厢房，一老婆子坐在中间绩麻。听见庭中马足之声，起身来问。举子高声道："妈妈，小生是失路借宿的。"那老婆子道："官人，不方便，老身做不得主。"听他言词中间，带些凄惨，举子有些疑心，便问道："妈妈，你家男人多在那里去了？如何独自一个在这里？"老婆子道："老身是个老寡妇，夫亡多年，只有一子，在外做商人去了。"举子道："可有媳妇？"老婆子蹙着眉头道："是有一个媳妇，赛得过男子，尽挣得家住。只是一身大气力，雄悍异常；且是气性粗急，一句差池，经不得一指头，擦着便倒。老身虚心冷气，看他眉头眼后，常是不中意，受他凌辱的。所以官人借宿，老身不敢做主。"说罢，泪如雨下。举子听得，不觉双眉倒竖，两眼圆睁道："天下有如此不平之事！恶妇何在？我为尔除之。”遂把马拴在庭中太湖石上了，拔出剑来。老婆子道：“官人不要太岁头上动土，我媳妇不是好惹的。他不习女工针指，每日午饭已毕，便空身走去山里寻几个獐鹿兽兔还家，腌腊起来，卖与客人，得几贯钱，常是一二更天气才得回来。日逐用度，只靠着他这些，所以老身不敢逆他。”举子按下剑，入了鞘，道：“我生平专一欺硬怕软，替人出力。谅他一个妇女，到得那里？即是妈妈靠他度日，我饶他性命，不杀他，只痛打他一顿，教训他一番，使他改过性子便了。”老婆子道：“他将次回来了，只劝官人莫惹事的好。”举子气忿忿的等着。只见门外一大黑影，一个人走将进来，将肩上叉口也似一件东西往庭中一摔，叫道：“老嬷，快拿火来，收拾行货。”老婆子战战兢兢地道：“是甚好物事呀？”把灯一照，吃了一惊，乃是一只死了的斑斓猛虎。说时迟，那时快，那举子的马在火光里，看见了死虎，惊跳不住起来。那人看见，便道：“此马何来？”举子暗里看时，却是一个黑长妇人，见他模样，又背了个死虎来，忖道：“也是个有本事的。”心里就有几分惧他。忙走去带开了马，缚住了，走向前道：“小生是失路的举子，赶过宿头，幸到宝庄，见门尚未阖，斗胆求借一宿。”那妇人笑道：“老嬷好不晓事！既是个贵人，如何更深时候，叫他在露天立着？"指着死虎道："贱婢今日山中，遇此泼花团，争持多时，才得了当，归得迟些个，有失主人之礼，贵人勿罪。"举子见他语言爽恺，礼度周全，暗道："也不是不可化诲的。"连应道："不敢，不敢。"妇人走进堂，提一把椅来，对举子道："该请进堂里坐，只是妇姑两人，都是女流，男女不可相混，屈在廊下一坐罢。"又掇张桌来，放在面前，点个灯来安下。然后下庭中来，双手提了死虎，到厨下去了。须臾之间，烫了一壶热酒，托出一个大盘来，内有热腾腾的一盘虎肉，一盘鹿脯，又有些腌腊雉兔之类五六碟，道："贵人休嫌轻亵则个。"举子见他殷勤，接了自斟自饮，须臾间酒尽肴完。举子拱手道："多谢厚款。"那妇人道："惶愧，惶愧。"便将了盘子来收拾桌上碗盏。举子乘间便说道："看娘子如此英雄，举止恁地贤明，怎么尊卑分上觉得欠些个？"那妇人将盘一搠，且不收拾，怒目道："适间老死魅曾对贵人说些甚谎么？"举子忙道："这是不曾，只是看见娘子称呼词色之间，甚觉轻倨，不像个婆媳妇道理。及见娘子待客周全，才能出众，又不像个不近道理的，故此好言相问一声。"那妇人见说，一把扯了举子的衣袂，一只手移着灯，走到太湖石边来道："正好告诉一番。"举子一时间挣扎不脱，暗道：“等他说得没理时，算计打他一顿。”只见那妇人倚着太湖石，就在石上拍拍手道：“前日有一事，如此如此，这般这般，是我不是，是他不是？”道罢，便把一个食指向石上一划道：“这是一件了。”划了划，只见那石皮乱爆起来，已自抠去了一寸有余深。连连数了三件，划了三划，那太湖石上便似锥子凿成一个“川”字，斜看来又是“三”字，足足皆有寸余，就像镌刻的一般。那举子惊得浑身汗出，满面通红，连声道：“都是娘子的是。”把一片要与他分个皂白的雄心，好像一桶雪水当头一淋，气也不敢抖了。

妇人说罢，擎出一张匡床来与举子自睡，又替他喂好了马，却走进去与老婆子关了门，息了火睡了。举子一夜无眠，叹道：“天下有这等大力的人！早是不曾与他交手，不然性命休矣。”巴到天明，鞴了马，作谢了，再不说一句别的话，悄然去了。自后收拾了好些威风，再也不去惹闲事管，也只是怕逢着像他似的，吃了亏。

今日说一个恃本事说大话的，吃了好些惊恐，惹出一场话柄来。正是：

　　虎为百兽尊，百兽伏不动。

　　若逢狮子吼，虎又全没用。

话说国朝嘉靖年间，北直隶河间府交河县一人，姓刘名钦，叫做刘东山，在北京巡捕衙门里当一个缉捕军校的头。此人有一身好本事，弓马熟娴，发矢再无空落，人号他连珠箭。随你异常狠盗，逢着他便如瓮中捉鳖，手到拿来，因此也积趱得有些家事。年三十余，觉得心里不耐烦做此道路，告脱了，在本县去别寻生理。

一日，冬底残年，赶着驴马十余头到京师转卖，约卖得一百多两银子。交易完了，至顺城门（即宣武门）雇骡归家。在骡马主人店中，遇见一个邻舍张二郎入京来，同在店买饭吃。二郎问道："东山何往？"东山把前事说了一遍，道："而今在此雇骡，今日宿了，明日走路。"二郎道："近日路上好难行，良乡、郑州一带，盗贼出没，白日劫人。老兄带了偌多银子，没个做伴，独来独往，只怕着了道儿，须放仔细些！"东山听罢，不觉须眉开动，唇齿奋扬，把两只手捏了拳头，做一个开弓的手势，哈哈大笑道："二十年间，张弓追讨，矢无虚发，不曾撞个对手。今番收场买卖，定不到得折本。"店中满座听见他高声大喊，尽回头来看。也有问他姓名的，道："久仰，久仰。"二郎自觉有些失言，作别出店去了。

东山睡到五更头，爬起来，梳洗结束了，将银子紧缚裹肚内，扎在腰间，肩上挂一张弓，衣外挎一把刀，两膝下藏矢二十簇，拣一个高大的健骡，腾地骑上，一鞭前走。走了三四十里，来到良乡，只见后头有一人奔马赶来，遇着东山的骡，便按辔少驻。东山举目觑他，却是一个二十岁左右的美少年，且是打扮得好。但见：

> 黄衫毡笠，短剑长弓。箭房中新矢二十余枝，马额上红缨一大簇。裹腹闹装灿烂，是个白面郎君；恨人紧辔喷嘶，好匹高头骏骑！

东山正在顾盼之际，那少年遥叫道："我们一起走路则个。"就向东山拱手道："造次行途，愿问高姓大名。"东山答道："小可姓刘名钦，别号东山，人只叫我是刘东山。"少年道："久仰先辈大名，如雷贯耳，小人有幸相遇。今先辈欲何往？"东山道："小可要回本籍交河县去。"少年道："恰好，恰好。小人家住临淄，也是旧族子弟，幼年颇曾读书，只因性好弓马，把书本丢了。三年前带了些资本，往京贸易，颇得些利息。今欲归家婚娶，正好与先辈作伴同路行去，放胆壮些。直到河间府城，然后分路。有幸，有幸。"东山一路看他腰间沉重，语言温谨，相貌俊逸，身材小巧，谅道不是歹人。且路上有伴，不至寂寞，心上也欢喜，道："当得相陪。"是夜一同下了旅店，同一处饮食歇宿，如兄若弟，甚是相得。

　　明日，并辔出涿州。少年在马上问道：“久闻先辈最善捕贼，一生捕得多少？也曾撞着好汉否？”东山正要夸逞自家手段，这一问揉着痒处，且量他年小可欺，便侈口道：“小可生平，两只手一张弓，拿尽绿林中人，也不记其数，并无一个对手。这些鼠辈，何足道哉！而今中年心懒，故弃此道路。倘若前途撞着，便中拿个把儿你看手段！”少年但微微冷笑道：“原来如此。”就马上伸手过来。说道：“借肩上宝弓一看。”东山在骒上递将过来，少年左手把住，右手轻轻一拽就满，连放连拽，就如一条软绢带。东山大惊失色，也借少年的弓过来看看。那少年的弓，约有二十斤重，东山用尽平生之力，面红耳赤，不要说扯满，只求如初八夜头的月，再不能勾。东山惶恐无地，吐舌道：“使得好硬弓也！”便向少年道：“老弟神力，何至于此！非某所敢望也。”少年道：“小人之力，何足称神？先辈弓自太软耳。”东山赞叹再三，少年极意谦谨。晚上又同宿了。

　　至明日又同行。日西时过雄县，少年拍一拍马，那马腾云也似前面去了。东山望去，不见了少年，他是贼窠中弄老了的，见此行止，如何不慌？私自道：“天教我这番倒了架也！倘是个不良人，这样神力，如何敌得？势无生理。”心上正如十五个吊桶打水，七上八落的，没奈何，黯然行去。行得一二铺，遥望见少年在百步外，正弓挟矢，扯个满月，向东山道："久闻足下手中无敌，今日请先听箭风。"言未罢，飕的一声，东山左右耳根但闻肃肃如小鸟前后飞过，只不伤着东山。又将一箭引满，正对东山之面，大笑道："东山晓事人，腰间骡马钱快送我罢，休得动手。"东山料是敌他不过，先自慌了手脚，只得跳下鞍来，解了腰间所系银袋，双手捧着，膝行至少年马前，叩头道："银钱谨奉，好汉将去，只求饶命！"少年马上伸手提了银包，大喝道："要你性命做甚？快走！快走！你老子有事在此，不得同儿子前行了。"掇转马头，向北一道烟跑，但见一路黄尘滚滚，霎时不见踪影。

东山呆了半晌，捶胸跌足起来道："银钱失去也罢，叫我如何做人？一生好汉名头，到今日弄坏，真是张天师吃鬼迷了。可恨！可恨！"垂头丧气，有一步没一步的，空手归交河。到了家里，与妻子说知其事，大家懊恼一番。夫妻两个商量，收拾些本钱，在村郊开个酒铺，卖酒营生，再不去张弓挟矢了。又怕有人知道，坏了名头，也不敢向人说着这事，只索罢了。

过了三年，一日，正值寒冬天道，有词为证：

　　霜瓦鸳鸯，风帘翡翠，今年早是寒少。矮钉明

窗，侧开朱户，断莫乱教人到。重阴未解，云共雪商量不了。青帐垂毡要密，红幕放围宜小。（词寄《天香》前）

却说冬日间，东山夫妻正在店中卖酒，只见门前来了一伙骑马的客人，共是十一个。个个骑的是自鞴的高骏马，鞍辔鲜明；身上俱紧束短衣，腰带弓矢刀剑。次第下了马，走入肆中来，解了鞍舆。刘东山接着，替他赶马归槽。后生自去剉草煮豆，不在话下。内中只有一个未冠的人，年纪可有十五六岁，身长八尺，独不下马，对众道："弟十八自向对门住休。"众人都答应一声道："咱们在此少住，便来伏侍。"只见其人自走对门去了。

十人自来吃酒，主人安排些鸡、豚、牛、羊肉来做下酒。须臾之间，狼飧虎咽，算来吃勾有六七十斤的肉，倾尽了六七坛的酒。又教主人将酒肴送过对门楼上，与那未冠的人吃。众人吃完了店中东西，还叫未畅，遂开皮囊，取出鹿蹄、野雉、烧兔等物，笑道："这是我们的东道，可叫主人来同酌。"东山推逊一回，才来坐下。把眼去逐个瞧了一瞧，瞧到北面左手那一人，毡笠儿垂下，遮着脸不甚分明。猛见他抬起头来，东山仔细一看，吓得魂不附体，只叫得苦。你道那人是谁？

正是在雄县劫了骡马钱去的那一个同行少年。东山暗想道："这番却是死也！我些些生计，怎禁得他要起？况且前日一人尚不敌，今人多如此，想必个个一般英雄，如何是了？"心中忐忑的跳，真如小鹿儿撞，面向酒杯，不敢则一声。众人多起身与主人劝酒。坐定一会，见北面左手坐的那一个少年把头上毡笠一掀，呼主人道："东山别来无恙么？往昔承挈同行周旋，至今想念。"东山面如土色，不觉双膝跪下道："望好汉恕罪！"少年跳离席间，也跪下去，扶起来，挽了他手道："快莫要作此状！快莫要作此状！羞死人。昔年俺们众兄弟在顺城门店中，闻卿自夸手段天下无敌，众人不平，却教小弟在途间作此一番轻薄事，与卿作耍，取笑一回。然负卿之约，不到得河间。魂梦之间，还记得与卿并辔任丘道上。感卿好情，今当还卿十倍。"言毕，即向囊中取出千金，放在案上，向东山道："聊当别来一敬，快请收进。"东山如醉如梦，呆了一晌，怕又是取笑，一时不敢应承。那少年见他迟疑，拍手道："大丈夫岂有欺人的事？东山也是个好汉，直如此胆气虚怯！难道我们弟兄直到得真个取你的银子不成？快收了去。"刘东山见他说话说得慷慨，料不是假，方才如醉初醒，如梦方觉，不敢推辞，走进去与妻子说了，就叫他出来同收拾了进去。

安顿已了，两人商议道：“如此豪杰，如此恩德，不可轻慢。我们再须杀牲开酒，索性留他们过宿顽耍几日则个。”东山出来称谢，就把此意与少年说了。少年又与众人说了，大家道：“既是这位弟兄故人，有何不可？只是还要去请问十八兄一声。”便一齐走过对门，与未冠的那一个说话，东山也随了去看。这些人见了那个未冠的，甚是恭谨，那未冠的待众人甚是庄重。众人把主人要留他们过宿顽耍的话说了，那未冠的说道：“好，不妨。只是酒醉饭饱，不要贪睡，负了主人殷勤之心；少有动静，俺腰间两刀有血吃了。”众人齐声道：“弟兄们理会得。”东山一发莫测其意。

众人重到肆中，开怀再饮。又携酒到对门楼上，众人不敢陪，只是十八兄自饮。算来他一个吃的酒肉，比得店中五个人。十八兄吃阑，自探囊中取出一个纯银笊篱来，煽起炭火做煎饼自啖，连啖了百余个。收拾了，大踏步出门去，不知所向。直到天色将晚，方才回来，重到对门住下，竟不到刘东山家来。众人自在东山家吃耍，走去对门相见，十八兄也不甚与他们言笑，大是倨傲。

东山疑心不已，背地扯了那同行少年问他道：“你们这个十八兄，是何等人？"少年不答应，反去与众人说了，各各大笑起来。不说来历，但高声吟诗曰："杨柳桃花相间出，不知若个是春风？"吟毕，又大笑。住了三日，俱各作别了，结束上马。未冠的在前，其余众人在后，一拥而去。东山到底不明白，却是骤得了千来两银子，手头从容，又怕生出别事来，搬在城内，另做营运去了。后来见人说起此事，有识得的道："详他两句语意，是个'李'字；况且又称十八兄，想必未冠的那人，姓李，是个为头的了。看他对众的说话，他恐防有人暗算，故在对门两处住了，好相照察。亦且不与十人作伴同食，有个尊卑的意思。夜间独出，想又去做甚么勾当来，却也没处查他的确。"

那刘东山一生英雄，遇此一番，过后再不敢说一句武艺上头的话，弃弓折箭，只是守着本分营生度日，后来善终。可见人生一世，再不可自恃高强。那自恃的，只是不曾逢着狠主子哩。有诗单说这刘东山道：

生平得尽弓矢力，直到下场逢大敌。

人世休夸手段高，霸王也有悲歌日。

又有诗说这少年道：

英雄从古轻一掷，盗亦有道真堪述。

笑取千金偿百金，途中竟是好相识。

# 第四卷　程元玉店肆代偿钱
## 十一娘云岗纵谭侠

赞曰：

红线下世，毒哉仙仙。隐娘出没，跨黑白卫。香丸袅袅，游刃香烟。崔妾白练，夜半忽失。侠妪条裂，宅众神耳。贾妻断婴，离恨以豁。解洵娶妇，川陆毕具。三鬟携珠，塔户严扃。车中飞度，尺余一孔。

这一篇《赞》，都是序着从前剑侠女子的事。从来世间有这一家道术，不论男女，都有习他的。虽非真仙的派，却是专一除恶扶善；功行透了的，也就借此成仙。所以好事的，类集他做《剑侠传》；又有专把女子类成一书，做《侠女传》。前面这《赞》上说的，多是女子。

那红线就是潞州薛嵩节度家小青衣，因为魏博节度田承嗣养三千外宅儿男，要吞并潞州，薛嵩日夜忧闷。红线闻知，弄出剑术手段，飞身到魏博，夜漏三时，往返七百里，取了他床头金盒归来。明日，魏博搜捕金盒，一军忧疑，这里却教了使人送还他去。田承嗣一见惊慌，知是剑侠，恐怕取他首级，把邪谋都息了。后来，红线说出前世是个男子，因误用医药杀人，故此罚为女子，今已功成，修仙去了。这是红线的出处。

那隐娘姓聂，魏博大将聂锋之女。幼年撞上乞食老尼，摄去教成异术。后来嫁了丈夫，各跨一蹇驴，一黑一白。蹇驴是卫地所产，故又叫做"卫"。用时骑着，不用时就不见了，元来是纸做的。他先前在魏帅左右，魏帅与许帅刘昌裔不和，要隐娘去取他首级。不想那刘节度善算，算定隐娘夫妻该入境，先叫卫将早至城北候他，约道："但是一男一女，骑黑白二驴的便是，可就传我命拜迎。"隐娘到许，遇见如此，服刘公神明，便弃魏归许。魏帅知道了，先遣精精儿来杀他，反被隐娘杀了。又使妙手空空儿来。隐娘化为蠛蠓，飞入刘节度口中，教刘节度将于阗国美玉围在颈上。那空空儿三更来到，将匕首项下一划，被玉遮了，其声铿然，划不能透。空空儿羞道不中，一去千里，再不来了。刘节度与隐娘俱得免难。这是隐娘的出处。

那香丸女子同一侍儿住观音里，一书生闲步，见他美貌心动。旁有恶少年数人，就说他许多淫邪不美之行，书生贱之。及归家与妻言及，却与妻家有亲，是个极高洁古怪的女子，亲戚都是敬畏他的。书生不平，要替他寻恶少年出气，未行，只见女子叫侍儿来谢道："郎君如此好心，虽然未行，主母感恩不尽。"就邀书生过去，治酒请他独酌。饮到半中间，侍儿负一皮袋来，对书生道："是主母相赠的。"开来一看，乃是三四个人头，颜色未变，都是书生平日受他侮害的仇人。书生吃了一惊，怕有累及，急要逃去。侍儿道："莫怕，莫怕！"怀中取出一包白色有光的药来，用小指甲挑些些弹在头断处，只见头渐缩小，变成李子大。侍儿一个个撮在口中吃了，吐出核来，也是李子。侍儿吃罢，又对书生道："主母也要郎君替他报仇，杀这些恶少年。"书生谢道："我如何干得这等事？"侍儿进一香丸道："不劳郎君动手，但扫净书房，焚此香于炉中，看香烟那里去，就跟了去，必然成事。"又将先前皮袋与他道："有人头尽纳在此中，仍旧随烟归来，不要惧怕。"书生依言做去，只见香烟袅袅，行处有光，墙壁不碍。每到一处，遇一恶少年，烟绕颈三匝，头已自落，其家不知不觉，书生便将头入皮袋中。如此数处，烟袅袅归来，书生已随了来。到家尚未三鼓，恰如做梦一般。事完，香丸飞去。侍儿已来，取头弹药，照前吃了，对书生道："主母传语郎君：这是畏关。此关一过，打点共做神仙便了。"后来不知所往。这女子、书生都不知姓名，只传得有《香丸志》。

那崔妾是：唐贞元年间，博陵崔慎思应进士举，京中赁房居住。房主是个没丈夫的妇人，年止三十余，有容色。慎思遣媒道意，要纳为妻。妇人不肯，道："我非宦家之女，门楣不对，他日必有悔，只可做妾。"遂随了慎思。二年，生了一子。问他姓氏，只不肯说。一日，崔慎思与他同上了床，睡至半夜，忽然不见。崔生疑心有甚奸情事了，不胜忿怒，遂走出堂前。走来走去，正自傍徨，忽见妇人在屋上走下来，白练缠身，右手持匕首，左手提一个人头，对崔生道："我父昔年被郡守枉杀，求报数年未得，今事已成，不可久留。"遂把宅子赠了崔生，逾墙而去。崔生惊惶。少顷又来，道是再哺孩子些乳去。须臾出来，道："从此永别。"竟自去了。崔生回房看看，儿子已被杀死，他要免心中记挂，故如此。所以说"崔妾白练"的话。

那侠妪的事，乃元雍妾修容自言。小时里中盗起，有一老妪来对他母亲说道："你家从来多阴德，虽有盗乱，不必惊怕，吾当藏过你等。"袖中取出黑绫二尺，裂作条子，教每人臂上系着一条，道："但随我来！"修容母子随至一道院，老妪指一个神像道："汝等可躲在他耳中。"叫修容母子闭了眼，背了他进去。小小神像，他母子住在耳中，却像一间房子，毫不窄隘。老妪朝夜来看，饮食都是他送来。这神像耳孔，只有指头大小，但是饮食到来，耳孔便大起来。后来盗平，仍如前负了归家。修容要拜为师，誓修苦行，报他恩德。老妪说："仙骨尚微。"不肯收他，后来不知那里去了。所以说"侠妪神耳"的说话。

那贾人妻的，与崔慎思妾差不多，但彼是余干县尉王立，调选流落，遇着美妇，道是元系贾人妻子，夫亡十年，颇有家私，留王立为婿，生了一子。后来，也是一日提了一人头回来，道："有仇已报，立刻离京。"去了复来，说是："再乳婴儿，以豁离恨。"抚毕便去。回灯褰帐，小儿身首已在两处。所以说"贾妻断婴"的话，却是崔妾也曾做过的。

那解洵是宋时武职官，靖康之乱，陷在北地，孤苦零落。亲戚怜他，替他另娶一妇为妻。那妇人妆奁丰厚，洵得以存活。偶逢重阳日，想起旧妻坠泪。妇人问知欲归本朝，便替他备办水陆之费。毕具，与他同行，一路水宿山行，防闲营护，皆得其力。到家，其兄解潜军功累积，已为大帅，相见甚喜，赠以四婢。解洵宠爱了，与妇人渐疏。妇人一日酒间责洵道："汝不记昔年乞食魏时事乎？非我，已为饿殍。今一旦得志，便尔忘恩，非大丈夫所为。"洵已有酒意，听罢大怒，奋起拳头，连连打去。妇人忍着冷笑。洵又唾骂不止。妇人忽然站起，灯烛皆暗，冷气袭人，四妾惊惶仆地。少顷，灯烛复明，四妾才敢起来。看时，洵已被杀在地上，连头都没了，妇人及房中所有，一些不见踪影。解潜闻知，差壮勇三千人各处追捕，并无下落。这叫做"解洵娶妇"。

那三鬟女子，因为潘将军失却玉念珠，无处访寻，却是他与朋侪作戏，取来挂在慈恩寺塔院相轮上面。后潘家悬重赏，其舅王超问起，他许取还。时寺门方开，塔户尚锁，只见他势如飞鸟，已在相轮上，举手示超。取了念珠下来，王超自去讨赏。明日女子已不见了。那车中女子又是怎说？因吴郡有一举子入京应举，有两少年引他到家，坐定，只见门迎一车进内，车中走出一女子，请举子试技。那举子只会着靴在壁上行得数步。女子叫坐中少年，各呈妙技：有的在壁上行，有的手撮橡子行，轻捷却像飞鸟。举子惊服，辞去。数日后，复见前两少年来借马，举子只得与他。明日，内苑失物，唯收得驮物的马，追问马主，捉举子到内侍省勘问。驱入小门，吏自后一推，倒落深坑数丈。仰望屋顶七八丈，唯见一孔，才开一尺有多。举子苦楚间，忽见一物如鸟，飞下到身边，看时却是前日女子，把绢重系举子肒膊讫，绢头系女子身上，女子腾身飞出宫城。去门数十里乃下，对举子云："君且归，不可在此！"举人乞食寄宿，得达吴地。这两个女子，便都有些盗贼意思，不比前边几个报仇雪耻，救难解危，方是修仙正路。然要晓世上有此一种人，所以历历可纪，不是脱空的说话。

而今再说一个有侠术的女子，救着一个落难之人，说出许多剑侠的议论，从古未经人道的，真是精绝。有诗为证：

念珠取却犹为戏，若似车中便累人。

试听韦娘一席话，须知正直乃为真。

话说徽州府有一商人，姓程名德瑜，表字元玉，禀性简默端重，不妄言笑，忠厚老成。专一走川、陕做客贩货，大得利息。一日，收了货钱，待要归家，与带去仆人收拾停当，行囊丰满，自不必说。自骑一匹马，仆人骑了牲口，起身行路。来过文阶道中，与一伙做客的人同落一个饭店，买酒饭吃。正吃之间，只见一个妇人骑了驴儿，也在店前下了，走将进来。程元玉抬头看时，却是三十米岁的模样，面颜也尽标致，只是装束气质，带些武气，却是雄纠纠的。饭店中的客人，个个颠头耸脑，看他说他，胡猜乱语，只有程元玉端坐不瞧。那妇人都看在眼里，吃罢了饭，忽然举起两袖，抖一抖道："适才忘带了钱来，今饭多吃过了主人的，却是怎好？"那店中先前看他这些人，都笑将起来，有的道："元来是个骗饭吃的。"有的道："敢是真的忘了？"有的道："看他模样，也是个江湖上人，不像个本分的，骗饭的事也有。"那店家后生见说没钱，一把扯住不放。店主又发作道："青天白日，难道有得你吃了饭不还钱不成！"妇人只说："不带得来，下次补还。"店主道："谁认得你！"正难分解，只见程元玉便走上前来，说道："看此娘子光景，岂是要少这数文钱的？必是真失带了出来，如何这等逼他？"就把手腰间去摸出一串钱来道："该多少，都是我还了就是。"店家才放了手，算一算帐，取了钱去。那妇人走到程元玉跟前，再拜道："公是个长者，愿闻高姓大名，好加倍奉还。"程元玉道："些些小事，何足挂齿！还也不消还得，姓名也不消问得。"

那妇人道："休如此说。公去前面，当有小小惊恐，妾将在此处出些力气报公，所以必要问姓名，万勿隐讳。若要晓得妾的姓名，但记着韦十一娘便是。"程元玉见他说话有些尴尬，不解其故，只得把姓名说了。妇人道："妾在城西去探一个亲眷，少刻就到东来。"跨上驴儿，加上一鞭，飞也似去了。

程元玉同仆人出了店门，骑了牲口，一头走，一头疑心，细思适间之话，好不蹊跷。随又忖道："妇人之言，何足凭准！况且他一顿饭钱，尚不能预备，就有惊恐，他如何出力相报得？"以口问心，行了几里。只见途间一人，头带毡笠，身背皮袋，满身灰尘，是个惯走长路的模样，或在前，或在后，参差不一，时常撞见。程元玉在马上问他道："前面到何处可以宿歇？"那人道："此去六十里，有杨松镇，是个安歇客商的所在。近处却无宿头。"程元玉也晓得有个杨松镇，就问道："今日晏了些，还可到得那里么？"那人抬头把日影看了一看道："我到得，你到不得。"程元玉道："又来好笑了。我每是骑马的，反到不得；你是步行的，反说到得，是怎的说？"那人笑道："此间有一条小路，斜抄去二十里，直到河水湾，再二十里，就是镇上。若你等在官路上走，迂迂曲曲，差了二十多里，故此到不及。"程元玉道："果有小路快便，相烦指示同行，到了镇上买酒相谢。"那人欣然前行，道："这等，都跟我来。"

那程元玉只贪路近，又见这厮是个长路人，信着不疑，把适间妇人所言惊恐都忘了，与仆人策马，跟了那人前进。那一条路来，初时平坦好走，走得一里多路，地上渐渐多是山根顽石，驴马走甚不便。再行过去，有陡峻高山遮在前面，绕山走去，多是深密林子，仰不见天。程元玉主仆俱慌，埋怨那人道："如何走此等路？"那人笑道："前边就平了。"程元玉不得已，又随他走。再度过一个冈子，一发比前崎岖了。程元玉心知中计，叫声："不好！不好！"急掣转马头回走。忽然那人唿哨一声，山前涌出一干人来：

> 狰狞相貌，劣撅身躯。无非月黑杀人，不过风高放火。盗亦有道，大曾偷习儒者虚声；师出无名，也会剽窃将家实用。人间偶而呼为盗，世上于今半是君。

程元玉见不是头，自道必不可脱，慌慌忙忙下了马，躬身作揖道："所有财物，但凭太保取去；只是鞍马衣装，须留下做归途盘费则个。"那一伙强盗听了说活，果然只取包裹来，搜了银两去了。程元玉急回身寻时，那马散了缰，也不知那里去了；仆人躲避，一发不知去

向。凄凄惶惶，剩得一身，拣个高冈立着，四周一望，不要说不见强盗出没去处，并那仆马消息，杳然无踪。四无人烟，且是天色看看黑将下来，没个道理，叹一声道："我命休矣！"

正急得没出豁，只听得林间树叶窣窣价声响。程元玉回头看时，却是一个人扳藤附葛而来，甚是轻便。走到面前，是个女子。程元玉见了个人，心下已放下了好些惊恐，正要开口问他，那女子忽然走到程元玉面前来，稽首道："儿乃韦十一娘弟子青霞是也。吾师知公有惊恐，特教我在此等候。吾师只在前面，公可往会。"程元玉听得说是韦十一娘，又与惊恐之说相合，心下就有些望他救答意思，略放胆大些了，随着青霞前往。行不到半里，那饭店里遇着的妇人来了，迎着道："公如此大惊，不早来相接，甚是有罪！公货物已取来，仆马也在，不必忧疑。"程元玉是惊坏了的，一时答应不出。十一娘道："公今夜不可前去，小庵不远，且到庵中一饭，就在此寄宿罢了；前途也去不得。"程元玉不敢违，随了去。

过了两个冈子，前见一山陡绝，四周并无联属，高峰插于云外，韦十一娘以手指道："此是云冈，小庵在其上。"引了程元玉，攀萝附木，一路走上。到了陡绝处，韦与青霞共来扶掖，数步一歇。程元玉气喘当不得，他两个就如平地一般。程元玉抬头看高处，恰似在云雾里；及到得高处，云雾又在下面了。约有十数里，方得石磴。磴有百来级，级尽方是平地，有茅堂一所，甚是清雅。请程元玉坐了，十一娘又另唤一女童出来，叫做缥云，整备茶果、山簌、松醪，请元玉吃。又叫整饭，意甚殷勤。程元玉方才性定，欠身道："程某自不小心，落了小人圈套，若非夫人相救，那讨性命？只是夫人有何法术制得他，讨得程某货物转来？"十一娘道："吾是剑侠，非凡人也。适间在饭店中，见公修雅，不像他人轻薄，故此相敬。及看公面上气色有滞，当有忧虞，故意假说乏钱还店，以试公心。见公颇有义气，所以留心，在此相候，以报公德。适间鼠辈无礼，已曾晓谕他过了。"

程元玉见说，不觉欢喜敬羡。他从小颇看史鉴，晓得有此一种法术，便问道："闻得剑术起自唐时，到宋时绝了。故自元朝到国朝，竟不闻有此事。夫人在何处学来的？"十一娘道："此术非起于唐，亦不绝于宋。自黄帝受兵符于九天玄女，便有此术。其臣风后习之，所以破得蚩尤。帝以此术神奇，恐人妄用，且上帝立戒甚严，不敢宣扬，但拣一二诚笃之人，口传心授。故此术不曾绝传，也不曾广传。后来张良募来击秦皇，梁王遣来刺袁盎，公孙述使来杀来、岑，李师道用来杀武元衡，皆此术也。此术既不易轻得，唐之藩镇羡慕仿效，极力延致奇踪异迹之人，一时罔利之辈，不顾好歹，皆来为其所用，所以独称唐时有此。不知彼辈诸人，实犯上帝大戒，后来皆得惨祸。所以彼时先师，复申前戒，大略：不得妄传人，妄杀人；不得替恶人出力害善人；不得杀人而居其名。此数戒最大。故赵元昊所遣刺客不敢杀韩魏公，苗傅、刘天彦所遣刺客不敢杀张德元，也是怕犯前戒耳。"程元玉道："史称黄帝与蚩尤战，不说有术；张良所募力士，亦不说术；梁王、公孙述、李师道所遣，皆说是盗，如何是术？"十一娘道："公言差矣！此正吾道所谓不居其名也。蚩尤生有异像，且挟奇术，岂是战阵可以胜得？秦始皇万乘之主，仆从仪卫，何等威焰？且秦法甚严，谁敢击他？也没有击了他，可以脱身的。至如袁盎官居近侍，来、岑身为大帅，武相位在台衡，或取之万众之中，直戕之辇毂之下，非有神术，怎做得成？且武元衡之死，并其颅骨也取了去，那时慌忙中，谁人能有此闲工夫？史传元自明白，公不曾详玩其旨耳。"

程元玉道："史书上果是如此。假如太史公所传刺客，想正是此术？至荆轲刺秦王，说他剑术生疏，前边这几个刺客，多是有术的了？"十一娘道："史迁非也。秦诚无道，亦是天命真主，纵有剑术，岂可轻施？至于专诸、聂政诸人，不过义气所使，是个有血性好汉，原非有术。若这等都叫做剑术，世间拚死杀人，自身不保的，尽是术了！"程元玉道："昆仑摩勒如何？"十一娘道："这是粗浅的了，聂隐娘、红线方是至妙的。摩勒用形，但能涉历险阻，试他矫健手段。隐娘辈用神，其机玄妙，鬼神莫窥，针孔可度，皮郛可藏，倏忽千里，往来无迹，岂得无术？"程元玉道："吾看《虬髯客传》，说他把仇人之首来吃了，剑术也可以报得私仇的？"十一娘道："不然。虬髯这事寓言，非真也。就是报仇，也论曲直；若曲在我，也是不敢用术报得的。"程元玉道："假如术家所谓仇，必是何等为最？"十一娘道："仇有几等，皆非私仇。世间有做守令官，虐使小民，贪其贿，又害其命的；世间有做上司官，张大威权，专好谄奉，反害正直的；世间有做将帅，只剥军饷，不勤武事，败坏封疆的；世间有做宰相，树置心腹，专害异己，使贤奸倒置的；世间有做试官，私通关节，贿赂徇私，黑白混淆，使不才侥幸，才士屈抑的：此皆吾术所必诛者也！至若舞文的滑吏，武断的土豪，自有刑宰主

之；忤逆之子，负心之徒，自有雷部司之，不关我事。"程元玉曰："以前所言几等人，曾不闻有显受刺客剑仙杀戮的。"十一娘笑道："岂可使人晓得的？凡此之辈，杀之之道非一。重者或径取其首领及其妻子，不必说了；次者或入其咽，断其喉，或伤其心腹，其家但知为暴死，不知其故；又或用术摄其魂，使他颠蹶狂谬，失志而死；或用术迷其家，使他丑秽迭出，愤郁而死。其有时未到的，但假托神异梦寐，使他惊惧而已。"

程元玉道："剑可得试令吾一看否？"十一娘道："大者不可妄用，且怕惊坏了你。小者不妨试试。"乃呼青霞、缥云二女童至，吩咐道："程公欲观剑，可试为之，就此悬崖旋制便了。"二女童应诺。十一娘袖中摸出两个丸子，向空一掷，其高数丈，才坠下来，二女童即跃登树枝梢上，以手接着，毫发不差。各接一丸来一拂，便是雪亮的利刃。程元玉看那树枝，樛曲倒悬，下临绝壑，窅不可测。试一俯瞰，神魂飞荡，毛发森竖，满身生起寒栗子来。十一娘言笑自如，二女童运剑，为彼此击刺之状。初时犹自可辨，到得后来，只如两条白练，半空飞绕，并不看见有人。有顿饭时候，然后下来，气不喘，色不变。程元玉叹道："真神人也！"

时已夜深，乃就竹榻上施衾褥，命程在此宿卧，仍加以鹿裘覆之。十一娘与二女童作礼而退，自到石室中去宿了。时方八月天气，程元玉拥裘伏衾，还觉寒冷，盖缘居处高了。

天未明，十一娘已起身，梳洗毕。程元玉也梳洗了，出来与他相见了，谢他不尽。十一娘道："山居简慢，恕罪则个。"又供了早膳。复叫青霞操弓矢下山寻野味作昼馔。青霞去了一会，无一件将来，回说："天气早，没有。"再叫缥云去。坐谭未久，缥云提了一雉一兔上山来。十一娘大喜，叫青霞快整治供客。程元玉疑问道："雉兔山中岂少？何乃难得如此？"十一娘道："山中元不少，只是潜藏难求。"程元玉笑道："夫人神术，何求不得，乃难此雉兔？"十一娘道："公言差矣！吾术岂可用来伤物命以充口腹乎？不唯神理不容，也如此小用不得。雉兔之类，原要挟弓矢，尽人力取之方可。"程元玉深加叹服。

须臾，酒至数行。程元玉请道："夫人家世，愿得一闻。"十一娘踧踖沉吟道："事多可愧。然公是忠厚人，言之亦不妨。妾本长安人，父母贫，携妾寄寓平凉，手艺营生。父亡，独与母居。又二年，将妾嫁同里郑氏子，母又转嫁了人去。郑子佻达无度，喜侠游，妾屡屡谏他，遂至反目。因弃了妾，同他一伙无籍人到边上立

功去，竟无音耗回来了。伯子不良，把言语调戏我，我正色拒之。一日，潜走到我床上来，我提床头剑刺之，着了伤走了。我因思我是一个妇人，既与夫不相得，弃在此间，又与伯同居不便，且今伤了他，住在此不得了。曾有个赵道姑自幼爱我，他有神术，道我可传得，因是父母在，不敢自由，而今只索投他去。次日往见道姑，道姑欣然接纳。又道：'此地不可居。吾山中有庵，可往住之。'就挈我登一峰颠，较此处还险峻，有一团瓢在上，就住其中，教我法术。至暮，径下山去，只留我独宿，戒我道：'切勿饮酒及淫色。'我想道：'深山之中，那得有此两事？'口虽答应，心中不然，遂宿在团瓢中床上。至更余，有一男子逾墙而入，貌绝美。我遽惊起，问他不答，叱他不退。其人直前将拥抱我，我不肯从，其人求益坚。我抽剑欲击他，他也出剑相刺。他剑甚精利，我方初学，自知不及，只得丢了剑，哀求他道：'妾命薄，久已灰心，何忍乱我？且师有明戒，誓不敢犯。'其人不听，以剑加我颈，逼要从他。我引颈受之，曰：'要死便死，吾志不可夺！'其人收剑，笑道：'可知子心不变矣！'仔细一看，不是男子，原来就是赵道姑，作此试我的。因此道我心坚，尽把术来传了。我术已成，彼自远游，我便居此山中了。"程元玉听罢，愈加钦重。

日已将午，辞了十一娘要行。因问起昨日行装仆马，十一娘道："前途自有人送还，放心前去。"出药一囊送他，道："每岁服一丸，可保一年无病。"送程下山，直至大路方别。才别去，行不数步，昨日群盗将行李仆马已在路旁等候奉还。程元玉将银钱分一半与他，死不敢受；减至一金做酒钱，也必不受。问是何故，群盗道："韦家娘子有命，虽千里之外，不敢有违；违了他的，他就知道。我等性命要紧，不敢换货用。"程元玉再三叹息，仍旧装束好了，主仆取路前进。此后不闻十一娘音耗，已是十余年。

一日，程元玉复到四川。正在栈道中行，有一少年妇人，从了一个秀士行走，只管把眼来瞧他。程元玉仔细看来，也像个素相识的，却是再想不起，不知在那里会过。只见那妇人忽然叫道："程丈别来无恙乎？还记得青霞否？"程元玉方悟是韦十一娘的女童，乃与青霞及秀士相见。青霞对秀士道："此丈便是吾师所重程丈，我也多曾与你说过的。"秀士再与程叙过礼。程问青霞道："尊师今在何处？此位又是何人？"青霞道："吾师如旧。吾丈别后数年，妾奉师命嫁此士人。"程问道："还有一位缥云何在？"青霞道："缥云也嫁了人。吾师又另有两个弟子了。我与缥云，但逢着时节，才去问省一番。"
程又问道："娘子今将何往？"青霞道："有些公事在此要
做，不得停留。"说罢作别。看他意态甚是匆匆，一竟
去了。

过了数日，忽传蜀中某官暴卒。某官性诡谲好名，
专一暗地坑人夺人。那年进场做房考，又暗通关节，卖
了举人，屈了真才，有像十一娘所说必诛之数。程元玉
心疑道："分明是青霞所说做的公事了。"却不敢说破，
此后再也无从相闻。此是吾朝成化年间事。秣陵胡太史
汝嘉，有《韦十一娘传》。诗云：

> 侠客从来久，韦娘论独奇。
>
> 双九虽有术，一剑本无私。
>
> 贤佞能精别，恩仇不浪施。
>
> 何当时假腕，铲尽负心儿！

# 第五卷

# 乌将军一饭必酬
# 陈大郎三人重会

诗曰：

> 每讶衣冠多盗贼，谁知盗贼有英豪？
>
> 试观当日及时雨，千古流传义气高。

话说世人最怕的是个"强盗"二字，做个骂人恶语。不知这也只见得一边。若论起来，天下那一处没有强盗：假如有一等做官的，误国欺君，侵剥百姓，虽然官高禄厚，难道不是大盗？有一等做公子的，倚靠着父兄势力，张牙舞爪，诈害乡民，受投献，窝赃私，无所不为，百姓不敢声冤，官司不敢盘问，难道不是大盗？有一等做举人秀才的，呼朋引类，把持官府，起灭词讼，每有将良善人家拆得烟飞星散的，难道不是大盗？只论衣冠中，尚且如此，何况做经纪客商、做公门人役？三百六十行中人尽有狼心狗行，狠似强盗之人在内，自不必说。所以当时李涉博士遇着强盗，有诗云：

> 暮雨萧萧江上村，绿林豪客夜知闻。
>
> 相逢何用藏名姓？世上于今半是君。

这都是叹笑世人的话。世上如此之人，就是至亲切友，尚且反面无情，何况一饭之恩，一面之识？倒不如《水浒》上说的人，每每自称好汉英雄，偏要在绿林中挣气，做出世人难到的事出来。盖为这绿林中也有一贫无奈，借此栖身的；也有为义气上杀了人，借此躲难的；也有朝廷不用，沦落江湖，因而结聚的。虽然只是歹人多，其间仗义疏财的，到也尽有。当年赵礼让肥，反得粟米之赠；张齐贤遇盗，更多金帛之遗；都是古人实事。

且说近来苏州有个王生，是个百姓人家。父亲王三郎，商贾营生，母亲李氏，又有个婶母杨氏却是孤孀无子的，几口儿一同居住。王生自幼聪明乖觉，婶母甚是爱惜他。不想年纪七八岁时，父母两口相继而亡。多亏这杨氏殡葬完备，就把王生养为己子，渐渐长成起来，转眼间又是十八岁了，商贾事体，是件伶俐。

一日，杨氏对他说道："你如今年纪长大，岂可坐吃山空？我身边有的家资，并你父亲剩下的，尽勾营运。

待我凑成千来两，你到江湖上做些买卖，也是正经。”王生欣然道：“这个正是我们本等。”杨氏就收拾起千金东西，交付与他。

王生与一班为商的计议定了，说南京好做生意，先将几百两银子置些苏州货物，拣了日子，雇下一只长路的航船，行李包裹多收拾停当，别了杨氏起身，到船烧了神福利市，就便开船。一路无话。

不则一日，早到京口，趁着东风过江。到了黄天荡内，忽然起一阵怪风，满江白浪掀天，不知把船打到一个甚么去处。天已昏黑了，船上人抬头一望，只见四下里多是芦苇，前后并无第二只客船。王生和那同船一班的人正在慌张，忽然芦苇里一声锣响，划出三四只小船来，每船上各有七八个人，一拥的跳过船来。王生等喘做一块，叩头讨饶，那伙人也不来和你说话，也不来害你性命，只把船中所有金银货物，尽数卷掳过船，叫声："聒噪。"双桨齐发，飞也似划将去了。满船人惊到魂飞魄散，目睁口呆。王生不觉的大哭起来，道："我直如此命薄！"就与同行的商量道："如今盘缠行李俱无，到南京何干？不如各自回家，再作计较。"唧唧哝哝了一会，天色渐渐明了。那时已自风平浪静，拨转船头望镇江进发。到了镇江，王生上岸，往一个亲眷人家借得几钱银子做盘费，到了家中。

杨氏见他不久就回，又且衣衫零乱，面貌忧愁，已自猜个八九分。只见他走到面前，唱得个喏，便哭倒在地。杨氏问他仔细，他把上项事说了一遍。杨氏安慰他道："儿呀，这也是你的命。又不是你不老成花费了，何须如此烦恼？且安心在家两日，再凑些本钱出去，务要趁出前番的来便是。"王生道："已后只在近处做些买卖罢，不担这样干系远处去了。"杨氏道："男子汉千里经商，怎说这话！"

住在家一月有余，又与人商量道："扬州布好卖。松江置买了布到扬州就带些银子籴了米回来，甚是有利。"杨氏又凑了几百两银子与他。到松江买了百来筒布，独自写了一只满风梢的船，身边又带了几百两籴米豆的银子，合了一个伙计，择日起行。

到了常州，只见前边来的船，只只气叹口渴道："挤坏了！挤坏了！"忙问缘故。说道："无数粮船，阻塞住丹阳路。自青年铺直到灵口，水泄不通。买卖船莫想得进。"王生道："怎么好？"船家道："难道我们上前去看他挤不成？打从孟河走他娘罢。"王生道："孟河路怕恍惚。"船家道："挤得只是日里行，何碍？不然守得路通，知在何日？"因遂依了船家，走孟河路。果然是天青日白时节，出了孟河。方欢喜道："好了，好了。若在内河里，几时能挣得出来？"正在快活间，只见船后头水响，一只三橹八桨船，飞也似赶来。看看至近，一挠钩搭住，十来个强人手执快刀、铁尺、金刚圈，跳将过来。元来孟河过东去就是大海，日里也有强盗的，惟有空船走得。今见是买卖船，又悔气恰好撞着了，怎肯饶过？尽情搬了去。怪船家手里还捏着橹，一铁尺打去，船家抛橹不及。王生慌忙之中把眼瞅去，认得就是前日黄天荡里一班人。王生口里喊道："大王！前日受过你一番了，今日如何又在此相遇？我前世直如此少你的？"那强人内中一个长大的说道："果然如此，还他些做盘缠。"就把一个小小包裹撩将过来，掉开了船，一道烟反望前边江里去了。

王生只叫得苦，拾起包裹，打开看时，还有十来两零碎银子在内。噙着眼泪冷笑道："且喜这番不要借盘缠，侥幸！侥幸！"就对船家说道："谁叫你走此路，弄得我如此？回去了罢。"船家道："世情变了，白日打劫的，谁人晓得？"只得转回旧路，到了家中，杨氏见来得快，又一心惊。王生泪汪汪地走到面前，哭诉其故。难得杨氏是个大贤之人，又眼里识人，自道侄儿必有发迹之日，并无半点埋怨，只是安慰他，教他守命，再做道理。

　　过得几时，杨氏又凑起银子，催他出去，道："两番遇盗，多是命里所招。命该失财，便是坐在家中，也有上门打劫的。不可因此两番，堕了家传行业！"王生只是害怕。杨氏道："侄儿疑心，寻一个起课的问个吉凶，讨个前路便是。"果然寻了一个先生到家，接连占卜了几处做生意，都是下卦，惟有南京是个上上卦。又道："不消到得南京，但往南京一路上去，自然财爻旺相。"杨氏道："我的儿，'大胆天下去得，小心寸步难行。'苏州到南京不上六七站路，许多客人往往来来，当初你父亲、你叔叔都是走熟的路。你也是悔气，偶然撞这两遭盗，难道他们专守着你一个，遭遭打劫不成？占卜既好，只索放心前去。"王生依言，仍旧打点动身。也是他前数注定，合当如此。正是：

　　　　篾底东西命里财，皆由鬼使共神差。

　　　　强徒不是无因至，巧弄他们送福来。

　　王生行了两日，又到扬子江中。此日一帆顺风，真个两岸万山如走马，直抵龙江关口。然后天晚，上岸不及了，打点湾船。他每是惊弹的鸟，傍着一只巡哨号船边拴好了船，自道万分无事，安心歇宿。到得三更，只听一声锣响，火把齐明，睡梦里惊醒。急睁眼时，又是一伙强人，跳将过来，照前搬个罄尽。看自己船时，不在原泊处所，已移在大江阔处来了。火中仔细看他们抢掳，认得就是前两番之人。王生硬着胆，扯住前日还他包裹这个长大的强盗，跪下道："大王，小人只求一死！"大王道："我等誓不伤人性命，你去罢了，如何反来歪缠？"王生哭道："大王不知，小人幼无父母，全亏得婶娘重托，出来为商。刚出来得三次，恰是前世欠下大王的，三次都撞着大王夺了去，叫我何面目见婶娘？也那里得许多银子还他？就是大王不杀我时，也要跳到江中死了，决难回去再见恩婶之面了。"说得伤心，大哭不住。那大王是个有义气的，觉得可怜他，便道："我也不杀你，银子也还你不成？我有道理。我昨晚劫得一只客船，不想都是打捆的苎麻，且是不少。我要他没用，我取了你银子，把这些与你做本钱去，也勾相当了。"王生出于望外，称谢不尽。那伙人便把苎麻乱抛过船来，王生船家慌忙并叠，不及细看，约莫有二三百捆之数。强盗抛完了苎麻，已自胡哨一声，转船去了。船家认着江中小港门，依旧把船移进宿了。

候天大明，王生道："这也是有人心的强盗，料道这些苎麻也有差不多千金了。他也是劫了去不好发脱，故此与我。我如今就是这样发行去卖，有人认出，反为不美，不如且载回家，打过了捆，改了样式，再去别处货卖么。"仍旧把船开江。下水船快，不多时，到了京口闸，一路到家。

见过婶婶，又把上项事一一说了。杨氏道："虽没了银子，换了偌多苎麻来，也不为大亏。"便打开一捆来看。只见一层一层解到里边，捆心中一块硬的，缠束甚紧，细细解开，乃是几层绵纸，包着成锭的白金。随开第二捆，捆捆皆同，一船苎麻，共有五千两有余。乃是久惯大客商，江行防盗，假意货苎麻，暗藏在捆内，瞒人眼目的。谁知被强盗不问好歹劫来，今日却富了王生。那里杨氏与王生叫声："惭愧！"虽然受两三番惊恐，却平白地得此横财，比本钱加倍了，不胜之喜。自此以后，出去营运，遭遭顺利，不上数年，遂成大富之家。这个虽然是王生之福，却是难得这大王一点慈心，可见强盗中未尝没有好人。

如今再说一个，也是苏州人，只因无心之中，结得一个好汉，后来以此起家，又得夫妻重会。有诗为证：

说时侠气凌霄汉，听罢奇文冠古今。

若得世人皆仗义，贪泉自可表清心。

却说景泰年间，苏州府吴江县有个商民，复姓欧阳，妈妈是本府崇明县曾氏，生下一女一儿。儿年十六岁，未婚；那女儿二十岁了，虽是小户人家，到也生得有些姿色，就赘本村陈大郎为婿。家道不富不贫，在门前开小小的一爿杂货店铺，往来交易，陈大郎和小舅两人管理。他们翁婿夫妻郎舅之间，你敬我爱，做生意过日。忽遇寒冬天道，陈大郎往苏州置些货物。在街上行走，只见纷纷洋洋，下着国家祥瑞。古人有诗说得好，道是：

> 尽道丰年瑞，丰年瑞若何？
>
> 长安有贫者，宜瑞不宜多！

那陈大郎冒雪而行，正要寻一个酒店沽酒暖寒，忽见远远地一个人走将来，你道是怎生模样？但见：

> 身上紧穿着一领青服，腰间暗悬着一把钢刀。形状带些威雄，面孔更无细肉。两颊无非"不亦悦"，遍身都是"德偘如"。

那个人生得身长七尺，膀阔三停，大大一个面庞，大半被长须遮了。可煞作怪，没有须的所在，又多有毛，长寸许，剩去眼睛外，把一个嘴脸遮得缝地也无了。正合着古人笑话："髭髯不仁，侵扰乎其旁而不已，于是面之所余无几。"

陈大郎见了，吃了一惊，心中想道："这人好生古怪！只不知吃饭时，如何处置这些胡须，露得个口出来？"又想道："我有道理，拚得费钱把银子，请他到酒店中一坐，便看出他的行动来了。"他也只是见他异样，要作个耍，连忙躬身向前唱喏，那人还礼不迭。陈大郎道："小可欲邀老丈酒楼小叙一杯。"那人是个远来的，况兼落雪天气，又饥又寒，听见说了，喜逐颜开，连忙道："素昧平生，何劳厚意！"陈大郎捣个鬼道："小可见老丈骨格非凡，必是豪杰，敢扳一话。"那人道："却是不当。"口里如此说，却不推辞。两人一同上酒楼来。

陈大郎便问酒保打了几角酒，回了一腿羊肉，又摆上些鸡鱼肉菜之类。陈大郎正要看他动口，就举杯来相劝。只见那人接了酒盏放在桌上，向衣袖取出一对小小的银扎钩来，挂在两耳，将须毛分开扎起，拔刀切肉，恣其饮啖。又嫌杯小，问酒保讨个大碗，连吃了几壶，然后讨饭。饭到，又吃了十来碗。陈大郎看得呆了。那人起身拱手道："多谢兄长厚情，愿闻姓名乡贯。"陈大郎道："在下姓陈名某，本府吴江县人。"那人一一记了。陈大郎也求他姓名，他不肯还个明白，只说："我姓乌，浙江人。他日兄长有事到敝省，或者可以相会。承兄盛德，必当奉报，不敢有忘。"陈大郎连称不敢。当下算还酒钱，那人千恩万谢，出门作别自去了。陈大郎也只道是偶然的说话，那里认真？归来对家中人说了，也有信他的，也有疑他说谎的，俱各笑了一场。不在话下。

又过了两年有余。陈大郎只为做亲了数年，并不曾生得男女，夫妻两个发心，要往南海普陀洛伽山观音大士处烧香求子，尚在商量未决。忽一日，欧公有事出去了，只见外边有一个人走进来叫道："老欧在家么？"陈大郎慌忙出来答应，却是崇明县的褚敬桥。施礼罢，便问："令岳在家否？"陈大郎道："少出。"褚敬桥道："令亲外太妈陆氏身体违和，特地叫我寄信，请你令岳母相伴几时。"大郎闻言，便进来说与曾氏知道。曾氏道："我去便要去，只是你岳父不在，眼下不得脱身。"便叫过女儿、儿子来，分付道："外婆有病，你每姊弟两人，可到崇明去伏侍几日。待你父亲归家，我就来换你们便了。"当下商议已定，便留褚敬桥吃了午饭，央他先去回复。

又过了两日，姊弟二人收拾停当，叫下一只堂船起行。那曾氏又分付道："与我上复外婆，须要宽心调理，可说我也就要来的。虽则不多日路，你两个年小，各要小心。"二人领诺，自望崇明去了。只因此一去，有分教：

> 绿林此日逢娇冶，红粉从今遇险危。

却说陈大郎自从妻、舅去后十日有余，欧公已自归来，只见崇明又央人寄信来，说道："前日褚敬桥回复道叫外甥们就来，如何至今不见？"那欧公夫妻和陈大郎，都吃了一大惊。便道："去已十日了，怎说不见？"寄信

的道："何曾见半个影来？你令岳母到也好了，只是令爱、令郎是甚缘故？"陈大郎忙去寻那载去的船家问他。船家道："到了海滩边，船进去不得，你家小官人与小娘子说道：'上岸去，路不多远，我们认得的。你自去罢。'此时天色将晚，两个急急走了去，我自摇船回了。如何不见？"那欧公急得无计可施，便对妈妈道："我在此看家，你可同女婿探望丈母，就访访消息归来。"

他每两个心中慌忙无措，听得说了，便一刻也迟不得，急忙备了行李，雇了船只，第二日早早到了崇明。相见了陆氏妈妈，问起缘由，方知病体已渐痊可，只是外甥儿女毫不知些踪迹。那曾氏便是"心肝肉"的放声大哭起来。陆氏及邻舍妇女们惊来问信的，也不知陪了多少眼泪。

陈大郎是个性急的人，敲台拍凳的怒道："我晓得，都是那褚敬桥寄个甚么鸟信！是他趁伙打劫，用计拐去了。"便不管三七二十一，忿气走到褚家。那褚敬桥还不知甚么缘由，劈面撞着，正要问个来历，被他劈胸揪住，喊道："还我人来，还我人来！"就要扯他到官。此时已闹动街坊人，齐拥来看。那褚敬桥面如土色，嚷道："有何得罪，也须说个明白！"大郎道："你还要白赖！我好好的在家里，你寄甚么信，把我妻子、舅子拐在那里去了？"褚敬桥拍着胸膛道："真是冤天屈地，要好成歉。吾好意为你寄信，你妻子自不曾到，今日这话，却不知祸从天上来！"大郎道："我妻、舅已自来十二日了，怎不见到？"敬桥道："可又来！我到你家寄信时，今日算来十二日了。次日傍晚到得这里以后，并不曾出门，此时你妻、舅还在家未动身哩！我在何时拐骗？如今四邻八舍都是证见，若是我十日内曾出门到那里，这便都算是我的缘故。"众人都道："那有这事！这不撞着拐子，就撞着强盗了。不可冤屈了平人！"

陈大郎情知不关他事，只得放了手，忍气吞声跑回曾家。就在崇明县递了状词；又到苏州府进了状词，批发本县捕衙缉访；又各处粉墙上贴了招子，计出赏银二十两；又寻着原载去的船家，也拉他到巡捕处，寻了个保，押出挨查。仍旧到崇明与曾氏共住了二十余日，并无消息。不觉的残冬将尽，新岁又来，两人只得回到家中。欧公已知上项事了，三人哭做一堆，自不必说。别人家多欢欢喜喜过年，独有他家烦烦恼恼。

一个正月又匆匆的过了，不觉又是二月初头，依先没有一些影响。陈大郎猛然想着道："去年要到普陀进香，只为要求儿女，如今不想连儿女的母亲都不见了，我直如此命塞！今月十九日是观音菩萨生日，何不到彼进香还愿？一来祈求的观音报应；二来看些浙江景致，消遣闷怀，就便做些买卖。"算计已定，对丈人说过，托店铺与他管了，收拾行李，取路望杭州来。过了杭州钱塘江，下了海船，到普陀上岸，三步一拜，拜到大士殿前。焚香顶礼已过，就将分离之事通诚了一番，重复叩头道："弟子虔诚拜祷，伏望菩萨大慈大悲，救苦救难，广大灵感，使夫妻再得相见！"拜罢下船，就泊在岩边宿歇。睡梦中见观音菩萨口授四句诗道：

合浦珠还自有时，惊危目下且安之。

姑苏一饭酬须重，人海茫茫信可期。

陈大郎飒然惊觉，一字不忘。他虽不甚精通文理，这几句却也解得。叹口气道："菩萨果然灵感！依他说话，相逢似有可望。但只看如此光景，那得能勾？"心下悒怏，那一饭的事，早已不记得了。

清早起来，开船归家。行不得数里，海面忽地起一阵飓风，吹得天昏地暗，连东西南北都不见了。舟人牢把船舵，凭风飘去。须臾之间，飘到一个岛边，早已风恬日朗。那岛上有小喽罗数百，正在那里使枪弄棒，比箭抡拳，一见有海船飘到，正是老鼠在猫口边过，如何不吃？便一伙的都抢下船来，将一船人身边银两行李尽数搜出。那多是烧香客人，所有不多，不满众意，提起刀来吓他要杀。陈大郎情急了，大叫："好汉饶命！"那些喽罗听得是东路声音，便问道："你是那里人？"陈大郎战兢兢道："小人是苏州人。"喽罗们便说道："既如此，且绑到大王面前发落，不可便杀。"因此连众人都饶了，齐齐绑到聚义厅来。陈大郎此时也不知是何主意，总之，这条性命，一大半是阎王家的了。闭着泪眼，口里只念："救苦救难观世音菩萨！"只见那厅上一个大王，慢慢地踱下厅来，将大郎细看了又看，大惊道："元来是吾故人到此，快放了绑！"陈大郎听得此话，才敢偷眼看那大王时节，正是两年前遇着多须多毛、酒楼上请他吃饭这个人。喽罗连忙解脱绳索，大王便扯一把交椅过来，推他坐了，纳头便拜道："小孩儿每不知进退，误犯仁兄，望乞恕罪！"陈大郎还礼不迭，说道："小人触冒山寨，理合就戮，敢有他言！"大王道："仁兄怎如此说？小可感仁兄雪中一饭之恩，于心不忘。屡次要来探访仁兄，只因山寨中多事不便。日前曾分付孩儿们，凡遇苏州客商，不可轻杀。今日得遇仁兄，天假之缘也。"陈大郎道："既蒙壮士不弃小人时，乞将同行众人包裹行李见还，早回家乡，誓当衔环结草。"大王道："未曾尽得薄情，仁兄如何就去？况且有一事要与仁兄慢讲。"回头分付小喽罗，宽了众人的绑，还了行

李货物，先放还乡。众人欢天喜地，分明是鬼门关上放将转来，把头似捣蒜的一般，拜谢了大王，又谢了陈大郎，只恨爹娘少生了两只脚，如飞的开船去了。

大王便叫摆酒与陈大郎压惊。须臾齐备，摆上厅来。那酒肴内，山珍海味也有，人肝人脑也有。大王定席之后，饮了数杯，陈大郎开口问道："前日仓卒有慢，不曾备细请教得壮士大名，伏乞详示。"大王道："小可生在海边，姓乌名友，少小就有些膂力，众人推我为尊，权主此岛。因见我须毛太多，称我做乌将军。前日由海道到崇明县，得游贵府，与仁兄相会。小可不是铺啜之徒，感仁兄一饭，盖因我辈钱财轻，义气重，仁兄若非尘埃之中，深知小可，一个素不相识之人，如何肯欣然款纳？所谓'士为知己者死'，仁兄果我之知己耳！"大郎闻言，又惊又喜，心里想道："好侥幸也！若非前日一饭，今日连性命也难保。"又饮了数杯，大王开言道："动问仁兄，宅上有多少人口？"大郎道："只有岳父母、妻子、小舅，并无他人。"大王道："如今各平安否？"大郎下泪道："不敢相瞒，旧岁荆妻、妻弟一同往崇明探亲，途中有失，至今不知下落。"大王道："即是这等，尊嫂定是寻不出了。小可这里有个妇女也是贵乡人，年貌与兄正当，小可欲将他来奉仁兄箕帚，意下如何？"大郎恐怕触了大王之怒，不敢推辞。大王便大喊道："请将来！请将来！"只见一男一女，走到厅上。大郎定睛看时，原来不是别人，正是妻子与小舅，禁不住相持痛哭一场。大王便教增了筵席，三人坐了客位，大王坐了主位，说道："仁兄知尊嫂在此之故否？旧岁冬间，孩儿每往崇明海岸无人处，做些细商道路，见一男一女傍晚同行，拿着前来。小可问出根由，知是仁兄宅眷，忙令各馆别室，不敢相轻，于今两月有余。急忙里无个缘便，心中想道：'只要得邀仁兄一见，便可用小力送还。'今日不期而遇，天使然也！"三人感谢不尽。

那妻子与小舅私对陈大郎说道："那日在海滩上望得见外婆家了，打发了来船，姊弟正走间，遇见一伙人，捆缚将来，道是性命休矣！不想一见大王，查问来历，我等一一实对，便把我们另眼相看，我们也不知其故。今日见说，却记得你前年间曾言苏州所遇，果非虚话了。"陈大郎又想道："好侥幸也！前日若非一饭，今日连妻子也难保。"

酒罢起身，陈大郎道："妻父母望眼将穿。既蒙壮士厚恩完聚，得早还家为幸。"大王道："既如此，明日送行。"当夜送大郎夫妇在一个所在，送小舅在一个所在，各歇宿了。次日，又治酒相饯。三口拜谢了要行，大王又教喽罗托出黄金三百两，白银一千两，彩缎货物在外，不计其数。陈大郎推辞了几番道："重承厚赐，只身难以持归。"大王道："自当相送。"大郎只得拜受了。大王道："自此每年当一至。"大郎应允。大王相送出岛边，喽罗们已自驾船相等。他三人欢欢喜喜，别了登舟。那海中是强人出没的所在，怕甚风涛险阻！只两日，竟由海道中送到崇明上岸，那船自去了。

他三人竟走至外婆家来，见了外婆，说了缘故，老人家肉天肉地的叫，欢喜无极。陈大郎又叫了一只船，三人一同到家，欧公欧妈，见儿女、女婿都来，还道是睡里梦里！大郎便将前情告诉了一遍，各各悲欢了一场。欧公道："此果是乌将军义气。然若不遇飓风，何缘得到岛中？普陀大士真是感应！"大郎又说着大士梦中四句诗，举家叹异。

从此大郎夫妻年年到普陀进香，都是乌将军差人从海道迎送，每番多则千金，少则数百，必致重负而返。陈大郎也年年往他州外府，觅些奇珍异物奉承，乌将军又必加倍相答，遂做了吴中巨富之家，乃一饭之报也。

后人有诗赞曰：

胯下曾酬一饭金，谁知剧盗有情深？
世间每说奇男子，何必儒林胜绿林！

# 第六卷　宣徽院仕女秋千会<br>清安寺夫妇笑啼缘

诗曰：

> 闻说氤氲使，专司夙世缘。
>
> 岂徒生作合，惯令死重还。
>
> 顺局不成幻，逆施方见权。
>
> 小儿称造化，于此信其然。

话说人世婚姻前定，难以强求，不该是姻缘的，随你用尽机谋，坏尽心术，到底没收场；及至该是姻缘的，虽是被人扳障，受人离间，却又散的弄出合来，死的弄出活来。从来传奇小说上边，如《倩女离魂》，活的弄出魂去，成了夫妻；如《崔护渴浆》，死的弄转魂来，成了夫妻。奇奇怪怪，难以尽述。

　　只如《太平广记》上边说，有一个刘氏子，少年任侠，胆气过人，好的是张弓挟矢、驰马试剑、飞觞蹴鞠诸事。交游的人，总是些剑客、博徒、杀人不偿命的亡赖子弟。一日游楚中，那楚俗习尚，正与相合，就有那一班儿意气相投的人，成群聚党，如兄若弟的往来。有人对他说道："邻人王氏女，美貌当今无比。"刘氏子就央中人为媒去求聘他。那王家道："虽然此人少年英勇，却闻得行径古怪，有些不务实，恐怕后来惹出事端，误了女儿终身。"坚执不肯。那女儿久闻得此人英风义气，到有几分慕他，只碍着爹娘做主，无可奈何。那媒人回复了刘氏子。刘氏子是个猛烈汉子，道："不肯便罢，大丈夫怕没有好妻！愁他则甚？"一些不放在心上。

　　又到别处闲游了几年。其间也就说过几家亲事，高不凑，低不就，一家也不曾成得，仍旧到楚中来。那邻人王氏女虽然未嫁，已许下人了，刘氏子闻知也不在心上。这些旧时朋友见刘氏子来了，都来访他，仍旧联肩叠背，日里合围打猎，猎得些獐鹿雉兔，晚间就烹炮起来，成群饮酒，没有三四鼓不肯休歇。

　　一日打猎归来，在郭外十余里一个林子里，下马少憩。只见树木阴惨，境界荒凉，有六七个坟堆，多是雨淋泥落，尸棺半露，也有棺木毁坏，尸骸尽见的。众人看了道："此等地面，亏是日间，若是夜晚独行，岂不怕人！"刘氏子道："大丈夫神钦鬼伏，就是黑夜，有何怕惧？你看我今日夜间，偏要到此处走一遭。"众人道："刘兄虽然有胆气，怕不能如此。"刘氏子道："你看我今夜便是。"众人道："以何物为信？"刘氏子就在古墓上取墓砖一块，题起笔来，把同来众人名字多写在上面，说道："我今带了此砖去，到夜间我独自送将来。"指着一个棺木道："放在此馆上，明日来看便是。我送不来，我输东道，请你众位。我送了来，你众位输东道，请我；见放着砖上名字，挨名派分，不怕少了一个。"众人都笑道："使得，使得。"说罢，只听得天上隐隐雷响，一齐上马回到刘氏子下处。又将射猎所得，烹宰饮酒。

霎时间雷雨大作，几个霹雳，震得屋宇都是动的。众人戏刘氏子道："刘兄，日间所言，此时怕铁好汉也不敢去。"刘氏子道："说那里话？你看我雨略住就走。"果然阵头过，雨小了，刘氏子持了日间墓砖出门就走。众人都笑道："你看他那里演帐演帐，回来捣鬼，我们且落得吃酒。"果然刘氏子使着酒性，一口气走到日间所歇墓边，笑道："你看这伙懦夫！不知有何惧怕，便道到这里来不得。"此时雷雨已息，露出星光微明，正要将砖放在棺上，只见棺上有一件东西蹲踞在上面。刘氏子摸一摸道："奇怪！是甚物件？"暗中手捻捻看，却像是个衣衾之类裹着甚东西。两手合抱将来，约有七八十斤重。笑道："不拘是甚物件，且等我背了他去，与他们看看，等他们就晓得，省得直到明日才信。"他自恃膂力，要吓这班人，便把砖放了，一手拖来，背在背上，大踏步便走。

到得家来，已是半夜。众人还在那里呼红叫六的吃酒。听得外边脚步响，晓得刘氏子已归，恰像负着重东西走的。正在疑惑间，门开处，刘氏子直到灯前，放下背上所负在地。灯下一看，却是一个簇新衣服的女人死尸，可也奇怪，挺然卓立，更不僵仆。一座之人猛然抬头见了，个个惊得屁滚尿流，有的逃躲不及。刘氏子再把灯细细照着死尸面孔，只见脸上脂粉新施，形容甚美，只是双眸紧闭，口中无气，正不知是甚么缘故。众人都怀惧怕道："刘兄恶取笑，不当人子！怎么把一个死人背在家里来吓人？快快仍背了出去！"刘氏子大笑道："此乃吾妻也！我今夜还要与他同衾共枕，怎么舍得负了出去？"说罢，就裸起双袖，一抱抱将上床来，与他做了一头，口对了口，果然做一被睡下了。他也只要在众人面前弄胆壮，故意如此做作。众人又怕又笑，说道："好无赖贼，直如此大胆不怕！拚得输东道与你罢了，何必做出此渗濑勾当？"刘氏子凭众人自说，只是不理，自睡了。众人散去。

刘氏子与死尸睡到了四鼓，那死尸得了生人之气，口鼻里渐渐有起气来。刘氏子骇异，忙把手摸他心头，却是温温的。刘氏子道："惭愧！敢怕还活转来？"正在疑虑间，那女人四肢兀自动了。刘氏子越吐着热气接他，果然翻个身活将起来，道："这是那里？我却在此！"刘氏子问其姓名，只是含羞不说。

须臾之间，天大明了，只见昨夜同席这干人有几个走来道："昨夜死尸在那里？原来有这样异事。"刘氏子且把被遮着女人，问道："有何异事？"那些人道："原来昨夜邻人王氏之女嫁人，梳妆已毕，正要上轿，忽然急心疼死了。未及殡殓，只听得一声雷响，不见了尸首，至今无寻处。昨夜兄背来死尸，敢怕就是？"刘氏子大笑道："我背来是活人，何曾是死尸！"众人道："又来调喉！"刘氏子扯开被与众人看时，果然是一个活人。众人道："又来奇怪！"因问道："小娘子谁氏之家？"那女子见人多了，便说出话来，道："奴是此间王家女。因昨夜一个头晕，跌倒在地，不知何缘在此？"刘氏子又大笑道："我昨夜原说道是吾妻，今说将来，便是我昔年求聘的了。我何曾吊谎？"众人都笑将起来道："想是前世姻缘，我等当为撮合。"

此话传闻出去，不多时王氏父母都来了，看见女儿是活的，又惊又喜。那女儿晓得就是前日求亲的刘生，便对父母说道："儿身已死，还魂转来，却遇刘生。昨夜虽然是个死尸，已与他同寝半夜，也难另嫁别人了，爹妈做主则个。"众人都撺掇道："此是天意，不可有违！"王氏父母遂把女儿招了刘氏子为婿，后来偕老。可见天意有定，如此作合。倘若这夜不是暴死、大雷，王氏女已是别家媳妇了；又非刘氏子试胆作戏，就是因雷失尸，也有何涉？只因是夙世前缘，故此奇奇怪怪，颠之倒之，有此等异事。

这是个父母不肯许的，又有一个父母许了又悔的，也弄得死了活转来，一念坚贞，终成夫妇，留下一段佳话，名曰《秋千会记》。正是：

> 精诚所至，金石　　　为开。
>
> 贞心不寐，死后　　　重谐。

这本话乃是元朝大德年间的事。那朝有个宣徽院使叫做孛罗。是个色目人，乃故相齐国公之子。生自相门，穷极富贵，第宅宏丽，莫与为比。却又读书能文，敬礼贤士，一时公卿间，多称诵他好处。他家住在海子桥西，与金判奄都剌、经历东平王荣甫三家相联，通家往来。宣徽私居后，有花园一所，名曰杏园，取"春色满园关不住，一枝红杏出墙来”之意。那杏园中花卉之奇，亭榭之好，诸贵人家所不能仰望。每年春，宣徽诸妹诸女，邀院判、经历两家宅眷，于园中设秋千之戏，盛陈饮宴，欢笑竟日；各家亦隔一日设宴还答，自二月末至清明后方罢，谓之“秋千会”。

于时有个枢密院同金帖木儿不花的公子，叫做拜住，骑马在花园墙外走过。只闻得墙内笑声，在马上欠身一望，正见墙内秋千竞蹴，欢哄方浓。遥望诸女，都是绝色。拜住勒住了马，潜身在柳阴中，恣意偷觑，不觉多时。那管门的老院公听见墙外有马铃响，走出来看，只见这一个骑马郎君呆呆地对墙里觑着。园公认得是同金公子，走报宣徽，宣徽急叫人赶出来。那拜住才撞见园公时，晓得有人知觉，恐怕不雅，已自打上了一鞭，去得远了。

拜住归家来，对着母夸说此事，盛道宣徽诸女个个绝色。母亲解意，便道：“你我正是门当户对，只消遣媒来说亲，自然应允，何必望空羡慕？”就央个媒婆到宣徽家来说亲。宣徽笑道：“莫非是前日骑马看秋千的？吾正要择婿，教他到吾家来看看，才貌若果好，便当许亲。”媒婆归报同金，同金大喜，便叫拜住盛饰仪服，到宣徽家来。

　　宣徽相见已毕，看他丰神俊美，心里已有几分喜欢。但未知内蕴才学如何，思量试他，遂对拜住道："足下喜看秋千，何不以此为题，赋《菩萨蛮》一调？老夫要请教则个。"拜住请笔砚出来，一挥而就。词曰：

　　　　红绳画板柔荑指，东风燕子双双起。夸俊要争高，更将裙系牢。　　牙床和困睡，一任金钗坠。推起枕来迟，纱窗月上时。

　　宣徽见他才思敏捷，韵句铿锵，心下大喜，分付安排盛席款待。筵席完备，待拜住以子侄之礼，送了侧首坐下，自己坐了主席。饮酒中间，宣徽想道："适间咏秋千词，虽是流丽，或者是那日看过秋千，便已有此题咏，今日偶合着题目的。不然如何恁般来得快？真是七步之才也不过如此。待我再试他一试看。"恰好听得树上黄莺巧啭，就对拜住道："老夫再欲求教，将《满江红》调赋《莺》一首。望不吝珠玉，意下如何？"拜住领命，即席赋成，拂拭剡藤，挥洒晋字，呈上宣徽。词曰：

　　　　嫩日舒晴，韶光艳、碧天新霁。正桃腮半吐，莺声初试。孤枕乍闻弦索悄，曲屏时听笙簧细。爱绵蛮、柔舌韵东风，愈娇媚。　　幽梦醒，闲愁泥。残杏褪，重门闭。巧音芳韵，十分流丽。入柳穿花来又去，欲求好友真无计。望上林，何日得双

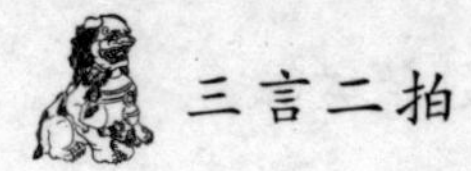

栖？心迢递。

宣徽看见词翰两工，心下已喜；及读到末句，晓得是见景生情，暗藏着求婚之意，不觉拍案大叫道："好佳作！真吾婿也！老夫第三夫人有个小女，名唤速哥失里，堪配君子，待老夫唤出相见则个。"就传云板请三夫人与小姐上堂。当下拜住拜见了岳母，又与小姐速哥失里相见了，正是秋千会里女伴中最绝色者。拜住不敢十分抬头，已自看得较切，不比前日墙外影响，心中喜乐不可名状。相见罢，夫人同小姐回步。

却说内宅女眷，闻得堂上请夫人、小姐时，晓得是看中了女婿。别位小姐都在门背后缝里张着，看见拜住一表非俗，个个称羡。见速哥失里进来，私下与他称喜道："可谓门阑多喜气，女婿近乘龙也。"合家赞美不置。拜住辞谢了宣徽，回到家中，与父母说知，就择吉日行聘。礼物之多，词翰之雅，喧传都下，以为盛事。谁知好事多磨，风云不测。台谏官员看见同金富贵豪宕，上本参论他赃私，奉圣旨发下西台御史勘问，免不得收下监中。那同金是个受用的人，怎吃得牢狱之苦？不多几日生起病来。元来元朝大臣在狱有病，例许题请释放。同金幸得脱狱，归家调治，却病得重了，百药无效，不上十日，呜呼哀哉，举家号痛。谁知这病是惹的牢瘟，同金既死，阖门染了此症，没几日就断送了一个，一月之内弄个尽绝，止剩得拜住一个不死。却又被西台追赃入官，家业不勾赔偿。真个转眼间冰消瓦解，家破人亡。

宣徽好生不忍，心里要收留拜住回家成亲，教他读书，以图出身。与三夫人商议，那三夫人是个女流之辈，只晓得炎凉世态，那里管甚么大道理？心里怫然不悦。元来宣徽别房虽多，惟有三夫人是他最宠爱的，家里事务都是他主持。所以前日看上拜住，就只把他的女儿许了，也是好胜处。今日见别人的女儿，多与了富贵之家，反是他女婿家里凋弊了，好生不伏气，一心要悔这头亲事，便与女儿速哥失里说知。速哥失里不肯，哭谏母亲道："结亲结义，一言订盟，终不可改。儿见诸姊妹家荣盛，心里岂不羡慕？但寸丝为定，鬼神难欺，岂可因他贫贱，便想悔赖前言？非人所为，儿誓死不敢从命！"宣微虽也道女儿之言有理，怎当得三夫人撒娇撒痴，把宣徽的耳朵掇了转来，那里管女儿肯不肯，别许了平章阔阔出之子僧家奴。拜住虽然闻得这事，心中懊恼，自知失势，不敢相争。

那平章家择日下聘，比前番同金之礼更觉隆盛。三夫人道："争得气来，心下方才快活。"只见平章家拣下吉期，花轿到门。速哥失里不肯上轿，众夫人、众姊妹各来相劝。速哥失里大哭一场，含着眼泪，勉强上轿。到得平章家里，傧相念了诗赋，启请新人出轿。伴娘开帘，等待再三，不见抬身。攒头轿内看时，叫声："苦也！"元来速哥失里在轿中偷解缠脚纱带，缢颈而死，已此绝气了。慌忙报与平章，连平章没做道理处，叫人去报宣徽。那三夫人见说，儿天儿地哭将起来，急忙叫人追轿回来，急解脚缠，将姜汤灌下去，牙关紧闭，眼见得不醒。三夫人哭得昏晕了数次，无可奈何，只得买了一副重价的棺木，尽将平日房奁首饰珠玉及两番夫家聘物，尽情纳在棺内入殓，将棺木暂寄清安寺中。

且说拜住在家，闻得此变，情知小姐为彼而死。晓得枢寄清安寺中，要去哭他一番。是夜来到寺中，见了棺枢，不觉伤心，抚膺大恸，真是哭得三生诸佛都垂泪，满房禅侣尽长吁。哭罢，将双手扣棺道："小姐阴灵不远，拜住在此。"只听得棺内低低应道："快开了棺，我已活了。"拜住听得明白，欲要开时，将棺木四围一看，漆钉牢固，难以动手。乃对本房主僧说道："棺中小姐，原是我妻屈死。今棺中说道已活，我欲开棺，独自一人难以着力，须求师父们帮助。"僧道："此宣徽院小姐之棺，谁敢私开？开棺者须有罪。"拜住道："开棺之罪，我一力当之，不致相累，况且暮夜无人知觉。若小姐果活了，放了出来，棺中所有，当与师辈共分；若是不活，也等我见他一面，仍旧盖上，谁人知道？"那些僧人见说共分所有，他晓得棺中随殓之物甚厚，也起了利心；亦且拜住兴头时与这些僧人也是门徒施主，不好违拗。便将一把斧头，把棺盖撬将开来。只见划然一声，棺盖开处，速哥失里便在棺内坐了起来，见了拜住，彼此喜极。拜住便说道："小姐再生之庆，真是冥数，也亏得寺僧助力开棺。"小姐便脱下手上金钏一对及头上首饰一半，送与僧人，剩下的还直数万两。拜住与小姐商议道："本该报宣徽得知，只是恐怕有变。而今身边有财物，不如瞒着远去，只央寺僧买些漆来，把棺木仍旧漆好，不说出来，神不知，鬼不觉，此为上策。"寺僧受了重贿，无有不依，照旧把棺木漆得光净牢固，并不露一些风声。拜住遂挈了速哥失里，走到上都寻房居住。那时身边丰厚，拜住又寻了一馆，教着蒙古生数人，复有月俸，家道从容，尽可过日。夫妻两个，你恩我爱，不觉已过一年。也无人晓得他的事，也无人晓得甚么宣徽之女，同金之子。

却说宣徽自丧女后，心下不快，也不去问拜住下落。好些时不见了他，只说是流离颠沛，连存亡不可保了。一日旨意下来，拜宣微做开平尹，宣徽带了家眷赴任。那府中事体烦杂，宣徽要请一个馆客做记室，代笔札之劳。争奈上都是个极北夷方，那里寻得个儒生出来？访有多日，有人对宣徽道："有一个士人，自大都挈家寓此，也是个色目人，设帐民间，极有学问。府君若要觅西宾，只有此人可以充得。"宣微大喜，差个人拿帖去，快请了来。

拜住看见了名帖，心知正是宣徽，忙对小姐说知了，穿着整齐，前来相见。宣徽看见，认得是拜住，吃了一惊，想道："我几时不见了他，道是流落死亡了，如何得衣服济楚，容色充盛如此？"不觉追念女儿，有些伤感起来。便对拜住道："昔年有负足下，反累爱女身亡，惭恨无极！今足下何因在此？曾有亲事未曾？"拜住道："重蒙垂念，足见厚情。小婿不敢相瞒，令爱不亡，见同在此。"宣微大惊道："那有此话！小女当日自缢，今尸棺见寄清安寺中，那得有个活的在此间？"拜住道："令爱小姐与小婿实是夙缘未绝，得以重生。今见在寓所，可以即来相见，岂敢有诳！"

宣徽忙走进去与三夫人说了，大家不信。拜住又叫人去对小姐说了，一乘轿竟抬入府衙里来。惊得合家人都上前来争看，果然是速哥失里。那宣徽与三夫人不管是人是鬼，且抱着头哭做了一团。哭罢，定睛再看，看去身上穿戴的，还是殓时之物，行步有影，衣衫有缝，言语有声，料想真是个人了。那三夫人道："我的儿，就是鬼，我也舍不得放你了！"

只有宣徽是个读书人见识，终是不信，疑心道："此是屈死之鬼，所以假托人形，幻惑年少。"口里虽不说破，却暗地使人到大都清安寺问僧家的缘故。僧家初时抵赖，后见来人说道已自相逢厮认了，才把真心话一一说知。来人不肯便信，僧家把棺木撬开与他看，只见是个空棺，一无所有。回来报知宣徽道："此情是实。"宣徽道："此乃宿世前缘也！难得小姐一念不移，所以有此异事。早知如此，只该当初依我说，收养了女婿，怎见得有此多般？"三夫人见说，自觉没趣，懊悔无极，把女婿越看待得亲热，竟赘他在家中终身。

后来速哥失里与拜住生了三子。长子教化，仕至辽阳等处行中省左丞；次子忙古歹，幼子黑厮，俱为内怯薛带御器械。教化与忙古歹先死，黑厮直做到枢密院使。天兵至燕，元顺帝御清宁殿，集三宫皇后太子同议避兵。黑厮与丞相失列门哭谏道："天下者，世祖之天下也，当以死守。"顺帝不听，夜半开建德门遁去，黑厮随入沙漠，不知所终。

平章府轿抬死女，清安寺漆整空棺。

若不是生前分定，几曾有死后重欢！

# 第七卷　韩秀才乘乱聘娇妻
　　　　　吴太守怜才主姻簿



　　嫁女须求女婿贤，贫穷富贵总由天。

　　姻缘本是前生定，莫为炎凉轻变迁。

　　话说人生一世，沧海变为桑田，目下的贱贵穷通都做不得准的。如今世人一肚皮势利念头，见一个人新中了举人、进士，生得女儿，便有人抢来定他为媳；生得男儿，便有人捱来许他为婿。万一官卑禄薄，一旦夭亡，仍旧是个空公子、穷小姐，此时懊悔，已自迟了。尽有贫苦的书生，向富贵人家求婚，便笑他阴沟洞里思量天鹅肉吃；忽然青年高第，然后大家懊悔起来，不怨怅自己没有眼睛，便嗟叹女儿无福消受。所以古人会择婿的，偏拣着富贵人家不肯应允，却把一个如花似玉的爱女，嫁与那酸黄齑、烂豆腐的秀才，没有一人不笑他呆痴，道是"好一块羊肉，可惜落在狗口里了！"一朝天子招贤，连登云路，五花诰、七香车，尽着他女儿受用，然后服他先见之明。这正是：凡人不可貌相，海水不可斗量。只在论女婿的贤愚，不在论家势的贫富。当初韦皋、吕蒙正多是样子。

却说春秋时，郑国有一个大夫，叫做徐吾犯，父母已亡，止有一同胞妹子。那小姐年方十六，生得肌如白雪，脸似樱桃，鬓若堆鸦，眉横丹凤。吟得诗，作得赋，琴棋书画，女工针指，无不精通。还有一件好处，那一双娇滴滴的秋波，最会相人。大凡做官的与他哥哥往来，他常在帘中偷看，便识得那人贵贱穷通，终身结果，分毫没有差错，所以一发名重。当时却有大夫公孙楚聘他为妇，尚未成婚。

那公孙楚有个从兄，叫做公孙黑，官居上大夫之职，闻得那小姐貌美，便央人到徐家求婚。徐大夫回他已受聘了。公孙黑原是不良之徒，便倚着势力，不管他肯与不肯，备着花红酒礼，笙箫鼓乐，送上门来。徐大夫无计可施，次日备了酒筵，请他兄弟二人来，听妹子自择。公孙黑晓得要看女婿，便浓妆艳服而来，又自卖弄富贵，将那金银彩缎，排列一厅。公孙楚只是常服，也没有甚礼仪。旁人观看的，都赞那公孙黑，暗猜道："一定看中他了。"酒散，二人谢别而去。小姐房中看过，便对哥哥说道："公孙黑官职又高，面貌又美，只是带些杀气，他年决不善终，不如嫁了公孙楚，虽然小小有些折挫，久后可以长保富贵。"大夫依允，便辞了公孙黑，许了公孙楚。择日成婚已毕。

那公孙黑怀恨在心，奸谋又起，忽一日穿了甲胄，外里用便服遮着，到公孙楚家里来，欲要杀他，夺其妻子。已有人通风与公孙楚知道，疾忙执着长戈赶出。公孙黑措手不及，着了一戈，负痛飞奔出门，便到宰相公孙侨处告诉。此时大夫都聚，商议此事，公孙楚也来了。争辨了多时，公孙侨道："公孙黑要杀族弟，其情未知虚实。却是论官职，也该让他；论长幼，也该让他。公孙楚卑幼，擅动干戈，律当远窜。"当时定了罪名，贬在吴国安置。公孙楚回家，与徐小姐抱头痛哭而行。公孙黑得意，越发耀武扬威了。外人看见，都懊怅徐小姐不嫁得他，就是徐大夫也未免世俗之见。小姐全然不以为意，安心等守。

却说郑国有个上卿游吉，该是公孙侨之后轮着他为相。公孙黑思想夺他权位，日夜蓄谋，不时就要作起反来。公孙侨得知，便疾忙乘其未发，差官数了他的罪恶，逼他自缢而死。这正合着徐小姐"不善终"的话了。

那公孙楚在吴国住了三载，赦罪还朝，就代了那上大夫职位，富贵已极，遂与徐小姐偕老。假如当日小姐贪了上大夫的声势，嫁着公孙黑，后来做了叛臣之妻，不免守几十年之寡。即此可见目前贵贱都是论不得的。说话的，你又差了，天下好人也有穷到底的，难道一个个为官不成？俗语道得好："赊得不如现得。"何如把女儿嫁了一个富翁，且享此目前的快活。看官有所不知，就是会择婿的，也都要跟着命走。一饮一啄，莫非前定。却毕竟不如嫁了个读书人，到底不是个没望头的。

如今再说一个生女的富人，只为倚富欺贫，思负前约。亏得太守廉明，成其姻事。后来夫贵妻荣，遂成佳话。有诗一首为证：

当年红拂困闺中，有意相随李卫公。

日后荣华谁可及？只缘双目识英雄。

话说国朝正德年间，浙江台州府天台县有一秀才，姓韩名师愈，表字子文。父母双亡，也无兄弟，只是一身。他年十二岁上就游庠的，养成一肚皮的学问，真个是：

> 才过子建，貌赛潘安。胸中博览五车，腹内广罗千古。他日必为攀桂客，目前尚作采芹人。

那韩子文虽是满腹文章，却当不过家道消乏，在人家处馆，勉强糊口。所以年过二九，尚未有亲。一日遇着端阳节近，别了主人家回来，住在家里了数日，忽然心中想道："我如今也好议亲事了。据我胸中的学问，就是富贵人家把女儿匹配，也不冤屈了他。却是如今世人谁肯？"又想了一会，道："说便是这样说，难道与我一样的儒家，我也还对他的女儿不过？"当下开了拜匣，称出束脩银五钱，做个封筒封了，放在匣内，教书僮拿了随着，信步走到王媒婆家里来。

那王媒婆接着，见他是个穷鬼，也不十分动火他的。吃过了一盏茶，便开口问道："秀才官人，几时回家的？甚风吹得到此？"子文道："来家五日了，今日到此，有些事体相央。"便在家僮手中，接过封筒，双手递与王婆，道："薄意伏乞笑纳，事成再有重谢。"王婆

推辞一番便接了，道：“秀才官人，敢是要说亲么？”子文道：“正是。家下贫穷，不敢仰攀富户，但得一样儒家女儿，可备中馈、延子嗣足矣。积下数年束脩，四五十金聘礼也好勉强出得。乞妈妈与我访个相应的人家。”王婆晓得穷秀才说亲，自然高来不成，低来不就的，却难推拒他，只得回复道：“既承官人厚惠，且请回家，待老婢子慢慢的寻觅。有了话头，便来回报。”那子文自回家去了。

一住数日，只见王婆走进门来，叫道：“官人在家么？”子文接着，问道：“姻事如何？”王婆道：“为着秀才官人，鞋子都走破了。方才问得一家，乃是县前许秀才的女儿，年纪十七岁。那秀才前年身死，娘子寡居在家里，家事虽不甚富，却也过得。说起秀才官人，到也有些肯了。只是说道：‘我女儿嫁个读书人，尽也使得。但我们妇人家，又不晓得文字，目今提学要到台州岁考，待官人考了优等，就出吉帖便是。’”子文自恃才高，思忖此事十有八九，对王婆道：“既如此说，便待考过议亲不迟。”当下买几杯白酒，请了王婆。自别去了。

子文又到馆中，静坐了一月余，宗师起马牌已到。那宗师姓梁，名士范，江西人。不一日，到了台州。那韩子文头上戴了紫菜的巾，身上穿了腐皮的衫，腰间系了芋艿的绦，脚下穿了木耳的靴，同众生员迎接入城。行香讲书已过，便张告示，先考府学及天台、临海两县。到期，子文一笔写完，甚是得意。出场来，将考卷誊写出来，请教了几个先达、几个朋友，无不叹赏。又自己玩了几遍，拍着桌子道："好文字！好文字！就做个案元帮补也不为过，何况优等？"又把文字来鼻头边闻一闻道："果然有些老婆香！"

却说那梁宗师是个不识文字的人，又且极贪，又且极要奉承乡官及上司。前日考过杭、嘉、湖，无一人不骂他的，几乎吃秀才们打了。曾编着几句口号道："道前梁铺，中人姓富，出卖生儒，不误主顾。"又有一个对道："公子笑欣欣，喜弟喜兄都入学；童生愁惨惨，恨祖恨父不登科。"又把《四书》成语，做着几股道："君子学道公则悦，小人学道尽信书。不学诗，不学礼，有父兄在，如之何其废之！诵其诗，读其书，虽善不尊，如之何其可也！"那韩子文是个穷儒，那有银子钻刺？十日发出案来，只见公子富翁都占前列了。你道那韩师愈的名字却在那里？正是：似"王"无一竖，如"川"却又眠。曾有一首《黄莺儿》词，单道那三等的苦处：

无辱又无荣，论文章是弟兄。鼓声到此如春梦。高才命穷，庸才运通。廪生到此便宜贡。且从容，一边站立，看别个赏花红。

那韩子文考了三等，气得目睁口呆。把那梁宗师乌龟亡八的骂了一场，不敢提起亲事，那王婆也不来说了。只得勉强自解，叹口气道："娶妻莫恨无良媒，书中有女颜如玉。"发落已毕，只得萧萧条条，仍旧去处馆，见了主人家及学生，都是面红耳热的，自觉没趣。

又过了一年有余，正遇着正德爷爷崩了，遗诏册立兴王。嘉靖爷爷就藩邸召入登基，年方一十五岁，妙选良家子女，充实掖庭。那浙江纷纷的讹传道："朝廷要到浙江各处点绣女。"那些愚民，一个个信了。一时间嫁女儿的，讨媳妇的，慌慌张张，不成礼体，只便宜了那些卖杂货的店家，吹打的乐人，服侍的喜娘，抬轿的脚夫，赞礼的傧相。还有最可笑的，传说道："十个绣女一个寡妇押送。"赶得那七老八十的，都起身嫁人去了。但见：

十三四的男儿，讨着二十四五的女子；十二三的女子，嫁着三四十的男儿。粗蠢黑的面孔，还恐怕认做了绝世芳姿；宽定宕的东西，还恐怕认做了含花嫩蕊。自言节操凛如霜，做不得二夫烈女；不久形躯将就木，再拚个一度春风。

当时无名子有一首诗，说得有趣：

> 一封丹诏未为真，三杯淡酒便成亲。
>
> 夜来明月楼头望，唯有嫦娥不嫁人。

那韩子文恰好归家，看民间如此慌张，便闲步出门来玩景。只见背后一个人，将子文忙忙的扯一把，回头看时，却是开典当的徽州金朝奉。对着子文施个礼，说道："家下有一小女，今年十六岁了，若秀才官人不弃，愿纳为室。"说罢，也不管子文要与不要，摸出吉帖，望子文袖中乱撺。子文道："休得取笑。我是一贫如洗的秀才，怎承受得令爱起？"朝奉皱着眉道："如今事体急了，官人如何说此懈话？若略迟些，恐防就点了去。我们夫妻两口儿，只生这个小女，若远远的到北京了，再无相会之期，如何割舍得下？官人若肯俯从，便是救人一命。"说罢便思量要拜下去。

子文分明晓得没有此事，他心中正要妻子，却不说破。慌忙一把搀起道："小生囊中只有四五十金，就是不嫌孤寒，聘下令爱时，也不能彀就完姻事。"朝奉道："不妨，不妨。但是有人定下的，朝廷也就不来点了。

只须先行谢吉之礼，待事平之后，慢慢的做亲。"子文道："这倒也使得。却是说开，后来不要翻悔！"那朝奉是情急的，就对天设起誓来，道："若有翻悔，就在台州府堂上受刑。"子文道："设誓倒也不必，只是口说无凭，请朝奉先回，小生即刻去约两个敝友，同到宝铺来，先请令爱一见，就求朝奉写一纸婚约，待敝友们都押了花字，一同做个证见。纳聘之后，或是令爱的衣裳，或是头发，或是指甲，告求一件，藏在小生处，才不怕后来变卦。"那朝奉只要成事，满担应承道："何消如此多疑！使得，使得，一唯尊命，只求快些。"一头走，一头说道："专望！专望！"自回铺子里去了。

韩子文便望学中，会着两个朋友，乃是张四维、李俊卿，说了缘故，写着拜帖，一同望典铺中来。朝奉接着，奉茶寒温已罢，便唤出女儿朝霞到厅。你道生得如何？但见：

> 眉如春柳，眼似秋波。几片夭桃脸上来，两枝新笋裙间露。即非倾国倾城色，自是超群出众人。

子文见了女子姿容，已自欢喜。——施礼已毕，便自进房去了。子文又寻个算命先生合一合婚，说道："果是大吉，只是将婚之前，有些闲气。"那金朝奉一味要成，说道："大吉便自十分好了，闲气自是小事。"便取出一幅全帖，上写着道：

> 立婚约金声，系徽州人。生女朝霞，年十六岁，自幼未曾许聘何人。今有台州府天台县儒生韩子文礼聘为妻，实出两愿。自受聘之后，更无他说。张、李二公，与闻斯言。

> 嘉靖元年　月　日。立婚约金声，同议友人张安国、李文才。

写罢，三人都画了花押，付子文藏了。这也是子文见自己贫困，作此不得已之防，不想他日果有负约之事，这是后话。

当时便先择个吉日，约定行礼。到期，子文将所积束脩五十余金，粗粗的置几件衣服首饰，其余的都是现银，写着："奉申纳币之敬，子婿韩师愈顿首百拜。"又送张、李二人银各一两，就请他为媒，一同行聘，到金家铺来。那金朝奉是个大富之家，与妈妈程氏，见他礼不丰厚，虽然不甚喜欢，为是点绣女头里，只得收了。回盘甚是整齐。果然依了子文之言，将女儿的青丝头发，剪了一缕送来。子文一一收好，自想道："若不是这一番哄传，连妻子也不知几时定得。况且又有妻财之分。”心中甚是快活不题。

光阴似箭，日月如梭。暑往寒来，又是大半年光景。却早嘉靖二年，点绣女的讹传，已自息了。金氏夫妻见安平无事，不舍得把女儿嫁与穷儒，渐渐的懊悔起来。那韩子文行礼一番，已把囊中所积束脩用个罄尽，所以也不说起做亲。

一日，金朝奉正在当中算帐，只见一个客人跟着一个十七八孩子走进铺来，叫道：“姊夫姊姊在家么？”原来是徽州程朝奉，就是金朝奉的舅子，领着亲儿阿寿，打从徽州来，要与金朝奉合伙开当的。金朝奉慌忙迎接，又引程氏、朝霞都相见了。叙过寒温，便教温酒来吃。程朝奉从容问道：“外甥女如此长成得标致了，不知曾受聘未？本不该如此说，但犬子尚未有亲，姊夫不弃时，做个中表夫妻也好。”金朝奉叹口气道：“便是呢，我女儿若把与内侄为妻，有甚不甘心处？只为旧年点绣女时，心里慌张，草草的将来许了一个什么韩秀才。那人是个穷儒，我看他满脸饿文，一世也不能够发迹。前年梁学道来，考了一个三老官，料想也中不成。教我女儿如何嫁得他？也只是我自己没福，如今也没得说了。”程朝奉沉吟了半晌，问道：“姊夫姊姊，果然不愿与他么？"金朝奉道："我如何说谎？"程朝奉道："姊夫若是情愿把甥女与他，再也休题；若不情愿时，只须用个计策，要官府断离，有何难处？"金朝奉道："计将安出？"程朝奉道："明日待我台州府举一状词，告着姊夫。只说从幼中表约为婚姻，近因我羁滞徽州，姊夫就赖婚改适，要官府断与我儿便了。犬子虽则不才，也强如那穷酸饿鬼。"金朝奉道："好便好，只是前日有亲笔婚书及女儿头发在彼为证，官府如何就肯断与你儿？况且我先有一款不是了。"程朝奉道："姊夫真是不惯衙门事体！我与你同是徽州人，又是亲眷，说道从幼结儿女姻，也是容易信的。常言道：'有钱使得鬼推磨。'我们不少的是银子，拚得将来买上买下，再央一个乡官在太守处说了人情，婚约一纸，只须一笔勾消。剪下的发，知道是何人的？那怕他不如我愿！既有银子使用，你也自然不到得吃亏的。"金朝奉拍手道："妙哉！妙哉！明日就做。"当晚酒散，各自安歇了。

次日天明，程朝奉早早梳洗，讨些朝饭吃了。请个法家，商量定了状词，又寻一个姓赵的，写做了中证，同着金朝奉，取路投台州府来。这一来，有分教：

> 丽人指日归佳士，诡计当场受苦刑。

到得府前，正值新太守吴公弼升堂。不逾时抬出放告牌来，程朝奉随着牌进去。太守教义民官接了状词，从头看道：

> 告状人程元，为赖婚事：万恶金声，先年曾将亲女金氏许元子程寿为妻，六礼已备。讵恶远徙台州，背负前约，于去年月间，擅自改许天台县儒生韩师愈。赵孝等证。人伦所系，风化攸关，恳乞天台明断，使续前姻。上告。
>
> 原告：程元，徽州府歙县人。
>
> 被犯：金声，徽州府歙县人；韩师愈，台州府天台县人。
>
> 干证：赵孝，台州府天台县人。本府太爷施行。

太守看罢，便叫程元起来，问道："那金声是你甚么人？"程元叩头道："青天爷爷，是小人嫡亲姊夫。因为是至亲至眷，恰好儿女年纪相若，故此约为婚姻。"太守道："他怎么就敢赖你？"程元道："那金声搬在台州住了，小的却在徽州，路途先自遥远了。旧年相传点绣女，金声恐怕真有此事，就将来改适韩生。小的近日到台州探亲，正打点要完姻事，才知负约真情。他也只为情急，一时错做此事，小人却如何平白地肯让一个媳妇与别人了？若不经官府，那韩秀才如何又肯让与小人？万乞天台老爷做主！"太守见他说得有些根据，就将状子当堂批准。分付道："十日内听审。"程元叩头出去了。

金朝奉知得状子已准，次日便来寻着张、李二生，故意做个慌张的景象，说道："怎么好？怎么好？当初在下在徽州的时节，妻弟有个儿子，已将小女许嫁他。后来到贵府，正值点绣女事急，只为远水不救近火，急切里将来许了贵相知，原是二公为媒说合。不想如今妻弟到来，已将在下的姓名告在府间，如何处置？"那二人听得，便怒从心上起，恶向胆边生。骂道："不知生死的老贼驴！你前日议亲的时节，誓也不知罚了许多，只看婚约是何人写的！如今却放出这个屁来！我晓得你嫌韩生贫穷，生此奸计。那韩生是才子，须不是穷到底的。我们动了三学朋友去见上司，怕不打断你这老驴的腿！管教你女儿一世不得嫁人！"金朝奉却待分辨，二人毫不理他，一气走到韩家来，对子文说知缘故。

那子文听罢，气得呆了半晌，一句话也说不出。又定了一会，张、李二人只是气愤愤的，要拉了子文合起学中朋友见官，倒是子文劝他道："二兄且住，我想起来，那老驴既不愿联姻，就是夺得那女子来时，到底也不和睦。吾辈若有寸进，怕没有名门旧族来结丝罗？这一个富商，又非大家，直恁希罕！况且他有的是钱财，官府自然为他的。小弟家贫，也那有闲钱与他打官司？他年有了好处，不怕没有报冤的日子。有烦二兄去对他说，前日聘金原是五十两，若肯加倍赔还，就退了婚也得。"二人依言。

子文就开拜匣取了婚书吉帖与那头发，一同的望着典铺中来。张、李二人便将上项的言语说了一遍。金朝奉大喜道："但得退婚，免得在下受累，那在乎这几十两银子！"当时就取过天平，将两个元宝共兑了一百两之数，交与张、李二人收着，就要子文写退婚书，兼讨前日婚约、头发。子文道："且完了官府的事情，再来写退婚书及奉还原约未迟。而今官事未完，也不好轻易就是这样还得。总是银子也未就领去不妨。"程朝奉又取二两银子，送了张、李二生，央他出名归息。二生就讨过笔砚，写了息词，同着原告、被告、中证一行人进府里来。

吴太守方坐晚堂，一行人就将息词呈上。太守从头念一遍道：

劝息人张四维、李俊卿，系天台县学生。窃徽人金声，有女已受程氏之聘，因迁居天台，道途修阻，女年及笄，程氏音问不通，不得已再许韩生，以致程氏斗争成讼。兹金声愿还聘礼，韩生愿退婚姻，庶不致寒盟于程氏。维等忝为亲戚，意在息争，为此上禀。

原来那吴太守是闽中一个名家，为人公平正直，不爱那有"贝"字的财，只爱那无"贝"字的才。自从前日准过状子，乡绅就有书来，他心中已晓得是有缘故的了。当下看过息词，抬头看了韩子文风采堂堂，已自有几分欢喜。便教："唤那秀才上来。"韩子文跪到面前，太守道："我看你一表人才，决不是久困风尘的。就是我抬你为婿，也不枉了。你却如何轻聘了金家之女，今日又如何就肯轻易退婚？"那韩子文是个点头会意的人。他本等不做指望了，不想着太守心里为他，便转了口道："小生如何舍得退婚！前日初聘的时节，金声朝天设誓，犹恐怕不足为信，复要金声写了亲笔婚约，张、李二生都是同议的，如今现有'不曾许聘他人'句可证。受聘之后，又回却青丝发一缕，小生至今藏在身边，朝夕把玩，就如见我妻子一般。如今一旦要把萧郎做个路人看待，却如何甘心得过？程氏结姻，从来不曾见说。只为贫不敌富，所以无端生出是非。"说罢，便簌下泪来。恰好那吉帖、婚书、头发都在袖中，随即一并呈上。

太守仔细看了，便教将程元、赵孝远远的另押在一边去，先开口问金声道："你女儿曾许程家么？"金声道："爷爷，实是许的。"又问道："既如此，不该又与韩生了。"金声道："只为点绣女事急，仓卒中，不暇思前算后，做此一事，也是出于无奈。"又问道："那婚约可是你的亲笔？"金声道："是。"又问道："那上边写道'自幼不曾许聘何人'，却怎么说？"金声道："当时只要成事，所以一一依他，原非实话。"太守见他言词反复，已自怒形于色。又问道："你与程元结亲，却是几年几月几日？"金声一时说不出来，想了一回，只得扭捏道是某年某月某日。

太守喝退了金声，又叫程元上来问道："你聘金家女儿，有何凭据？"程元道："六礼既行，便是凭据了。"又问道："原媒何在？"程元道："原媒自在徽州，不曾到此。"又道："你的媳妇的吉帖，拿与我看。"程元道："一时失带在身边。"太守冷笑了一声，又问道："你何年何月何日与他结姻的？"程元也想了一回，信口诌道是某年某月某日，与金声所说日期，分毫不相合了。太守心里已自了然，便再唤那赵孝上来问道："你做中证，却是那里人？"赵孝道："是本府人。"又问道："既是台州人，如何晓得徽州事体？"赵孝道："因为两家有亲，所以知道。"太守道："既如此，你可记得何年月日结姻的？"赵孝也约莫着说个日期，又与两人所言不相对了。原来他三人见投了息词，便道不消费得气力，把那答应官府的说话都不曾打得照会。谁想太爷一个个的盘问起来，那些衙门中人虽是受了贿赂，因惮太守严明，谁敢在旁边帮衬一句！自然露出马脚。

那太守就大怒道："这一班光棍奴才，敢如此欺公罔法！且不论没有点绣女之事，就是愚民惧怕时节，金声女儿若果有程家聘礼为证，也不消再借韩生做躲避之策了。如今韩生吉帖、婚书并无一毫虚谬；那程元却都是些影响之谈，况且既为完姻而来，岂有不与原媒同行之理？至于三人所说结姻年月日期，各自一样，这却是何缘故？那赵孝自是台州人，分明是你们要寻个中证，急切里再没有第三个徽州人可央，故此买他出来。这都只为韩生贫穷，便起不良之心，要将女儿改适内侄，一时通同合计，造此奸谋，再有何说？"便伸手抽出签来，喝叫把三人各打三十板。三人连声的叫苦。韩子文便跪

上禀道：“大人既与小生做主，成其婚姻，这金声便是小生的岳父了。不可结了冤仇，伏乞饶恕！”太守道：“金声看韩生分上，饶他一半；原告、中证，却饶不得。”当下各各受责，只为心里不打点得，未曾用得杖钱，一个个打得皮开肉绽，叫喊连天。那韩子文、张安国、李文才三人在旁边，暗暗的欢喜。这正应着金朝奉往年所设之誓。

太守便将息词涂坏，提笔判曰：

韩子贫惟四壁，求淑女而未能；金声富累千箱，得才郎而自弃。只缘择婿者，原乏知人之鉴，遂使图婚者，爰生速讼之奸。程门旧约，两两无凭；韩氏新姻，彰彰可据。百金即为婚具，幼女准属韩生。金声、程元、赵孝构衅无端，各行杖警！

判毕，便将吉帖、婚书、头发一齐付与韩子文。一行人辞了太守出来。程朝奉做事不成，羞惭满面，却被韩子文一路千老驴万老驴的骂，又道：“做得好事！果然做得好事！我只道打来是不痛的。”程朝奉只得忍气吞声，不敢回答一句。又害那赵孝打了屈棒，免不得与金朝奉共出遮羞钱与他，尚自喃喃呐呐的怨怅。这教做“赔了夫人又折兵”。当下各自散讫。

韩子文经过了一番风波，恐怕又有甚么变卦，便疾忙将这一百两银子，备了些催装速嫁之类，择个吉日，就要成亲，仍旧是张李二生请期通信。金朝奉见太守为他，不敢怠慢，欲待与舅子到上司做些手脚，又少不得经由府县的，正所谓敢怒而不敢言，只得一一听从。花烛之后，朝霞见韩生气宇轩昂，丰神俊朗，才貌甚是相当，那里管他家贫？自然你恩我爱，少年夫妇，极尽颠鸾倒凤之欢，倒怨怅父亲多事。真个是：早知灯是火，饭熟已多时。自此无话。

次年，宗师田洪录科，韩子文又得吴太守一力举荐，拔为前列。春秋两闱，联登甲第，金家女儿已自做了夫人。丈人思想前情，惭悔无及。若预先知有今日，就是把女儿与他为妾也情愿了。有诗为证：

蒙正当年也困穷，休将肉眼看英雄！

堪夸仗义人难得，太守廉明即古洪。

第八卷　**陶家翁大雨留宾<br>蒋震卿片言得妇**

诗曰：

> 一饮一啄，莫非前定。

> 一时戏语，终身话柄。

话说人生万事，前数已定。尽有一时间偶然戏耍之事，取笑之话，后边照应将来，却像是个谶语响卜，一毫不差。乃知当他戏笑之时，暗中已有鬼神做主，非偶然也。

只如宋朝崇宁年间，有一个姓王的公子，本贯浙西人，少年发科，到都下会试。一日将晚，到延利坊人家赴席，在一个小宅子前经过，见一女子生得十分美貌，独立在门内，徘徊凝望，却像等候甚么人的一般。王生正注目看他，只见前面一伙骑马的人喝拥而来，那女子避了进去。王生匆匆也行了，不曾问得这家姓张姓李。赴了席，吃得半醉归家，已是初更天气。复经过这家门首，望门内一看，只见门已紧闭，寂然无人声。王生嗤嗤傍左边墙脚下一带走去，意思要看他有后门没有，只见数十步外有空地丈余，小小一扇便门也关着在那里。王生想道："日间美人只在此中，怎能勾再得一见？"看了他后门，正在恋恋不舍，忽然隔墙丢出一片东西来，掉在地下一响。王生几乎被他打着，拾起来看，却是一块瓦片。此时皓月初升，光同白昼。看那瓦片时，有六个字在上面，写得："夜间在此相候！"王生晓得有些蹊跷，又带着几分酒意，笑道："不知是何等人约人做事的？待我耍他一耍。"就在墙上剥下些石灰粉来，写在瓦背上道："三更后可出来。"仍旧望墙里丢了进去，走开十来步，远远地站着，看他有何动静。

等了一会，只见一个后生走到墙边，低着头却像找寻甚么东西的，寻来寻去。寻了一回，不见甚么，对着墙里叹了一口气，有一步没一步的，伴伴走了去。王生在黑影里看得明白，便道："想来此人便是所约之人了，只不知里边是甚么人。好歹有个人出来，必要等着他。"
等到三更，月色已高，烟雾四合，王生酒意已醒，看看
渴睡上来，伸伸腰，打个呵欠，自笑道："睡到不去睡，
管别人这样闲事！"正要举步归寓，忽听得墙边小门呀
的一响，轧然开了，一个女子闪将出来。月光之下，望
去看时，且是娉婷。随后一个老妈，背了一只大竹箱，
跟着望外就走。王生迎将上去，看得仔细，正是日间
独立门首这女子。那女子看见人来，一些不避，直到
当面一看，吃了一惊道："不是，不是。"回转头来看老
妈。老妈上前，擦擦眼，把王生一认，也道："不是，不
是。快进去！"那王生倒将身拦在后门边了，一把扯住
道："还思量进去！你是人家闺中女子，约人夜间在此相
会，可是该的？我今声张起来，拿你见官，丑声传扬，
叫你合家做人不成！我偶然在此遇着，也是我与你的前
缘，你不如就随了我去。我是在此会试的举人，也不辱
没了你。"那女子听罢，战抖抖的泪如雨下，没做道理
处。老妈说道："若是声张，果是利害！既然这位官人是
个举人，小娘子权且随他到下处再处。而今没奈何了，
一会儿天明了，有人看见，却了不得！"那女子一头哭，
王生一头扯扯拉拉，只得软软地跟他走到了下处，放他

在一个小楼上面，连那老妈也就留了他伏侍。

　　女子性定，王生问他备细。女子道："奴家姓曹，父亲早丧，母亲只生得我一人，甚是爱惜，要将我许聘人家。我有个姑娘的儿子，从小往来，生得聪俊，心里要嫁他。这个老妈，就是我的奶娘。我央他对母亲说知此情，母亲嫌他家里无官，不肯依从。所以叫奶娘通情，说与他了，约他今夜以掷瓦为信，开门从他私奔。他亦曾还掷一瓦，叫三更后出来。及至出得门来，却是官人，倒不见他，不知何故。"王生笑把适才戏写掷瓦，及一男子寻觅东西不见，长叹走去的事，说了一遍。女子叹口气道："这走去的，正是他了。"王生笑道："却是我幸得撞着，岂非五百年前姻缘做定了？"女子无计可奈，见王生也自一表非俗，只得从了他，新打上的，恩爱不浅。到得会试过了，榜发，王生不得第，却恋着那女子，正在欢爱头上，不把那不中的事放在心里，只是朝欢暮乐。那女子前日带来竹箱中，多是金银宝物，王生缺用，就拿出来与他盘缠。迁延数月，王生竟忘记了归家。

　　王生的父亲在家盼望，见日子已久的，不见王生归来，遍问京中来的人，都说道："他下处有一女人，相处甚是得意，那就肯回？"其父大怒，写着严切手书，差着两个管家，到京催他起身。又寄封书与京中同年相好的，叫他们遣个马票，兼请逼勒他出京，不许耽延。王生不得已，与女子作别，道："事出无奈，只得且去，得便就来。或者禀明父亲，径来接你，也未可知。你须耐心同老妈在此寓所住着等我。"含泪而别。王生到得家中，父亲升任福建，正要起身，就带了同去。一时未便，不好说得女子之事，闷闷随去任所，朝夕思念不题。

且说京中女子同奶妈住在寓所守候，身边所带东西，王生在时已用去将有一半，今又两口在寓所食用，有出无入，看看所剩不多，王生又无信息。女子心下着忙，叫老妈打听家里母亲光景，指望重到家来与母亲相会。不想母亲因失了这女儿，终日啼哭，已自病死多时。那姑娘之子，次日见说舅母家里不见了女儿，恐怕是非缠在身上，逃去无踪了。女子见说，大哭了一场，与老妈商量道："如今一身无靠，汴京到浙西也不多路，趁身边还有些东西，做了盘缠，到他家里去寻他。不然如何了当？"就央老妈雇了一只船，下汴京一路来。

行到广陵地方，盘缠已尽。那老妈又是高年，船上

早晚感冒些风露，一病不起。那女子极得无投奔，只是
啼哭。元来广陵即是而今扬州府，极是一个繁华之地。
古人诗云："烟花三月下扬州。"又道是："二十四桥明月
夜，玉人何处教吹箫？"从来仕宦官员、王孙公子要讨
美妾的，都到广陵郡来拣择聘娶，所以填街塞巷，都是
些媒婆撞来撞去。看见船上一个美貌女子啼哭，都攒将
拢来问缘故。女子说道："汴京下来，到浙西寻丈夫。不
想此间奶母亡故，盘缠用尽，无计可施，所以啼哭。"
内中一个婆子道："何不去寻苏大商量？"女子道："苏大
是何人？"那婆子道："苏大是此间好汉，专一替人出闲
力的。"女子慌忙之中不知一个好歹，便出口道："有烦
指引则个。"

婆子去了一会，寻取一个人来。那一人到船边，问
了详细，便去领得一干人来，抬了尸自上岸埋葬，算船
钱打发船家。对女子道："收拾行李到我家里，停住几日
再处。"叫一乘轿来抬女子。女子见他处置有方，只道
投着好人，亦且此身无主，放心随他去。谁知这人却是
扬州一个大光棍，当机兵、养娼妓、接子弟的，是个烟
花的领袖，乌龟的班头。轿抬到家，就有几个粉头出来
相接作伴。女子情知不尴尬，落在套中，无处分诉。自

此改名苏媛，做了娼妓了。

王生在福建随任两年，方回浙中。又值会试之期，束装北上，道经扬州。扬州司理乃是王生乡举同门，置酒相待，王生赴席。酒筵之间，官妓叩头送酒，只见内中一人，屡屡偷眼看王生不已。生亦举目细看，心里疑道：“如何甚像京师曹氏女子？”及问姓名，全不相同；却再三看来，越看越是。酒半起身，苏媛捧觞上前劝生饮酒，觌面看得较切，口里不敢说出，心中想着旧事，不胜悲伤，禁不住两行珠泪，簌簌的落将下来，堕在杯中。生情知是了，也垂泪道：“我道像你，原来果然是你。却是因何在此？”那女子把别后事情，及下汴寻生，盘缠尽了，失身为娼始末根缘，说了一遍，不觉大恸。生自觉惭愧，感伤流泪，力辞不饮，托病而起。随即召女子到自己寓所，各诉情怀，留同枕席。次日，密托扬州司理，追究苏大局良为娼，问了罪名，脱了苏媛乐籍，送生同行。后来与生生子，仕至尚书郎。想着起初只是一时拾得掷瓦，做此戏谑之事；谁知是老大一段姻缘，几乎把女子一生断送了！还亏得后来成了正果。

而今更有一段话文，只因一句戏言，致得两边错认，得了一个老婆，全始全终，比前话更为完美。有诗为证：

> 戏言偶尔作恢奇，谁道从中遇美妻？
>
> 假女婿为真女婿，失便宜处得便宜。

这一本话文乃是国朝成化年间，浙江杭州府余杭县有一个人，姓蒋名霆，表字震卿，本是儒家子弟，生来心性倜傥佻达，顽耍戏浪，不拘小节。最喜游玩山水，出去便是累月累日，不肯呆坐家中。一日想道："从来说山阴道上，千岩竞秀，万壑争流，是个极好去处。此去绍兴府隔得多少路，不去游一游？"恰好有乡里两个客商要过江南去贸易，就便搭了伴同行。过了钱塘江，搭了西兴夜船，一夜到了绍兴府城。两客自去做买卖，他便兰亭、禹穴、蕺山、鉴湖，没处不到，游得一个心满意足。两客也做完了生意，仍旧合伴同归。

偶到诸暨村中行走，只见天色看看傍晚，一路是些青畦绿亩，不见一个人家。须臾之间，天上洒下雨点来，渐渐下得密了。三人都不带得雨具，只得慌忙向前奔走，走得一个气喘。却见林子里露出一所庄宅来，三人远望道："好了，好了，且到那里躲一躲则个。"两步挪来一步，走到面前，却是一座双檐滴水的门坊。那两扇门，一扇关着，一扇半掩在那里。蒋震卿便上前，一

手就去推门。二客道："蒋兄惯是莽撞，借这里只躲躲雨便了，知是甚么人家，便去敲门打户？"蒋震卿最好取笑，便大声道："何妨得！此乃是我丈人家里。"二客道："不要胡说惹祸！"

过了一会，那雨越下得大了。只见两扇门忽然大开，里头踱出一个老者来。看他怎生打扮：

> 头带斜角方巾，手持盘头拄拐。方巾内竹箨冠，罩着银丝样几茎乱发；拄拐上虬须节，握着干姜般五个指头。宽袖长衣，摆出浑如鹤步；高跟深履，踱来一似龟行。想来圮上可传书，应是商山随聘出。

原来这老者姓陶，是诸暨村中一个殷实大户，为人梗直忠厚，极是好客尚义认真的人。起初，傍晚正要走出大门来，看人关闭，只听得外面说话响，晓得有人在门外躲雨，故迟了一步，却把蒋震卿取笑的说话，一一听得明白。走进去对妈妈与合家说了，都道："有这样放肆可恶的！不要理他。"而今见下得雨大，晓得躲雨的没去处，心下过意不去，有心要出来留他们进去，却又怪先前说这讨便宜话的人。踌躇了一回，走出来，见是三个，就问道："方才说老汉是他丈人的，是那一个？"

蒋震卿见问着这话，自觉先前失言，耳根通红。二客又同声将他埋怨道："原是不该。"老者看见光景，就晓得是他了。便对二客道："两位不弃老拙，便请到寒舍里面盘桓一盘桓。这位郎君依方才所说，他是吾子辈，与宾客不同，不必进来，只在此伺候罢。"二客方欲谦逊，被他一把扯了袖子，拽进大门。刚跨进槛内，早把两扇门扑的关好了。

二客只得随老者登堂，相见叙坐，各道姓名，及偶过避雨，说了一遍。那老者犹兀自气忿忿的道："适间这位贵友，途路之中，如此轻薄无状，岂是个全身远害的君子？二公不与他相交也罢了。"二客替他称谢道："此兄姓蒋，少年轻肆，一时无心失言，得罪老丈，休得计较！"老者只不释然。须臾，摆下酒饭相款，竟不提起门外尚有一人。二客自己非分取扰，已出望外，况见老者认真着恼，难道好又开口周全得蒋震卿，叫他一发请了进来不成？只得由他，且管自家食用。

那蒋震卿被关在大门之外，想着适间失言，老大没趣。独自一个栖栖在雨檐之下，黑魆魆地靠来靠去，好生冷落。欲待一口气走了去，一来雨黑，二来单身不敢前行，只得忍气吞声，耐了心性等着。只见那雨渐渐止

了，轻云之中，有些月色上来。侧耳听着门内人声寂静了，便道："他们想已安寝，我却如何痴等？不如趁此微微月色，路径好辨，走了去吧！"又想一想道："那老儿固然怪我，他们两个便直得如此撇下了我，只管自己自在不成？毕竟有安顿我处，便再等一等。"

正在踌躇不定，忽听得门内有人低低道："且不要去！"蒋震卿心下道："我说他们定不忘怀了我。"就应一声道："晓得了，不去。"过了一会，又听得低低道："有些东西拿出来，你可收拾好。"蒋震卿心下又道："你看他两个，白白里打搅了他一餐，又拿了他的甚么东西，忒煞欺心！"却口里且答应道："晓得了。"站住等着，只见墙上有两件东西扑搭地丢将出来，急走上前看时，却是两个被囊。提一提看，且是沉重；把手捻两捻，累累块块，像是些金银器物之类。蒋震卿恐怕有人开门来追寻，急负在背上，望前便走。走过百余步，回头看那门时，已离得略远了。站着脚再看动静，远望去，墙上两个人跳将下来。蒋震卿道："他两个也来了。恐有人追，我只索先走，不必等他。"提起脚便走。望后边这两个，也不忙赶，只尾着他慢慢地走。蒋震卿走得少远，心下想道："他两个赶着了，包里东西必要均分。趁他们还在后边，我且开囊看看，总是不义之物，落得先藏起他些好的。"立住了，把包囊打开，将黄金重货另包一囊，把钱布之类，仍旧放在被囊里，提了又走。又望后边两个人，却还未到。元来见他住也住，见他走也走，黑影里远远尾着，只不相近。如此行了半夜，只是隔着一箭之路。

看看天明了，那两个方才脚步走得急促，赶将上来。蒋震卿道："正是来一路走。"走到面前把眼一看，吃了一惊，谁知不是昨日同行的两个客人，到是两个女子。一个头扎临清帕，身穿青绸衫，且是生得美丽；一个散挽头髻，身穿青布袄，是个丫鬟打扮。仔细看了蒋震卿一看，这一惊可也不小，急得忙闪了身子开来。蒋震卿上前，一把将美貌的女子劫住道："你走那里去！快快跟了我去，到有商量；若是不从，我同你家去出首。"女子低首无言，只得跟了他走。

走到一个酒馆，蒋生拣个僻净楼房与他住下了。哄店家道是夫妻烧香，买早饭吃的。店家见一男一女，又有丫鬟跟随，并无疑心，自去支持早饭上来吃。蒋震卿对女子低声问他来历。那女子道："奴家姓陶，名幼芳，就是昨日主人翁之女。母亲王氏。奴家幼年间许嫁同郡褚家，谁想他双目失明了，我不愿嫁他。有一个表亲之子王郎，少年美貌，我心下有意于他，与他订约日久，约定今夜私奔出来，一同逃去。今日日间不见回音，将到晚时，忽听得爹爹进来大嚷，道是：'门前有个人，口称这里是他丈人家里，胡言乱语，可恶！' 我心里暗想：'此必是我所约之郎到了。' 急急收并资财，引这丫鬟拾翠为伴，逾墙出来。看见你在前面背囊而走，心里道：'自然是了。' 恐怕人看见，所以一路不敢相近。谁知跟到这里，却是差了。而今既已失却那人，又不好归去得，只得随着官人罢。也是出于无奈了。"蒋震卿大喜道："此乃天缘已定，我言有验。且喜我未曾娶妻，你不要慌张，我同你家去便了。"蒋生同他吃了早饭，丫鬟也吃了，打发店钱，独讨一个船，也不等二客，一直同他随路换船，径到了余杭家里。家人来问，只说是路上礼聘来的。

那女子入门，待上接下，甚是贤能，与蒋震卿十分相得。过了一年，已生了一子。却提起父母，便凄然泪下。一日，对蒋震卿道："我那时不肯从那瞽夫，所以做出这些冒礼勾当来。而今身已属君，可无悔恨。但只是双亲年老无靠，失我之后，在家必定忧愁。且一年有余，无从问个消息，我心里一刻不能忘，再如此思念几时，毕竟要生出病来了。我想父母平日爱我如珠似宝，而今便是他知道了，他只以见我为喜，定然不十分嗔怪的。你可计较，怎生通得一个信儿？”蒋震卿想了一回道：“此间有一个教学的先生，姓阮，叫阮太始，与我相好。他专在诸暨往来，待我与他商量看。”蒋震卿就走去，把这事始末根由，一五一十对阮太始说了。阮太始道：“此老是诸暨一个极忠厚长者，与学生也曾相会几番过的。待学生寻个便，到那里替兄委曲通知，周全其事，决不有误。”蒋震卿称谢了，来回浑家的话不题。

　　且说陶老是晚款留二客在家歇宿，次日，又拿早饭来吃了。二客千恩万谢，作别了起身。老者送出门来，还笑道：“昨日狂生不知那里去宿了，也等他受些恓惶，以为轻薄之戒。”二客道：“想必等不得，先去了。容学生辈寻着了他，埋怨他一番。老丈，再不必介怀！”老者道：“老拙也是一时耐不得，昨日勾奈何他了，那里还挂在心上？”道罢，各自别作去了。

　　老者入得门时，只见一个丫鬟慌慌张张走到面前，喘做一团，道：“阿爹，不好了！姐姐不知那里去了！”老者吃了一惊道：“怎的说？”一步一颠，忙走进房中

来。只见王妈妈儿天儿地的放声大哭，哭倒在地。老者问其详细。妈妈说道："昨夜好好在他房中睡的。今早因外边有客，我且照管灶下早饭，不曾见他起来。及至客去了，叫人请他来一处吃早饭，只见房中箱笼大开，连服侍的丫鬟拾翠也不见，不知那里去了！"老者大骇道："这却为何？"一个养娘便道："莫不昨日投宿这些人是个歹人，夜里拐的去了？"老者道："胡说！他们都是初到此地的，那两个宿了一夜，今日好好别了去的，如何拐得？这一个因是我恼他，连门里不放他进来，一发甚么相干？必是日前与人有约，今因见有客，趁哄打劫去了。你们平日看见姐姐有甚破碇么？"一个养娘道："阿爹此猜十有八九。姐姐只为许了个盲子，心中不乐，时时流泪。惟有王家某郎与姐姐甚说得来，时常叫拾翠与他传消递息的，想必约着跟他走了。"老者见说得有因，密地叫人到王家去访时，只见王郎好好的在家里，并无一些动静。老者没做理会处，自道："家丑不可外扬，切勿令传出去！褚家这盲子退得便罢，退不得，苦一个丫头不着还他罢了。只是身边没有了这个亲生女儿，好生冷静。"与那王妈妈说着，便哭一个不住。后来褚家盲子死了，感着老夫妻念头，又添上几场悲哭，道："便早死了年把，也不见得女儿如此！"

　　如是一年有多，只见一日门上递个名帖进来，却是余杭阮太始。老者出来接着道："甚风吹得到此？"阮太始道："久疏贵地诸友，偶然得暇，特过江来拜望一番。"老者便教治酒相待。饮酒中间，大家说些江湖上的新闻，也有可信的，也有可疑的。阮太始道："敝乡一年之前，也有一件新闻，这事却是实的。"老者道："何事？"阮太始道："有一个少年朋友，出来游耍归去，途路之间，一句戏话上边，得了一个妇人，至今做夫妻在那里。说道这妇人是贵乡的人，老丈曾晓得么？"老者道："可知这妇人姓甚么？"阮太始道："说道也姓陶。"那老者大惊道："莫非是小女么？"阮太始道："小名幼芳，年纪一十八岁；又有个丫头，名拾翠。"老者撑着眼道："真是吾小女了。如何在他那里？"阮太始道："老丈还记得雨中叩门，冒称是岳家，老丈闭他在门外，不容登堂的事么？"老者道："果有这个事。此人平日元非相识，却又关在外边，无处通风，不知那晚小女如何却随了他去了？"阮太始把蒋生所言，一一告诉，说道："一边妄言，一边发怒，一边误认，凑合成了这事。真是希奇！而今已生子了。老翁要见他么？"老者道："可知要见哩！"

只见王妈妈在屏风后边，听得明明白白，忍不住跳将出来，不管是生是熟，大哭，拜倒在阮太始面前道："老夫妇只生得此女，自从失去，几番哭绝，至今奄奄不欲生。若是客人果然致得吾女相见，必当重报。"阮太始道："老丈与孺人固然要见令爱，只怕有些见怪令婿，令婿便不敢来见了。"老者道："果然得见，庆幸不暇，还有甚么见怪？"阮太始道："令婿也是旧家子弟，不辱没了令爱的。老丈既不嗔责，就请老丈同到令婿家里去一见便是。"

老者欣然治装，就同阮太始一路到余杭来。到了蒋家门首，阮太始进去，把以前说话备细说了。阮太始同蒋生出来接了老者，那女儿久不见父亲，也直接到中堂。阮太始暂避开了。父女相见，倒在怀中，大家哭倒。老者就要蒋生同女儿到家去。那女儿也要去见母亲，就一同到诸暨村来。母女两个相见了，又抱头大哭道："只说此生再不得相会了，谁道还有今日？"哭得旁边养娘们个个泪出。哭罢，蒋生拜见丈人丈母，叩头请罪道："小婿一时与同伴门外戏言，谁知岳丈认了真，致犯盛怒。又谁知令爱认了错，得谐私愿。小婿如今想起来，当初说此话时，何曾有分毫想到此地位的？都是偶然。望岳丈勿罪！"老者大笑道："天教贤婿说出这话，有此凑巧。此正前定之事，何罪之有？"

正说话间，阮太始也封了一封贺礼，到门叫喜。老者就将彩帛银两拜求阮太始为媒，治酒大会亲族，重教蒋震卿夫妇拜天成礼，厚赠妆奁，送他还家，夫妻偕老。当时蒋生不如此戏要取笑，被关在门外，便一样同两个客人一处儿吃酒了，那里撞得着这老婆来？不知又与那个受用去了。可见前缘分定，天使其然。

此本说话，出在祝枝山《西樵野记》中，事体本等有趣。只因有个没见识的，做了一本《鸳衾记》，乃是将元人《玉清庵错送鸳鸯被》杂剧，与嘉定篾工徐达拐逃新人的事三四件，做了个扭名粮长，弄得头头不了，债债不清。所以今日依着本传，把此话文重新流传于世，使人简便好看。有诗为证：

> 片言得妇是奇缘，此等新闻本可传。

> 扭捏无端殊舛错，故将话本与重宣。